胡世良 钮 钢 谷海颖◎著

移动互联网

赢在下一个十年的起点

人民邮电出版社

北京

图书在版编目（ＣＩＰ）数据

移动互联网：赢在下一个十年的起点 / 胡世良，钮钢，谷海颖著. -- 北京 ：人民邮电出版社，2011.12
ISBN 978-7-115-26619-4

Ⅰ．①移… Ⅱ．①胡… ②钮… ③谷… Ⅲ．①移动通信－互联网络－邮电企业－企业管理 Ⅳ．①F626.5

中国版本图书馆CIP数据核字(2011)第207505号

内 容 提 要

本书在把握移动互联网规律的基础上，通过对苹果、腾讯、阿里巴巴、Facebook、谷歌、奇虎 360、UCWeb 等众多互联网公司成功经验的分析，总结出移动互联网成功的九大法则——制定明确的战略定位，坚持客户导向和注重客户体验，打造具有吸引力的产品，积极抢占移动互联网入口，打造有价值的开放平台，营造良好的产业生态系统，探索多元化的盈利模式，积极推进资本经营和不断提升创新运营能力。这九大法则在实践中得到验证，同样可以帮助那些进入移动互联网的企业走向成功。

本书内容丰富，论述有据，而且把握行业最新动态，是一本带领大家领略互联网公司如何成功的书籍。本书对正在进入或准备进入移动互联网领域的终端厂商、设备制造商、电信运营商、互联网公司及内容提供商的企业管理者、管理人员、产品开发人员、营销人员大有帮助，也可作为企业进行移动互联网培训的专业教材，同时还可供关注移动互联网的高校师生以及社会各界人士阅读。

移动互联网：赢在下一个十年的起点

◆ 著　　　　胡世良　钮　钢　谷海颖
　　责任编辑　姚予疆
　　执行编辑　刘　洋

◆ 人民邮电出版社出版发行　　北京市崇文区夕照寺街 14 号
　　邮编　100061　电子邮件　315@ptpress.com.cn
　　网址　http://www.ptpress.com.cn
　　北京铭成印刷有限公司印刷

◆ 开本：700×1000　1/16
　　印张：15.5　　　　　　　　　　2011 年 12 月第 1 次
　　字数：216 千字　　　　　　　　2011 年 12 月北京第 1 版印刷

ISBN 978-7-115-26619-4

定价：49.00 元

读者服务热线：**(010)67129264**　印装质量热线：**(010)67129223**
反盗版热线：**(010)67171154**

前　言
PREFACE

　　2009 年 1 月 7 日，我国正式发放 3G 牌照，从此，我国移动业务发展进入 3G 时代。随着 3G 的快速发展和普及以及智能终端的兴起，如今人们正进入移动互联网时代。我国移动互联网发展时间虽然不长，但发展迅速，如今移动互联网已成为推动信息产业发展乃至整个国民经济发展的新的增长点，在促进行业发展、推动信息化建设、丰富人民群众文化娱乐生活等方面发挥了重要作用。

　　如今，传统互联网时代正在向移动互联网时代迈进，移动互联网是一个快速增长的领域，是一个巨大的"蓝海"。随着 3G 网络和智能终端的普及，应用商店模式的崛起，用户对于移动应用的需求也被逐渐激发。在这个过程中，满足用户商务、生活及个性化需求的移动应用在未来表现出巨大的市场空间。随着移动微博、手机视频、移动游戏、移动商务、移动阅读和 LBS（位置服务）等的快速发展，移动互联网的产业格局与商业模式也正发生着巨大的变革。任何进入移动互联网的企业只有适应移动互联网市场环境的变化，持续创新，转变发展方式，方能在移动互联网市场竞争中站稳脚跟。

　　移动互联网以无处不在的网络接入能力、个性化特征和互联网开放式创新相结合，业务形态、终端形态发生了革命性的变化，爆发出巨大的创新活力。移动互联网的快速发展吸引了来自终端厂商、电信设备制造商、服务提供商、电信运营商及第三方开发者等众多企业的加入，移动互联网产业格局正发生着深刻的变化，苹果 iPhone 的强势崛起，颠覆了整个产业。企业之间的竞争不仅是产品之间的竞争，也是商业模式的竞争、生态系统的竞争，更是企业创新能力的竞争。在这样一个充满机会、面临竞争和诸多不确定性的环境下，企业寻找适合自身发展的差异化道路更为重要。

如今，越来越多的互联网公司涌入移动互联网领域，有些公司成功了，如苹果、谷歌、Facebook、腾讯、阿里巴巴、百度、奇虎 360、UCWeb、京东商城等，但也有更多的公司失败了，总结这些成功企业的经验和失败企业的教训，探索移动互联网成功模式势在必行，也有非常重要的实践价值。

近年来，移动互联网产业发展进入爆发期，3G 网络不断升级，谷歌、苹果推动智能手机销量翻倍，平板电脑受到追捧，移动应用商店如雨后春笋般涌现，平台开放成为热点，诺基亚和微软结成战略联盟及谷歌收购摩托罗拉等大事件不断出现，互联网巨头们加大了对移动互联网的投入，创新的移动互联网公司层出不穷，新的应用精彩纷呈，《愤怒的小鸟》红遍大江南北……正如英国著名的浪漫主义小说家狄更斯所说："这是一个最好的时代，也是一个最坏的时代；这是智慧的时代，也是愚蠢的时代；这是信任的时代，也是怀疑的时代……我们一起奔向天堂，我们全都走向另一个方向。"

当前，进入移动互联网的企业，一方面面临着巨大的市场机遇，另一方面又面临着竞争、产业格局的变化，企业要在移动互联网时代脱颖而出，只有明确自身的战略定位，重视客户体验，推进产品创新，打造开放的平台，积极抢占移动互联网入口，构建良好的产业生态系统，探索多元化的盈利模式，实施并购、战略联盟等资本经营方式，持续不断进行创新，强化执行力，才能在移动互联网时代获得更好、更快的发展，企业竞争力才能不断增强。

移动互联网崇尚开放、创新、自由、平等、共享的精神，移动互联网的想象空间超过了其他所有的行业，从拥有手机的数量、使用手

机的频次以及低成本带来的最大扩散力，会让人感觉这个行业有无限的想象空间和发展机会。"适应它，就能发展，不适应它，就要被淘汰。"在移动互联网这一新兴的领域，没有现成的模式可以照搬照抄，唯有以移动互联网精神为指引，遵循移动互联网规律，脚踏实地，创新发展，走出一条适合我国国情、适应企业自身发展的创新之路，我们相信，越来越多的企业将在移动互联网时代迎来美好的明天。

我们写《移动互联网：赢在下一个十年的起点》这本书，目标就是要为广大读者奉上一本好书，真正能为读者及其所在的企业带来价值，这也是我们一直追求的。因此，在写这本书的过程中，我们试图通过大量案例揭示成功互联网企业的经验和做法，总结出移动互联网企业的成功模式，力争做到观点明确、论述有据。当然这些成功模式不能复制，但可以借鉴，并在借鉴的基础上创新。我们相信，我们的努力对读者和企业是有帮助的。

本书的撰写也是集体努力的结果，在中国电信上海研究院钮钢副院长的指导和帮助下，项目团队对书稿框架和内容进行了反复的讨论和修改，通过集体的不懈努力，终于圆满完成了全书的撰写工作。钮钢副院长自始至终对本书的撰写给予了大力支持，并推荐由我带领团队完成本书，他对本书的框架内容、书稿提出了具体指导建议，同时，参与了部分章节的撰写，提供了一些有价值的资料，对完成本书做出了重要贡献；谷海颖同志主要负责第 2 章、第 3 章、第 6 章和第 8 章这四章中部分章节的撰写，并对客户体验、产品创新、创新运营等方面内容提出许多宝贵的建议，在此表示感谢！本书也是中国电信上海研究院客户导向转型项目组一项重要成果，本书的撰写和出版得到了转型项目组的大力支持和帮助。对本书有所贡献的还有季鸿、张超峰、夏雷、陆均、杨会利、李诞新、梁卉等，他们对本书从不同方面给予了大力支持，在此也表示感谢！

最后，尤其要对中国电信上海研究院李安民院长表示感谢，没有领导支持，本书是难以完成的。李安民院长十分鼓励我们在实践中不断进行总结，努力为中国电信二次转型做出新的贡献。此外，还要感谢人民邮电出版社刘洋同志对本书出版所做的贡献。

由于作者水平有限，加之时间仓促，书中必有不妥之处，欢迎广大读者批评指正！

胡世良

2011 年 10 月于上海

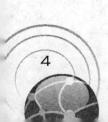

目 录
CONTENTS

现在是移动互联网创业最好的时代，也是移动互联网大发展的时代。

——著名天使投资人、小米科技董事长雷军

第1章
移动互联网概述

2009年12月15日摩根士丹利发布了移动互联网研究报告，报告称人类经历了大型机、小型机、PC、桌面互联网4个时代之后，随着互联网内容和应用的日益丰富，以及3G技术的发展、智能终端快速发展和普及，人类正阔步进入移动互联网时代。如今，在机场、休闲场所、地铁等处所可以看到越来越多的上班族拿着智能手机享受移动互联网带来的便捷，所有互联网的应用正向着移动终端、移动设备方面的应用去渗透和演进，而且商业模式也层出不穷，这就为移动互联网的发展注入了强大的动力。移动互联网巨大的市场催生了3G门户、优视科技（UCWeb）、最淘网等新兴移动互联网公司，移动互联网的巨大市场吸引了终端厂商、互联网公司、电信运营商等众多企业蜂拥而入，移动互联网将改变未来，创造未来。

1.1　移动互联网的本质

移动互联网是移动通信和互联网从终端、技术到业务的全面深入的融合。移动互联网并不是指一种网络，而是指一种接入互联网络的方式。具体而言，是指一种利用移动接入技术接入互联网络的方式。

移动互联网的网络和终端特征决定了移动应用的基本特性，不是对传统互联网应用的简单复制和移植。移动互联网具备了互联网的基础特征，如开放性、创新性、信息共享性、用户需求长尾化、交互性等。但是移动互联网又具备区别于互联网的本质特征，即便携性、身份可识别性、可定位性三大本质特征。

首先，从移动终端的角度来看，移动互联网具备天生的便携性特质。移动终端主要包括手机、PDA、电子阅读器、平板电脑、车载导航设备等，与桌面 PC 相比，终端屏幕小，便于随身携带，更具个性化，操作灵活。便携性的特点决定了用户对获取移动互联网应用的时间碎片化特点，即随时随地利用碎片时间获取信息、进行娱乐或交互等。换言之，移动互联网经济在本质上是一种"离散眼球经济"——通过对消费个体进行非连续的、间歇的和零散的时间段和空间段注意力和关注度的吸引来获得经济活动中品牌价值的最大化！另外，便携性也意味着终端展现能力有限：屏幕容量小、终端处理速度相对较慢、上网速度无法和有线宽带互联网相比。由于上述时间碎片化和终端展现能力有限的特征，综合目前资费和流量等原因，用户用手机上网希望尽快找到需要的服务，因此在移动互联网应用开发时必须高度关注客户体验，为用户提供更快、更简洁、更精确的服务。

其次，移动互联网与传统互联网的区别表现在移动互联网更加强调以人为中心，也就是以用户身份识别为中心，强调以人为本，建立了"永远在线"，随时互联，强调满足"人"的需求，强调人与人之间的信息与内容交互，强调产品与用户之间的双向价值互动，产品既能给用户提供价值，同时用户也能给产品提供价值，而且，用户与用户之间也能相互提供价值，从而满足用户的个性化需求。这个本质特征，决定了移动互联网创新的一个重要方向，即基于用户身份的信息交互和社交应用，例如移动博客、移动论坛、移动邮箱、移动 IM、移动 SNS 等。此外，基于 RFID 的信息识别类应用，例如移动支付、优惠券下载、移动电子商务等也将获得巨大的发展空间。

最后，相对于传统互联网，移动互联网具有更为紧密的个人归属

性，私密性强，规则性更强，更容易建立起信用机制，这使移动互联网具有了位置性和可控性的本质特征，这也决定了移动互联网具有更大的商业价值。基于位置的应用将会使移动互联网精彩纷呈，如移动定位、移动导航、移动地图、基于位置的信息搜索等。而位置信息和身份识别的融合应用，又可以催生出移动信用服务、精确广告推送、基于位置的 SNS 等更多、更有趣的应用。

移动互联网是移动和互联网融合的产物，而不是简单的叠加，移动互联网从本质上可以被认为就是下一代互联网——Web3.0，移动性＋社交化＋位置应用将是下一代互联网的发展方向。只有抓住移动互联网的本质，才能把握创新发展的方向和机会！

1.2 移动互联网发展迅猛

如今，移动互联网正逐渐渗透到人们生活、工作的各个领域，通过智能终端下载各种应用：短信、铃图下载、移动音乐、手机游戏、视频应用、手机支付、位置服务等。而丰富多彩的移动互联网应用的迅猛发展，正在深刻改变信息时代的社会生活。移动互联网经过几年的发展，终于迎来了新的发展高潮。作为移动通信和互联网通信两大强劲增长业务和技术的结合产物，移动互联网虽然进入我国的时间不长，但发展却十分迅猛，已经具备相当的规模。

1．手机网民超过 3 亿

移动通信和互联网的快速发展和普及是推动移动互联网迅猛发展的直接动力。截止到 2010 年年底我国移动电话用户累计达到 8.59 亿户，较 2009 年净增 11 179 万户，创历年净增用户新高，其中，3G 用户净增 3 473 万户，累计达到 4 705 万户，移动电话普及率达到 64.4 部/百人，比 2009 年年底提高 8.1 个百分点。

近年来，我国互联网迅猛发展，对社会经济生活产生了深刻影响，人们日常生活、工作中越来越离不开互联网，互联网作为社会发展加速器的功效正在显现。截止到 2011 年 6 月底，我国网民规模达到 4.85 亿，较 2010 年年底增加 2 770 万人，互联网普及率达到 36.2%。互联网的快速发展和普及大大提高了人们工作、生活和学习的质量，人们足不出户便可通过互联网进行网上聊天、玩游戏、看视频、进行网上购物、查阅信息等。

移动互联网进入我国时间不长，但发展十分迅猛，取得了巨大成就，使用手机上网的网民增长迅速（见图 1-1）。截止到 2011 年 6 月，我国手机网民规模为 3.18 亿，较 2010 年年底增加了 1 494 万人，手机网民在总体网民中的比例达 65.5%，成为中国网民的重要组成部分。2009 年我国进入 3G 时代，3G 呈现快速的发展势头，截止到 2011 年 6 月，我国 3G 用户超过 8 000 万户，达到 8 051 万户，3G 渗透率达到 8.74%。随着我国 3G 业务快速发展，手机上网会有更快速的发展。

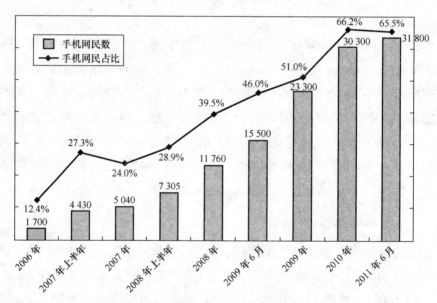

图 1-1　我国手机上网用户增长迅猛

2．市场规模持续增长

目前，中国大部分用户使用手机的时间已经远远超过使用 PC 的时间，这将为移动互联网的发展带来深刻的影响。如今的智能手机功能可

以与 PC 媲美，无论你身在何处，只要有网络信号，通过智能手机就可以上网，实现一系列应用服务。当前用户对应用服务需求的爆炸式增长，推动了移动互联网的快速发展，尤其是 3G 发展的进一步加快、智能手机的发展和普及，进一步推动移动互联网市场规模快速增长。

由于受移动商务、手机游戏、移动搜索、手机视频、应用商店等移动互联网业务快速发展的推动和良好的市场表现，我国移动互联网市场规模增长迅速，2008 年我国移动互联网市场规模达到了 117 亿元，同比增长 54.5%；2009 年我国移动互联网市场规模达 147.8 亿元，同比增长 25.8%；2010 年我国移动互联网市场规模突破 200 亿元，达到 202.5 亿元，同比增长 31.1%；截止到 2011 年一季度，中国移动互联网市场规模达 64.4 亿元，同比增长 43.4%，环比增长 23%。预测显示，2012 年我国移动互联网市场规模将达到 800 亿元。移动互联市场前景广阔。

从移动互联网主要应用来看，市场表现强劲。近年来，我国电子商务呈现良好的发展势头，2010 年我国移动电子商务实物交易额达到 26 亿元，同比增长 370%，移动商务表现出巨大的增长潜力；2008 年我国移动搜索市场规模达到 78.5 亿元，2010 年移动搜索产业进入成熟期，市场规模达 230 亿元；2010 年我国手机视频业务的普及率达到 10.2%，我国手机视频市场规模由 2006 年的 3 460 万元上升到 2010 年的 34 575 万元，增长 8.99 倍。伴随移动互联网用户、智能手机用户规模的持续增长以及 3G 的不断普及，手机视频行业将迎来高速发展阶段；近年来，伴随着移动网络和移动终端性能的提高与完善，国内手机游戏市场呈现出快速发展趋势。2008 年我国手机游戏市场营收规模为 13 亿元，同比增长 75.22%（全球手机游戏市场同比增长仅为 22.7%）；2009 年中国手机游戏市场总体规模达 18 亿元，同比增长 38.5%。手机游戏作为移动互联网的杀手级应用，在全球范围内已开始流行，预计到 2012 年全球手机游戏市场规模将达到 70 亿美元。这一系列数据说明移动互联网市场正成为新兴市场，市场潜力巨大。另据市场研究公司 Yankee Group 2009 年发表的研究报告显示，全球移动互联网服务市场每年的收入超过 660 亿美元，进一步说明移动互联网市场是一个巨大的"金矿"，移动互联网市场正成为新兴市场，市场潜力巨大。

3．终端日益丰富，智能终端发展加快

终端是移动互联网发展的关键。伴随苹果 iPhone 的巨大成功，引发了智能终端的快速发展和普及，促进了移动互联网的繁荣和发展。

2007 年 6 月 29 日，苹果公司推出了 iPhone 手机，乔布斯称 iPhone 手机是"革命性的移动电脑"，"是一款革命性的、不可思议的产品"。iPhone 手机采用的是触摸屏控制技术，整个手机只有一个按钮，外观大方、简洁、独特，同时支持音乐和视频播放，可以浏览互联网。iPhone 手机推出一个星期就销售 100 万部，市场销售火暴。截止到 2011 年 1 月，iPhone 手机累计销售已超过 8 000 万部。

iPhone 手机的巨大成功，吸引了诺基亚、摩托罗拉、三星、LG、HTC 和天宇朗通等国内外手机厂商以及华为、中兴等设备厂商纷纷联合我国三大电信运营商快速推出智能终端。

中国电信、中国移动、中国联通三大电信运营商为赢得 3G 市场，以终端为突破口，联合终端厂商，积极推进终端智能化，智能手机成为运营商发展的重点。2009 年 8 月 28 日，中国联通正式宣布与苹果公司合作，引入 iPhone 手机，以应对 3G 市场竞争。中国电信积极推进 CDMA 终端产业生态系统建设，目前加入中国电信 CDMA 产业联盟的终端厂商、设计公司等已达到近 300 家，包括诺基亚、摩托罗拉、三星、LG、天宇朗通、多普达、华为、中兴等众多企业。截至 2010 年年底，中国电信 CDMA 终端超过 800 款，其中 EVDO 制式天翼 3G 手机入网机型达到 304 款，积极与三星、摩托罗拉等著名终端厂商合作推出 MOTO XT800、W77、ME 811 等明星终端；中国电信与 RIM 合作，引入黑莓手机，CDMA 终端日益丰富。中国移动运营的 TD-SCDMA 是中国自主创新的技术标准，并得到国际认可，成为第三代通信技术国际标准，获得国家政策支持。中国移动为突破终端瓶颈，积极与国际主要厂商诺基亚、摩托罗拉、三星、LG 以及国内主要厂商宇龙、中兴、华为、天宇朗通等合作，联合推出 TD 终端产品，覆盖了高中低各档次，如与摩托罗拉合作推出 MT870

手机，截止到 2010 年年底，中国移动 TD 终端款式达到 300 多款。

由于智能手机生产成本不断下降，手机厂商为争夺用户推出低价位的智能手机，而且我国三大运营商大力发展和普及千元智能手机，使智能终端价格不断下降。赛迪数据显示，智能手机平均价格从 2003 年的 3 658 元降到 2009 年的 2 401 元，而且这一下滑趋势并未停止。中国电信 CDMA 3G 智能手机平均价格由 2010 年 3 月的 4 557 元下降到 2011 年 4 月的 1 937 元。智能终端价格的下降对进一步促进智能终端的快速发展，对推动我国移动互联网快速发展发挥了积极的作用。如今消费者对智能手机的需求逐渐增大，2009 年我国仅售出了 2 100 万部智能手机，而这个数字在 2010 年几乎增长了两倍，达到 6 200 万部，预计 2011 年我国智能手机销售量将达到 1 亿部，到 2014 年，中国将有一半以上的手机用户使用智能手机终端，届时将全面进入手机智能时代。

2010 年，智能手机成为整个业界关注的焦点。Gartner 统计数据显示，2010 年第一季度，全球普通手机销量为 3.147 亿部，同比增长 17%；而智能手机销量同比增长 48.7%，达 5 430 万部。第二季度，全球智能手机销量达 6 165 万部，同比增长 50%。2010 年全球智能手机销量达到 2.97 亿部（见图 1-2），较 2009 年增长 72.1%。

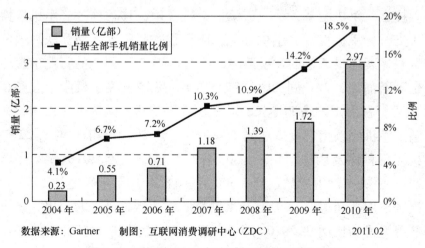

数据来源：Gartner　　制图：互联网消费调研中心（ZDC）　　2011.02

图 1-2　2004～2010 年全球智能手机销量走势

智能手机的快速发展始于 2007 年苹果 iPhone 的上市及热卖，使移动互联网趋势得到强化，同时也在很大程度上刺激了智能手机市场的发展。2007 年 11 月，谷歌宣布了基于 Linux 平台开发的开源手机操作系统 Android，并成立由几十家手机相关企业、运营商组成的手机开放联盟，从 2008 年谷歌首款 Android 手机 G1 上市开始，Android 便拉开了全球征战的大幕。如今，在 HTC、摩托罗拉、LG 等厂商的全力支持下，Android 手机终端如雨后春笋般冒出，用户关注度持续升温，市场份额不断扩大。2011 年第一季度，Android 手机继续领跑智能机市场，市场份额达到 35%，而且 Android 智能手机出货量首度超过诺基亚 Symbian 手机，成为全球第一大智能手机操作系统。

随着智能手机市场需求的急速增长，越来越多的企业加入这一行列，2010 年，宏碁、戴尔、惠普等诸多 PC 厂商亦纷纷涉足智能手机领域，力求分得一杯羹。中国品牌中兴、华为等企业也不甘落后，纷纷推出颇具市场竞争力的千元 Android 智能手机。2011 年 2 月，诺基亚与微软联盟，意在智能手机市场重新崛起，将全球智能手机市场竞争推向新的高潮。

4．应用日益丰富多彩

当前，在产业链各方的共同努力下，移动互联网应用层出不穷，移动搜索、手机游戏、手机阅读、手机音乐、移动社区、手机微博、手机支付、手机视频、手机导航、应用程序商店等移动互联网服务应有尽有，展现出旺盛的发展活力，同时基于 3G 网络的行业信息化业务也不断涌现，截止到 2011 年上半年，我国各类手机应用业务超过 10 万项，注册用户快速增长，其中软件、游戏、阅读类应用增长尤为迅猛。手机阅读用户规模达到 5 700 万，较 2010 年年底增长 229%；手机应用程序商店注册用户总数突破 1 亿户，较 2010 年年底增长 257%；手机支付用户数达到 3 500 万，较 2010 年年底增长 195%；手机视频用户数超过 3 500 万，手机微博成为增长最快的应用，手机网民使用微博的比例从 2010 年年底的 15.5% 上升到 34%，增加了 18.5 个百分点。应用商店发展最为火暴，如目前苹果的 App Store 应用已超过 40 万个，iPhone 用户能通过应用商店下载各种应用，满足其个性化的需求，如音乐、游戏、地图、视频、阅读、股市、图书等，而且能给客户带来完美的体验，极大地满足了用户多元化的应用服务需求。

智能手机普及率不断提高，带动手机网民更加积极地使用各项手机上网应用，移动互联网应用呈现多元化发展态势，满足用户的长尾需求。由《第 27 次中国互联网发展状况统计报告》可知，手机网民应用包括娱乐类、社交类、商务类等多种应用，呈现多元化的需求之势（见图 1-3）。从图 1-3 中可以看出，手机即时通信使用率仍位居首位，达到 67.7%；手机网络新闻和手机搜索分别以 59.9% 和 56.6% 的使用率分别排名第二位和第三位。虽然目前手机网上购物、手机微博、手机支付等使用率还不高，但代表移动互联网应用发展方向的手机微博、手机网络视频、手机网上购物和手机支付必将得到更快的发展。

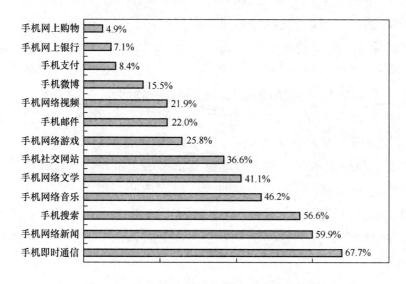

图 1-3　2010 年我国手机网民主要应用使用普及率

互联网改变了世界，随着移动互联网用户的快速增长，移动互联网的影响力将越来越大。随着网速太慢、资费太贵、手机屏幕耗电大、智能终端价格高及应用不丰富等问题的逐步解决，一个属于移动互联网时代已经到来。

1.3　移动互联网发展的主要特征

如今，人们正阔步进入移动互联网时代，智能手机兴起、3G 渐入佳境、4G 即将进入试商用阶段……诸多因素催化下，移动互联网正在成为人们最受益、最依赖、最便捷、最时尚的生活方式，移动互联网的迅猛发展为进入移动互联网的企业带来了难得的发展机遇。因此，把握移动互联网时代的特征对加快移动互联网发展、抓住移动互联网发展机遇、促进企业更好更快地发展具有重要意义。概括起来，当前移动互联网时代主要呈现如下几个特征。

1. 客户长尾化需求、碎片化需求日益显著

当前，满足客户需求是企业转型发展的根本，如今人们正进入 3G 移动互联网时代，移动互联网时代的客户需求呈现多样性和多变性特征，而且碎片化需求趋势日益明显，业务种类和数量正呈现井喷式增长，很难再出现像 SMS 等杀手级服务应用，而更多地依赖个性化需求驱动的业务发展。2004 年 10 月，美国《连线》杂志主编克里斯·安德森（Chris Anderson）首次提出了长尾理论（Long Tail Theory），并指出："商业和文化的未来不在热门产品，不在传统需求曲线的头部，而在于需求曲线中那条无穷长的尾巴。"正是由于用户需求呈现出明显的长尾特征，在 3G 移动互联网时代，以用户动态需求所带动的增值业务则代表了通信市场广阔的"蓝海"，这客观要求移动互联网企业要以打造综合信息服务平台建设为中心，聚集内容合作伙伴，满足用户的长尾需求。

用户的行为和习惯是推动互联网发展的重要动力，如今移动互联网用户消费习惯呈现几大特点：一是时间碎片化，随着人们生活节奏的加快这个趋势越来越明显，希望随时随地地获取信息，将碎片加以应用。二是工作和生活的时时在线，互联网不仅仅是工作平台，也是每个人的生活服务平台。工作中大家可以通过互联网随时随地收发邮

件等，生活中可以看电影、看书、聊天等。三是移动智能终端成为每个人的随身伴侣，通过移动终端实现移动互联，满足客户随时随地的信息服务娱乐需求。四是移动用户不仅仅是单向的接收者，还是内容的创建者，在微博、博客、论坛、社区等 Web2.0 的网站，移动创新成为最主要的内容。五是用户对移动互动互联网应用的体验通常来自多次的短暂交互，而非长时间的单次体验。第一印象将成为用户体验的关键，因为其将有可能对用户进一步尝试的意愿和好恶评价产生显著影响；恶劣的碎片化体验有可能会不断加深和验证用户的不良印象，进而导致较为牢固的负面成见，这客观要求移动互联网应用必须高度重视用户体验的精细化与一致性。

2．移动互联网数据流量激增

新的智能终端的流量消耗令人难以想象，一部 iPhone 每月消耗 1.2GB，Android 用户每月消耗 500MB，黑莓手机用户每月消耗 300MB 数据流量。一部 iPhone 产生的上网流量相当于 45 部普通手机，一台带上网卡的计算机则相当于 500 部普通手机。如今，受 iPhone 和 Android 手机热销的推动，越来越多的用户通过手机浏览网页、收发邮件甚至是拨打 VoIP 电话，手机用户消耗的数据流量不断上涨。2009 年移动数据流量终于首次超过了语音数据流量，英国市场研究公司 Coda Research Consultancy 发布的报告显示，随着智能手机的普及，全球移动互联网数据流量未来 5 年有望增长 40 倍，移动数据流量激增同时为运营商带来巨大利润，2010 年全球电信业将从移动数据业务中盈利 2 200 亿美元，占电信业整体利润的 26%，到 2015 年，移动数据收入（不包括短信费）将占到移动运营商收入的 87%。移动数据流量来自于移动互联网浏览，其中最大的贡献来自于移动视频。统计数据显示，视频流量占整个移动宽带流量业务的比例每年以超过 60% 的速度高速增长，预计 2014 年，移动视频流量将占移动互联网总数据量的 2/3。美国 AT&T 就曾因 iPhone 智能手机用户带来的数据流量激增导致网络频繁拥堵甚至局部瘫痪，移动互联网时代网络流量的激增已经成为全球运营商所面临的新挑战。

快速增长的数据流量，给运营商网络带来了巨大挑战的同时，并没有带来同样增长速率的业务收入增长。为有效应对移动互联网流量激增，一方面需要运营商通过积极推进网络演进升级来扩大网络带宽和容量，以解决数据流量增长带来的网络负荷问题。网络演进升级既包括向 HSPA 升级的短期网络改进，更包括向 LTE 和 4G 演进的长期网络改进。另一方面则通过在热点地区部署 Wi-Fi 装置，作为蜂窝移动网络的有效补充，以卸载现网流量。相对于蜂窝移动网络，Wi-Fi 无线网络具有成本低、速率高、简单易用等特点，非常适合在室内热点地区为蜂窝网提供数据分流。但更为重要的是，电信运营商要抓住移动互联网发展机遇，走出过分依赖管道的误区，通过差异化积极拓展移动互联网应用市场，企业才有持续增长的机会。

3．移动互联网市场竞争更加激烈

移动互联网巨大的市场，不仅吸引电信运营商，还引得设备制造商、终端厂商、内容提供商、互联网公司等众多企业纷纷进入这一新的"蓝海"。中国互联网的三巨头腾讯、百度和阿里巴巴加速由桌面互联网向移动互联网布局，以适应移动互联网快速发展所带来的巨大机遇。如今，移动互联网是众多企业正在角逐的新战场。

当前，进入移动互联网的企业主要有苹果、联想、诺基亚、谷歌、百度、腾讯、摩托罗拉、三星、盛大、RIM、Facebook、新浪、阿里巴巴等众多公司，这些公司纷纷推出移动互联网战略，意在从移动互联网价值链中获得更大的控制力。就拿应用商店来说，2008 年 7 月苹果 App Store 推出以来，如今应用程序超过 40 万，累计下载次数超过 150 亿次，App Store 的巨大成功吸引了众多企业，这些企业也纷纷推出应用商店，如谷歌的 Android Market、三星的 Mobile Applications、黑莓的 App World、诺基亚的 Ovi Store、摩托罗拉的"智件园"应用商店、联想的"乐园"应用商店、中国移动的 Mobile Market、中国电信的天翼空间、中国联通的沃商城，亚马逊也于 2011 年推出了 Android 手机在线应用商店等。应用商店竞争的激烈程度由此可见一斑。

苹果"iPhone+App Store"终端创新和商业模式创新，使苹果在与移动运营商合作中掌握主动，并通过 App Store 获得持续的收入，抢夺移动互联网市场；联想推出乐 Phone 计划，意在向移动互联网转型；诺基亚与微软合作，旨在提高与苹果、谷歌相抗衡的竞争力。可以说移动互联网市场竞争激烈，竞争的最大特点就是由单一靠产品、价格的竞争向价值链和商业模式以及生态系统竞争的转变，谁掌控了价值链，谁的商业模式具有创新性，谁拥有良好的生态系统，谁就能在移动互联市场竞争中发展壮大。

4．良好的产业生态系统正在形成

移动互联网产业链涉及互联网公司、电信运营商、终端厂商、SP服务提供商和传统媒体厂商等产业链各方，移动互联网具有产业链长、覆盖面广、辐射能力强的特点，移动互联网要取得长足发展关键在于形成良好的产业生态系统。

如今移动互联网步入健康发展的轨道，吸引着越来越多的业界巨头、产业链上的企业纷纷进入，移动互联网产业链参与者越来越多，推动移动互联网产业链盈利模式、收入分成方式发生本质转变。产业链各方秉持"开放、创新、共赢、合作"的共识，打造具有创新与活力的产业链，在推动移动互联网快速发展中实现共同发展，共同繁荣，为广大用户提供更加丰富的移动互联网应用和服务。当前，打造开放平台成为众多进入移动互联网的企业的重要战略，通过平台开放建立了一个强大的平台，加上数量众多的第三方开发者，共同形成一个强大的生态圈。如今移动互联网良好的产业生态系统正在形成，正推动移动互联网产业更好更快地发展。

在移动互联网日渐普及的大趋势下，整个移动互联网产业的游戏规则正在发生变化，移动互联网产业链主导权之争日益突出。终端厂商寻求通过"终端+应用"的模式快速地从单纯终端向应用服务转型以争取话语权；电信运营商不甘于成为流量管道，通过和产业链其他环节的合作重新获取产业链主导权；内容提供商在移动互联网从封闭型产业链逐渐走向开放的过程中不再受到禁锢，通过向用户界面的渗透，争夺产业链的主导权；移动互联网厂商通过向平台运营商转型以巩固在移动互联网中的生命力。我国移动互联网正处于快速发展阶段，产业链及竞争格局已发生了巨大变化。长期以来，电信运营商形成产业链的控制正在受到冲击和削弱，电信运营商通吃产业链的时代将会一去不复返。例如终端厂商、内容提供商和系统软件提供商，它们直接接触客户需求，逐渐在"替代"运营商对客户的服务，运营商正在失去对客户的控制权。我国电信运营商需要明确移动互联网战略，划清业务边界，将战略从强化对产业链的控制转向构建更有竞争力的生态系统，否则，可能面临巨大的用户流失压力。

如今，新的竞争者不断涌现，他们凭借强大的品牌影响力、庞大的用户规模、高效的产品研发能力和持续的创新能力，不断整合产业链上、下游的资源，已经发展成为最具活力和竞争力的领先企业。如苹果公司的 iPhone、谷歌推出的手机操作系统及手机终端，以全新的用户体验和创新的商业模式，开创了互联网时代个人手机的新天地。

移动互联网的巨大市场，吸引了产业链各方积极进入，而且都在积极向应用服务靠拢，包括终端厂商、电信运营商、服务提供商、互联网公司在内的多个环节的厂商都会将业务向应用服务环节延伸，并争取直接面对用户的机会，以获取产业链中更大的控制力。随着移动互联网的快速发展，单纯的通道型业务的地位逐步降低，以应用为主导的新型业务成为主流，更多的应用开发者、服务提供商可以不受电信运营商的控制以互联网的方式介入移动增值服务领域，给整个通信行业带来颠覆性的转变。

5．平台化是移动互联网发展的重要特征

平台化是 2010 年中国互联网及移动互联网行业发展的关键词。运营企业通过平台搭建和开放 API 接口，使开发者和其他企业分享其用户流量及用户生产内容，实现应用开发的创新和用户需求、用户体验的不断提升，增加运营企业对产业链的话语权，实现产业生态的良性运转和共同成长。

平台化是移动互联网发展的重要趋势，也是移动互联网发展的客观规律。如今，微博、SNS、位置签到、应用商店均已参与到平台化趋势中来，未来受益于平台共享带来的资源，应用开发技术创新和营销推广的成本将不断降低，开放所形成的以平台为核心的商业秩序和产业格局将对未来互联网及移动互联网各细分领域的发展产生深远的影响。

平台化的一个重要特点就是开放，这就决定了移动互联网是一个开放的世界。在未来，不论是平台、应用，还是终端，都应该延续开放、公平的方式，让用户享受到最好的应用和最好的技术。新浪微博从推出服务以来，一直以平台化为发展目标，希望基于开放与分享，与开发者、媒体、企业、广告、电子商务等更多的合作伙伴，共同围绕新浪微博打造一个强大平台和良好的生态链。

6．"两家法则"特征明显，强者恒强

美国著名营销专家特劳特发现了著名的"心智阶梯"原理，比如说我们买手机，在潜在意识中就会出现一个手机类的品牌阶梯：苹果、诺基亚、三星、摩托罗拉等，自上而下排列。虽然我们浑然不知，但实际上在这个单子已经圈定了我们购物的范围。特劳特经过研究进一步发现，随着市场的成熟和稳定，人们往往只能记住两个品牌，我们称之为"两家法则"。现实世界某些领域已体现出"两家法则"这一特征，比如饮料业的可口可乐和百事可乐，快餐业的肯德基和麦当劳，航空业的波音和空客，我国石油业的中石化和中石油，等等。如果品牌不能建立在消费者心智阶梯上的前两位，那么随着市场的成熟和发展，企业就非常危险。

我国互联网行业发展也有近 20 年历史，在互联网行业涌现出诸多成功企业，"两家法则"特征十分明显（见图 1-4）。如搜索市场的百度和谷歌，如今百度市场占有率超过 70%；电子商务市场的淘宝和卓越亚马逊；微博市场的新浪和腾讯；计算机/手机安全市场的奇虎 360 和腾讯 QQ 电脑管家，其中奇虎 360 市场占有率超过 60%；应用商店的苹果 App Store 和谷歌的 Android Market；网络视频市场的优酷和土豆；即时通信市场的腾讯 QQ 和微软 MSN；SNS 的开心

网和人人网等。

图 1-4 不同业务领域"两家法则"视图

2011 年 3 月，一份《中国互联网行业垄断状况调查及对策研究报告》指出："在中国互联网某些相关市场上，已经出现了寡头垄断现象。垄断集中分布在搜索引擎、即时通信、电子商务三大领域。这三大领域分别出现了以百度、腾讯和阿里巴巴为首的、稳定的寡头垄断。"以 2010 年第三季度的数据为例，腾讯在即时通信市场的份额达到 76.56%，百度在搜索引擎市场的份额达到 72.3%，阿里巴巴在 B2B 市场的份额达到 54.39%，淘宝在 C2C 市场的份额达到 94.71%，支付宝在第三方网上支付市场的份额达到 71%。我们认为，出现寡头垄断是互联网市场竞争的必然结果，是广大客户对企业品牌信任的结果。在互联网行业奉行的是寡头垄断，从长远来看，"两家法则"将被"一家法则"所替代。互联网市场的"两家法则"对于进入移动互联网企业来说，就是要极尽所能，力争成为行业的领先者，避免成为行业跟随者而被市场所淘汰。

总之，当前我国移动互联网蓬勃发展，孕育巨大的商机，对进入

移动互联网的企业既是机遇又是挑战，但同时也要看到，我国移动互联网发展还存在用户使用移动互联网习惯尚未形成、移动支付刚刚起步、智能终端和 3G 普及率较低、产业链各方定位模糊、缺乏良好的盈利模式等问题，但移动互联网企业只有抓住移动互联网发展机遇，转变经营观念，找准定位，破解发展难题，抢先布局，创新发展方式，创新合作模式，有效整合内外部资源，推进开放平台建设，打造共赢的产业生态系统，适时而变，才能更好地促进企业持续健康地发展，否则，必将错失移动互联网时代的发展机遇。

1.4　移动互联网商机巨大

从大型机到小型机到 PC 再到桌面互联网，每个时代都创造了比上个时代更多的财富。当前，移动互联网发展已经出现超越传统互联网的趋势，市场潜力更为广阔。随时随地、方便快捷地接入移动互联网，以此来获取资讯、娱乐和信息服务正在成为越来越多用户的习惯和潮流。用户规模和使用场景的井喷式增长，又将为整个移动互联网带来更多的业务发展和创新机会，一个全新的移动互联网时代已经来临!

回顾 10 年前的 2001 年，华尔街互联网泡沫极盛之时，日本电信运营商 NTT DoCoMo 高调开通全球第一个 3G 网络，以 i-mode 品牌在日本提供基于高速无线网络的视频电话和移动多媒体业务，曾被认为是移动互联网发展的标志性事件之一。当时在中国，中国移动正推出"移动梦网计划"，徐徐拉开中国移动互联网大幕。然而不久以后，互联网泡沫破灭，3G 陷入用户需求和应用不足的困境，迟迟未能真正启动；在中国，由于很长一段时间缺乏竞争的垄断环境，移动互联网相对发展滞后，移动梦网模式也逐渐走向没落。

市场的发展总是超过人们的想象。2004 年开始，移动互联网迎来了第一波快速发展期，在日本，2005 年开始使用手机上网人数首次超过了使用 PC 上网人数，NTT 也被认为是全世界移动增值业务运营最为成功的运营商之一。在中国，随着网络的升级，Free Wap 等模式的兴起，移动互联网逐渐向半封闭环境转变，众多中小移动互联网厂商尤其是手机客户端软件厂商在此阶段快速成长。经过 3 年的发展，培育了最早的一批移动互联网忠实用户和应用开发商。2010 年，随着 3G 牌照的发放和 3G 网络的完善，移动互联网迎来了在中国的发展黄金期。各大互联网企业相继将移动互联网相关部门升级，以此加速移动互联网产业布局。资本市场更是反应迅速。据公开数据，2010 年中国移动互联网投资案例数量为 23 起，16 起已披露数据的总投资额高达 2.16 亿美元，远远超过 2009 年的 9 800 万美元，平均单笔投资金额近 1 300 万美元。

当前，全球 3G 用户普及率达到 20%，美国、日本等地的移动互联网用户规模都已超过 PC 用户规模。如今，我国手机的普及程度已经远远超过了互联网的普及程度，而真正使用移动互联网的人数不到使用 PC 互联网人数的一半，存在着巨大的发展空间和潜力。从我国移动互联网发展来看，截止到 2010 年年底，我国 4.57 亿网民中，手机网民达到了 3.03 亿，中国新增网民 62%来自手机，2010 年中国 3G 用户已超过 4 700 万，2011 年 9 月突破 1 亿户，渗透率超过 10%，达到欧美、日本等发达国家或地区经历过的 3G 高速增长临界点，整个移动互联网产业也会由此进入一个高速成长阶段。预计到 2013 年，中国手机网民将达 7.2 亿，手机网民占中国人口比例将达 52.9%，首次超越计算机网民，移动互联网市场将呈现井喷态势。

移动互联网的发展，无论是全球移动互联网产业还是中国移动互联网产业，其速度、潜力之大几乎超过所有人的想象，而这也将不断催生出各种机会。随着 3G 用户规模持续快速增长以及移动 IM、移动 SNS、微博等典型移动互联网应用规模化效应的推进、网速越来越快以及手机终端越来越强大，移动互联网在手机用户中渗透率逐渐提升，移动互联网用户很快将超越传统的 PC 互联网用户，为移动互联网商业价值的挖掘奠定良好的市场基础。摩根士丹利的报告认为，移动互联网可能是互联网创造的产业规模的 10 倍。

未来是智能手机时代。从美国方面的数据来看，到 2010 年年底，

在美国的移动手机有一半以上是智能手机。中国在这方面的发展也非常快，2010 年，智能手机出货量接近 3 000 万部。目前，智能手机只占中国手机市场的 10%，发展空间十分巨大。

移动互联网蕴藏着巨大的机遇，具有无限的想象空间，尽管目前大家可能无法预判具体的机会和杀手级应用会是什么，但可能是 3 年，也有可能是 5 年，一定会出现一个颠覆性的东西，一定会出现在"长尾"的头部。我们可以看到一个现象，用移动终端登录新浪微博的用户已经占到了近一半的数量。我们可以想象在未来随着移动互联网的不断普及，这个比例会不断地提升，移动微博可能会是一个移动互联网杀手级的应用。

在市场需求快速增长、移动互联网迅速发展的双重支撑下，移动电子商务尽管刚刚起步，但呈现了爆发式增长态势，成为蕴涵极大发展潜力的战略性新兴产业。根据艾瑞咨询统计显示，2011 年第一季度，我国移动电子商务市场规模突破 10 亿元，同比增长超 400%，手机电子商务保持较快的发展速度。2010 年，我国移动支付市场整体规模达到 202.5 亿元，同比增长 31.1%。2011 年移动支付市场迎来了更加强劲的增长，预计 2012 年手机支付交易规模将有望超过 1 000 亿元。移动商务与手机物联网相结合，可以实现电子商务的移动化，具有更广阔的市场前景。

移动互联网的特别之处在于它的移动能力，移动互联网通过手持终端实现用户随处互联，彻底改变了传统互联网的消费习惯，传统互联网能做的移动互联网也能做，传统互联网不能做的，移动互联网却能做。围绕"人"的需求，移动互联网孕育巨大商机，社交网站、微博、视频、电子商务、游戏、实时聊天等成为移动互联网发展的亮点。

移动互联网发展最大的亮点是应用和服务的结合，这方面的代表就是"SoLoMo"（见图 1-5），它代表移动互联网发展趋势。"SoLoMo"这个概念是 Social（社交）、Local（本地化）和 Mobile（移动）3 个词的合成。这个概念是由著名风投、美国 KPCB 风险投资公司合伙人约翰·杜尔在 2011 年 2 月第一次提出的。

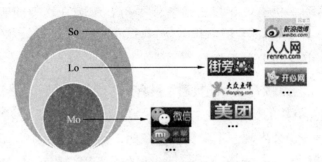

图 1-5 SoLoMo 概念演示

"So"代表 Twitter、Facebook、开心网、微博等 SNS 社交服务，如今已无处不在；"Lo"则代表着以 LBS（Location Based Service）服务为基础的各种定位和签到，也包括团购等本地电子商务活动等；"Mo"是基于各种平台开发的移动互联网。这种通过移动互联网与社交网络的结合，从根本上改变了以前的上网方式、交流方式、沟通方式，也改变了企业与消费者的交流沟通方式，创造了新的业态、新的商业模式、新的客户体验。如 SNS 与电子商务的结合，创造新的商业模式，增强电子商务平台的用户黏性，实现社交网站价值的电子商务化，发展空间巨大。再如 SNS 与 LBS 签到的完美结合，孕育着巨大商机。

风起云涌的移动互联网时代已经来临了，未来手机的创新应用服务必将成为 IT 业的下一个金矿！眼光长远的公司早就开始在移动业务上摩拳擦掌，特别是城市消费领域的互联网公司更是可以借此机会大展拳脚，以争取在新一轮的洗牌中，占据有利地位。尽管目前国内移动互联网领域的公司规模、盈利能力尚不能与腾讯、百度等互联网大佬们同日而语，尽管移动互联网也还存在着标准不统一、流量费过贵等具体问题，但是我们相信，在巨大的商业利益和诱人前景面前，这一切都将在产业链的共同推动下逐步得到解决。时势造英雄，谁都不愿意错过这场盛宴，唯有抱着一颗开放而创新的雄心，才能在巨浪淘沙中笑到最后。市场格局未定，一切皆有可能，谁会成为下一个腾讯、百度或阿里巴巴呢，你准备好了吗？

一个企业要想获得更好的发展，必须面对两大挑战：能否专注、能否创新。而最后胜出的一定是闹中取静、埋头苦干的企业。

——百度董事长兼 CEO 李彦宏

第2章
互联网公司成功要素分析

当前我们正全面进入移动互联网时代，移动互联网是个新兴的行业，高速成长，高速变革，充满着机遇和挑战，同时，移动互联网是一个开放、分享和用户参与的市场。移动互联网的巨大市场吸引了来自互联网公司、终端厂商、电信运营商等产业链各方的积极进入，涌现出苹果、腾讯、谷歌等众多成功的互联网公司。总结互联网公司的成功经验，对推动进入移动互联网的企业更好地发展无疑具有重要意义。

2.1 互联网企业巨头是如何成功的

1. 苹果公司——完美的客户体验和持续的商业模式创新

自 2005 年起，美国《商业周刊》杂志每年都会评选"全球最具创新力企业 50 强"。2010 年度，苹果连续 6 年蝉联第一。2010 年 5 月 26 日，苹果以 2 221 亿美元市值超过微软，荣登全球最大科技公司的宝座。根据 BrandZ 网站 2011 年 5 月发布的 BrandZ 品牌 100 强排名，苹果已经超过谷歌成为全球最有价值的品牌。2010 年苹果公司的营业收入达到 652 亿美元，净利润达 140 亿美元，分别比 2009 财务年度增长了 152%和 170%。2011 年 8 月 10 日美股收盘时，其股价超过 360 美元，"苹果"市值达到 3 370 亿美元，超越埃克森美孚，成为全球市值最高的公司。

自创办至今，苹果经历了诸多的起起伏伏。在 20 世纪 80 年代乔布斯被公司解雇之后，苹果因一系列的投资失败和市场份额不断下滑而陷入低谷。后来，苹果收购了乔布斯所创立的 NeXT 计算机公司，并由乔布斯出任苹果首席执行官。乔布斯带领着苹果推出了 iMac、iPod、Macbook、iPhone 及 iPad 等一系列成功的产品，并使苹果最终成了科技产业的王者。

苹果的巨大成功可以归结于对完美客户体验的极致追求，以及商业模式上的不断创新。客户体验方面，苹果的产品已经被视为交互设计的教科书。以 iPhone 手机为例，首先，在产品设计上采用了空前的触摸屏界面，以及时尚有工业感的外形和界面设计，一经推出，便掀起了一场关于手机的革命。iPhone 除了覆盖了目前手机终端的主流应用外，在音乐方面集成了 iPod 的主要功能，成为其吸引用户的关键要素。同时还集成了众多的互联网应用，包括邮件、股票信息、地图、天气、浏览器等日常应用。而每一个应用，都秉承苹果客户体验的理念——优越的性能、特别的外形和完美的设计。

商业模式是指企业在一定内外部环境下，调动内部资源，整合价值链上利益相关者，实现企业最终盈利的系统。商业模式的核心是盈利模式和运营模式。苹果在推出 iPhone 手机之初，便开创手机企业之先河，与移动运营商达成了分成协议，从而获得了运营商手机套餐的高额分成收入，改变了卖终端的单一收入模式。一年之后，苹果开设了应用商店 App Store，在业内首创了平台开发＋应用商店模式，向第三方应用开发者开放基于苹果操作系统 iOS 的开发接口，并通过苹果应用商店销售相关应用，进一步获得应用销售的分成收入。苹果开创的全新的商业模式，将硬件、软件和服务完美地融为一体，自此，iPhone 手机和应用商店互相带动，为苹果带来巨大的收益。而其平台开放模式，随后数年也不断地被包括谷歌在内的各家公司所效仿。

在运营推广方面，苹果公司在对饥饿式营销的推陈出新也让人印象深刻。"饥饿营销"并不是一个新概念，在市场营销的教科书上，是指商品提供者有意调低产量，以期达到调控供求关系、制造供不应求"假象"、维持商品较高售价和利润率的目的。苹果公司对 iPhone 的营销并非简单的饥饿营销，而是花样百出的饥饿营销。例如，发布下一代 iPhone 的创新点，引起业内广泛讨论，随后又避而不谈，说具体功能还在测试之中，之后的很长时间对于 iPhone 的信息近乎没有。等到市场极端渴望从各种途径获得产品信息时，再"不小心"从内部人员处流露出一点保密消息。在上市初期，一方面大作广告，另一方面又宣布供货有限。这种极度的反差，让消费者反而产生了极大的兴趣与购买冲动。

回顾苹果公司的成功，既在于苹果掌门人乔布斯追求"完美主义"的胜利，也在于追求完美的客户体验，更在于"终端+服务"等方面的商业模式创新的成功。

2．谷歌——成功抢占互联网入口，积极推进资本经营进而打造开放平台的典范

谷歌创立于 1998 年，是全球互联网上最大、影响最广泛的搜索引擎，是由拉里·佩奇和谢尔盖·布林共同创建的，谷歌的使命就是提供网上最好的查询服务，促进全球信息交流。谷歌有着数百亿的网页存储量，每天处理两亿多次搜索查询，谷歌在全球搜索市场占有率保持领先，达到 70%以上。谷歌从一家不起眼的加州创业公司，到现如今的网络搜索巨头，埃里克·施密特作为"谷歌三剑客"的出头人物，为谷歌的发展立下了汗马功劳。从 2010 年第四季度的财报中可以看出，2010 年第四季度谷歌营收为 84.4 亿美元，同比增长了 26%，净利润达到 25.4 亿美元，而且谷歌仍将保持良好的发展势头。

移动互联网：赢在下一个十年的起点

随着互联网经济的蓬勃发展和应用的日趋多元化，互联网之争，越来越演化为入口之争，谁掌握了入口，谁就占据了互联网经济的制高点。搜索引擎，正是这样的一个入口。谷歌正是从搜索起家，又不断做精做强，确立自己的核心地位。毫无疑问，搜索不管是现在，还是在未来，都是谷歌的核心业务，而且在搜索的市场竞争力、研发投入、创新及在公司战略中的地位等方面都将继续得到强化。谷歌从基本的网页搜索开始，不断推出语音搜索、整合搜索、地图搜索、谷歌翻译、位置服务、学术搜索等专业搜索应用，而在这个过程中，又不断地丰富自己的数据和信息，为推出数据挖掘乃至云服务奠定基础。从数据角度看，谷歌已经形成了一个超大的计算机群，所拥有的数据资源是无法估量的，价值非常大。以谷歌地图搜索服务谷歌 Map 为例，谷歌借助客户端，设计了精巧的产品构思，即在终端侧采集基站信息、GPS 经纬度及 Wi-Fi 信息，两两相互匹配，实现定位数据的持续精准。通过对数据不断的补充和修复，谷歌的定位能力已经可以完全不依赖于运营商网络。目前几乎所有的 Android 手机使用的均为谷歌的定位能力，而非运营商所提供的定位能力。这种基于数据基础的高级搜索应用，不但为谷歌拓展了新的盈利空间，也进一步增加了其在互联网入口的优势地位。

谷歌的成功还在于构建了一个更彻底的开放平台，使得产业链各环节可以依托这个平台快速开发和推广自己或者合作方设计的新服务，从而形成富有活力的产业生态系统。在这个生态系统中，不同的第三方都可以到这里访问，开发出融合了谷歌功能元素的新型应用产品，同时向用户测试和营销其产品。谷歌、第三方创新者、用户和广告商构成了一个创新"生态系统"，他们之间的积极互动形成了对各方都有利的良性循环：用户能更快地得到更加丰富的创新产品；广告商拥有了更大的广告发布平台；第三方创新者的产品一旦创造了足够的价值，它就能够获得议价能力，跟谷歌协商订立收入分配协议；谷歌由于提供了更多附加产品而增加了网站流量，并作为这个生态系统的所有者和经营者，它能够控制其生态系统的发展，并从中赚取超高比例的收益。

2007 年，谷歌正式推出手机操作系统 Android 平台，并牵头成立手机开放联盟。此前，Symbian、Palm、RIM、Windows Mobile 等主流操作系统都不支持核心代码、不具备开源性，第三方软件的开发必须申请和进行严格的审核，或者需要支付授权费用，代价比较昂贵。因此，Android 平台一经推出就宣布公布源代码，并允许所有手机厂商加入开发，免费使用，这无疑让手机企业和第三方软件企业都为之振奋。越来越多的终端厂商和移动运营商加入 Android 平台阵营，Android 平台成为唯一可以在智能手机领域抗衡苹果 iPhone 的平台。2010 年 10 月，美国的智能手机市场中，谷歌 Android 平台已经超过了苹果 iPhone，成为最受美国用户青睐的平台，目前基于 Android 操作系统的移动设备的发货量达到苹果产品的 2 倍，成为全球第一大智能手机操作系统。2010 年 3 月，谷歌推出了"Android Market"手机应用商店，截止到 2011 年 4 月 15 日，谷歌的 Android 应用程序下载量已超过 30 亿次，环比增长 50%，应用软件超过 15 万。虽然谷歌的 Android Market 与苹果的 App Store 尚有差距，但由于 Android 平台的开放性对开发者具有无可比拟的吸引力，因此假以时日，谷歌应用商店一定会有长足发展。围绕其 Android 开放操作系统，谷歌又一次构建了共赢的产业生态系统。

除此之外，我们也看到，谷歌非常善于利用收购等资本运营手段，积极向多元化拓展，不断扩大经营领域，为谷歌生态系统提供支持，不断提升企业市场竞争力。上面所述的 Android 操作系统，本来是由一家独立的手机软件开发公司开发的，2005 年 8 月这家公司被谷歌收购，进而发展成目前谷歌进军移动互联网的基石。与此类比的，谷歌进行了一系列的收购动作，例如 2007 年 9 月收购美国 Zingku，从而填补自己在移动社交服务上的空白；2007 年 12 月，谷歌收购 DoubleClick，该公司是网络广告公司；2009 年 11 月，谷歌以 7.5 亿美元收购美国 AdMob 公司，该公司是一家手机网络广告公司。2011 年 8 月 15 日，谷歌以 125 亿美元收购摩托罗拉移动，一方面可以解决专利难题，另一方面实现软硬件一体化，进一步缩短与苹果的差距。

从谷歌的成功可以看到，谁能够更高效地整合社会资源，不断推出消费者喜欢、便捷的应用，谁就能在激烈的市场竞争中胜出。

3．腾讯——打造有吸引力的产品，实现多元化的盈利模式

腾讯（Tencent）是我国创立最早、最成功的互联网企业之一。腾讯成立于 1998 年 11 月 12 日，经过 10 多年的高速发展，腾讯成长为我国最值钱、最赚钱的互联网专业公司之一。腾讯以即时通信为核心，目前业务横跨互联网多个主流细分领域，包括综合门户、网络游戏、电信增值、电子商务、搜索引擎、无线 WAP 门户、Web2.0 社交网络、数字音乐、网络视频、微博等，收入来源于多样，各项业务稳健快速增长。

2010 年，腾讯 QQ 注册用户达到 9.8 亿户，活跃账户用户 6.476 亿户，同时在线用户最高达到 1.275 亿户。拥有近 6.5 亿活跃账户的 QQ，一直是大多数中国网民的互联网入口。在相当长的时间里，刚刚迈入信息高速公路的大多数中国人都认为"上网就是上 QQ"，可想而知，腾讯的市场影响力有多大！

2010 年，腾讯营业收入总额达到 196.5 亿元，同比增长 57.9%；净利润达到 81.1 亿元，同比增长 55.4%，市值超过 400 亿美元，成为中国市值最高的互联网公司。从收入结构来看，互联网增值服务是腾讯收入的第一来源，2010 年互联网增值服务收入达到 154.8 亿元，同比增长 62.4%，占总收入的比例为 78.8%；其次是移动及电信增值服务，其所占比例为 13.8%；此外，网络广告也是腾讯收入的一大来源，2010年，腾讯网络广告收入达到 13.7 亿元，同比增长 42.6%，占总收入的比重为 7%。

腾讯以 IM 为核心，以打造 QQ 平台为基础，以低成本优势扩张至互联网诸多领域。如今，腾讯即时通信平台价值倍增，腾讯利用其在

中国网民中的知名度和庞大的 QQ 用户群，频频进入互联网其他领域，实现遍地开花式增长。腾讯通过在 QQ 中捆绑多款游戏突入利润丰厚的网游市场，并在 2009 年第二季度成功超越盛大，成为国内营业收入最高的网游运营商。推出搜索引擎"搜搜"和电子商务服务"拍拍"，如今这两项业务开始发力，可能成为腾讯新的增长点。2010 年 4 月腾讯推出微博以来，发展迅猛，2011 年 2 月腾讯微博用户突破 1 亿户，6 月突破 2 亿户，微博正成为腾讯战略级产品。

腾讯 QQ.com 已成功超越新浪、搜狐等老牌互联网门户，成为中国访问量最高的门户网站之一。在社区增值服务方面，腾讯 Qzone 保持在中国领先的社交网络平台地位。2010 年，活跃用户达到 4.92 亿户，同比增长 26.9%，腾讯采取一系列自行开发策略和开放平台策略丰富了 Qzone 的内容，以及增强其架构以增加社交分享及互动。为满足大学生及白领不同社交需要，腾讯于 2010 年第三季度将实名 SNS QQ 校友升级至腾讯朋友，并向更大的用户群推广服务。2010 年第四季度末，腾讯朋友活跃账户用户快速增至 8 460 万户，较上一季度增加 56.1%。

近年来，随着移动互联网的快速发展，一些较具实力的企业如诺基亚、苹果、搜狐、网易、电信运营商、微软、谷歌等纷纷进入移动互联网领域，抢占移动互联网的市场先机，这对腾讯构成了战略威胁（见表 2-1）。腾讯出于保持自身综合平台竞争力的优势及满足用户多样化的产品需求等因素，通过将现有互联网应用向手机端直接平移、创生新的移动互联网应用产品或服务、与电信运营商合作提升对移动互联网产品的支撑能力及坚持开放合作、推进产业链共同发展的四种策略，快速在移动互联网领域开疆拓土。目前，腾讯的移动互联网应用已经纵贯整个移动互联网产品线，包括移动 IM、移动 SNS、手机输入法、手机浏览器、手机邮箱、无线音乐、手机阅读、WAP 综合门户、移动搜索等众多业务。腾讯还将在移动电子商务及移动支付领域进行战略部署。腾讯作为中国较具影响力的互联网服务提供商，其移动互联网战略对电信运营商、终端厂商、其他服务提供商将产生较为深远的影响。

表 2-1　目前腾讯 QQ 已经渗透的互联网/移动互联网各主要领域

领　域	腾　讯　产　品	竞　争　对　手	腾讯竞争力分析
即时通信	QQ、 RTX	MSN、飞信、阿里旺旺	腾讯在即时通信领域拥有较大的优势
门户	腾讯微博、 腾讯网	新浪微博、 新浪网、搜狐网	竞争力明显增强
客户端应用软件	QQ 安全、浏览器、 Foxmail、QQ 输入法	360 安全卫士、360 浏览器、 Outlook、搜狗输入法	目前腾讯在客户端软件方面处于弱势的地位
搜索	搜搜	百度、谷歌	同百度、谷歌等强大的竞争对手相比，市场份额较小
音视频	QQ 音乐、QQlive 网络电视	暴风影音、风行、酷我音乐	目前音视频领域市场竞争较为激烈，无太大优势
游戏娱乐	QQ 在线游戏、3366 小游戏	4399 小游戏、浩方对战平台	腾讯在游戏娱乐部分占有较大的市场份额
电子商务	QQ 商场、拍拍、团购、财付通	淘宝网、支付宝、美团	C2C 领域处于弱势地位，团购市场竞争较为激烈

　　在中国互联网从无到有的大背景下，腾讯在发展中一直充满着较强的危机感。一方面，这种危机感促使腾讯努力发展、不断寻找机会；另一方面，它又让腾讯眼中只有用户，因为用户意味着生存。腾讯极度重视客户体验，用户研究与体验设计中心（Customer Research & User Experience Design Center，CDC）是腾讯打造一系列有吸引力的产品的成功保障。CDC 成立于 2006 年 6 月 18 日，是腾讯的核心部门之一。CDC 自成立以来，就一直向着"做世界一流的互联网设计团队，为用户创造优质'在线生活'体验"这一愿景努力，致力于不断提升腾讯全线产品的用户体验；由马化腾自任腾讯首席客户体验官。腾讯的高层领导会经常浏览腾讯产品的论坛，如果发现有用户的意见和疑问没有得到及时的回复，就会责令该产品相关的负责人对此作出解释，并即刻回复用户的意见。除了外部用户，内部员工也是体验对象，所有员工都会通过公司内网发出自己的声音（比如：QQ 农场为什么最近买不了化肥，QQ 农场不好玩了），总裁办会立即对这些意见进行回复，并采取相应的措施。关心用户需求，最终的目标是为所有用户创造一个良好的虚拟环境，而不是满足所有用户的所有需求，因此对于一些不遵守游戏规则的用户，腾讯会进行坚决的惩罚。此外，腾讯的产品论坛和用户投诉也是帮助产品持续改进的主要源泉，产品经理根据市场中真实用户的意见，对现有游戏进行改造和改进，提高产品的易用

性。

腾讯的模仿创新策略在业内褒贬不一，但是其背后蕴涵的本质——"让别人的错误，为我们买单"的理念则值得借鉴。腾讯善于从市场挖掘比较成熟的产品进行模仿创新，把新品放在"创新孵化中心"孵化，再把市场表现优秀的产品放入事业部，既抓住了创新机遇，又回避了对发展前景不确定产品过量投入的风险，其本质还是为了更好地接应用户需求，打造有吸引力的产品。在不断推出新产品的同时，腾讯采用了灵活的收入模式，从而实现了多元化的盈利模式（见图 2-1），成为中国互联网最能"赚钱"的公司。

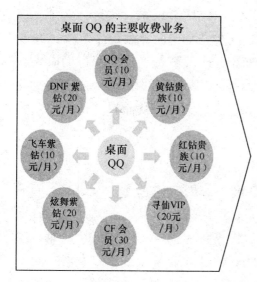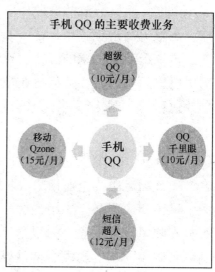

图 2-1　腾讯收入模式示例

2011 年 3 月 16 日，在财报发布会上，马化腾宣布腾讯开放平台战略已全面启动，"我们相信开放共赢、拥抱产业链是长期成功的关键"。实际上，腾讯早已意识到开放将是未来的趋势，但毫无疑问，"3Q 大战"大大加速了其开放进程。如今，腾讯的财付通、QQ 空间、腾讯微博、腾讯 WebQQ 等业务陆续开放，引入第三方开发者，打造一个合作共赢、共创价值的开放平台。随着平台开放战略的进一步推进，腾讯成为世界级互联网公司指日可待。

4．阿里巴巴——清晰的战略定位铸就全球最大的电子商务公司

阿里巴巴创办于 1999 年 3 月，以 50 万元注册资本起家，经过十多年的发展，如今，阿里巴巴已经发展成为全球最大的电子商务公司。截止到 2010 年年底，阿里巴巴营业收入达到 55.576 亿元，同比增长 43.4%；利润达到 14.7 亿元，同比增长 45.1%。截止到 2010 年年底，阿里巴巴在国际及中国交易市场拥有 6 180 万名注册用户，850 万家企业商铺及 809 362 付费会员，每天交易额超过 3 亿元，市值超过 500 亿元。

阿里巴巴的成功关键在于清晰的战略定位，专注核心领域，建立了一个庞大而又开放的商业生态系统，包括了买家、卖家、支付、物流、金融、搜索等体系，这一开放以及完全自由竞争的生态圈已经改变了传统企业做生意的方式，也改变着广大消费者的消费行为模式。阿里巴巴的掌门人在业内普遍被认为是"战略家"，在带领公司快速发展的过程中，制定每一个关键节点的战略目标，从而保证正确的发展方向。

阿里巴巴的核心业务之一 B2B 的战略目标是成为中小企业交易平台，通过满足中小企业用户成长生存、发展、壮大 3 个阶段的不同需求，推出相应产品。中小企业将自己的财务、管理、产品开发、咨询都放在阿里巴巴上面。阿里巴巴提供平台、品牌、技术支持，而具体的应用则由阿里巴巴联合全世界的软件开发商来做。重点发展方向一方面是提升和完善用户生存阶段的产品，另一方面是针对用户发展阶段的需求设计产品。2009 年阿里巴巴推出了"伙伴计划"，该计划的内容正是指以阿里巴巴为中间平台，围绕中小企业的订单难、管理难和发展难等问题，以开放的态度，联合各个行业的优秀供应商，全面开展与物流、招聘、培训、商旅、通信等各商务服务行业的合作，为中小企业提供更优质的产品和服务。基于这个理念，阿里巴巴还推出了阿里学院、阿里金融贷款等一系列帮助中小企业快速获得发展所需资源的辅助工具（见图 2-2）。

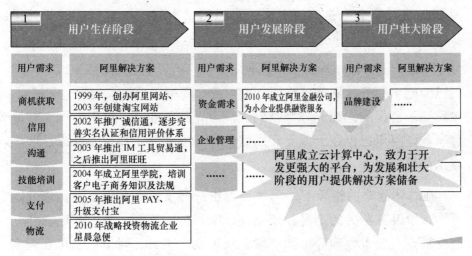

图 2-2　阿里巴巴（B2B）战略目标的实现路径

而在 B2C 即淘宝网方面，2008 年，阿里巴巴正式启动大淘宝战略，其目标是：打造开放平台，做整个电子商务企业的水、电、煤的基础设施提供商，与合作伙伴一起打通 IT、渠道、服务、营销、仓储物流等电子商务生态链的各个环节，把零售行业从工业时代推进到互联网时代，让网络零售成为主流零售方式。2009 年 6 月 22 日淘宝开放平台（Taobao Open Platform，TOP）Beta 发布，为大淘宝战略提供技术底层上的支撑。淘宝通过开放插件式平台、对外接入标准、业务等电子商务基础服务，将开发者与用户这一供需关系直接打通，刺激互联网技术层面的高速进化。数据显示，截至 2009 年 11 月 20 日，平台的上线总应用已经近千个，日均 API 调用量过亿次。

2011 年 1 月 19 日，阿里巴巴集团首席执行官马云公布了一个大物流计划：与融资伙伴打造仓储网络体系，并希望推动其伙伴携手创建一个综合物流平台。阿里巴巴集团及其金融合作伙伴，首期投资 200 亿～300 亿元，今后阿里巴巴希望能与合作伙伴共同集资超过 1 000 亿共同在全国建立起一个立体式仓储网络体系。阿里巴巴将秉承"开放、协同、分享"原则和众多合作伙伴一起，共同建设适合 B2C 电子商务现代物流体系。业内普遍认为，不仅要打造一个物流体系，打破制约淘宝网发展的"瓶颈"，更要打造一个开放的物流平台，提升全行业物流水平。马云的"大物流"有可能成长为第二个阿里巴巴的规模。

阿里巴巴积极布局移动互联网，2008 年 3 月无线淘宝上线，阿里巴巴的电子商务计划浮出水面。2009 年，阿里巴巴将淘宝网、支付宝、口碑等子公司的无线业务整合到大淘宝无线事业部，统筹发展无线网购事业。阿里巴巴在无线互联网端的布局主要集中在手机终端、客户端以及渠道植入等方面。

在总体战略的指导下，阿里巴巴也进行了一系列资本合作或并购行为，填补其业务的不足。依据其战略目标的不同，采取战略合作、战略投资、资本收购等不同手段。从近期表现看，阿里巴巴正在越来越多地采用并购手段。具不完全统计，已经发生了十余笔较大的战略投资或收购行动（见图 2-3）。

战略投资或资本合作	股权收购
2009 年 6 月：战略投资优视动景（UCWeb），双方宣布 UCWeb 和阿里巴巴将在多层面共同开展战略合作，共同打造领先的移动电子商务平台	2010 年 8 月：阿里巴巴收购美国 Auctiva 公司
2009 年 12 月，联想为淘宝网定制推出首款淘宝手机	2010 年 6 月：阿里巴巴收购美国电子商务公司 Vendio
2010 年：投资百世物流，由淘宝入股星晨急便 快递公司，推出"物流宝"卖家仓储服务，百世收购汇通快递 70% 股份	2009 年：阿里巴巴以 4.35 亿收购中国万网 85% 股权
2010 年 6 月阿里巴巴集团与中国工商银行、中国建设银行联手合作，专门成立了负责中小企业贷款的公司——阿里贷款。另据传下一步可能会与政府等联合成立阿里巴巴银行	2006 年：阿里巴巴收购口碑网
2010 年 8 月：战略投资搜狐旗下搜索品牌搜狗（双方成立独立合资公司，搜狐仍为大股东）	2005 年：阿里巴巴收购中国雅虎，并获雅虎 10 亿美元投资

图 2-3 阿里巴巴战略投资和资本合作一览

未来，阿里巴巴的战略发展方向（见图 2-4）将致力于打通阿里巴巴、淘宝、支付宝、阿里云计算、中国雅虎各公司资源，打造 C2B2B2S 新商业模式，"C2B2B2S" 即 Customer-Business-Business-Service，以 B2B 为切入点，依托大淘宝战略，通过生态链条的前后向整合，由电子商务公司蜕变为整个电子商务的后台与支持者；成为支撑 1 000 万家小企业的电子商务平台，为全世界创造 1 亿的就业机会，成为一个为全世界 10 亿人提供消费的平台，实现从交易到工作/生活在阿里巴巴的目标。

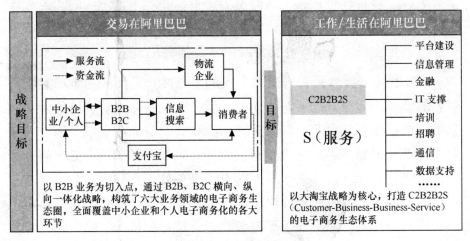

图 2-4 阿里巴巴战略发展方向

2.2 互联网公司成功的九大要素

互联网创造了经济神话。互联网的快速发展和普及造就了一大批成功的互联网企业，如淘宝、苹果、腾讯、谷歌、百度、阿里巴巴、Facebook、Twitter、开心网、奇虎 360、优酷和 UCWeb 等。如今人们正进入移动互联网时代，总结互联网和移动互联网企业成功经验对进入移动互联网企业更好更快地发展具有重要意义，这也是作者写这本书的目的所在。综合上述互联网企业成功要素分析，作者总结和提炼出互联网企业成功的九大要素。

1．明确战略定位

移动互联网孕育无限商机，任何企业都不可能在所有的业务领域都独占鳌头。因此，对于进入移动互联网市场的企业来说，明确定位非常关键。GE 前总裁杰克·韦尔奇曾说过，战略其实就是对如何展开竞争的问题做出清晰的选择。定位不准，定位不明，定位混乱，必定失败。战略定位是企业根据市场环境的变化、客户需求的特点及企业自身的优势，明确企业什么可以做，什么不可以做，为哪一类客户提供服务，发展目标是什么，从而努力塑造出企业与众不同的、给人印象鲜明的个性或形象，并把这种形象和个性特征有效地传递给目标顾客，使企业在市场竞争中获得持续的竞争优势。

谷歌专注于搜索，拥有世界最大的数据库，从而成为全球互联网搜索的霸主，如今谷歌正向移动互联网、互联网电视等领域延伸；优酷是网络视频领先企业，其专注网络视频，定位高端用户，通过开放合作，提供正版内容，形成差异化优势；阿里巴巴专注于电子商务市场，围绕将公司打造成全球最大的电子商务公司，倾心打造电子商务平台；凡客诚品围绕互联网快时尚品牌这一定位，根植互联网，定位于全球时尚潮流、国际一线品质和平民价位，在市场竞争中确立差异化优势；奇虎360基于打造国内安全领域第一免费品牌的定位，目前奇虎360用户达到3亿多；UCWeb始终将自己定位为移动互联网"管道工"，专注于手机浏览器，如今，UC浏览器用户达到1亿，软件下载超过4亿次；雅虎公司曾是风光一时的互联网企业，随着互联网泡沫的破灭，雅虎一蹶不振，其最大问题在于定位不清晰，没有专注于某一特定的产品和技术领域。这些都说明，做好互联网经营，明确战略定位十分重要，也是其成功的关键。

从腾讯、谷歌、苹果、百度、阿里巴巴等企业发展来看，目前正在向"宽市场"迈进。所谓"宽市场"是指突破单一产业边界与价值创造模式，借助数字化、信息化及公司软实力与资源整合能力，在多个产业内创造新的价值空间。其前提是单一产业做到足够规模、足够吸引力，如阿里巴巴现在也在进入"网购搜索"；百度进军电子商务、网络视频等领域；腾讯全面出击，进军游戏、电子商务、音乐、视频、安全软件、微博等领域。

从当前中国电信运营商发展来看，为摆脱单纯"管道"的窘境，在移动互联网领域全面出击，经营的移动互联网业务面很广，涉及电

34

子商务、阅读、视讯、音乐、动漫、游戏、移动商务、应用商店、定位、支付等，这与互联网企业做精、做专、做垂直领域或由做精再到做综合服务不相适应，这种平均分配资源的做法的结果可能是什么都做不好，根本原因就是在移动互联网经营上战略定位不够清晰。电信运营商要在移动互联网领域有所建树，就必须明确战略定位，发挥自身在网络、计费、接入、用户信息、渠道等方面的优势，规避在终端、内容等方面的劣势，以打造聚合能力强、能力开放的移动互联网平台为根本，不能在资源上向各种业务和机会进行平均分配，应重点发展视讯、搜索、定位、移动商务、应用商店以及体现移动互联网 SoLoMo 趋势的有潜力、体现企业核心能力的应用服务，通过差异化策略和创新获得持续竞争优势，从而成为移动互联网发展的创新者、引领者和领先者。

2．坚持客户导向，注重客户体验

移动互联网充满着无限商机，任何企业要在移动互联网市场中获得很好的发展，就必须坚持客户导向、深入洞察客户需求和提升客户体验。成功的互联网企业基本上是以提升客户价值为目标，基于对客户需求、客户价值的深入理解，细分市场，选择用户的核心应用为切入点，通过提供优质的服务黏住互联网用户，进而挖掘更多的用户价值。如 KDDI 致力于为年轻人创造数字新生活，先后推出 kuUtaFull 音乐下载系统、整首音乐下载服务、基于移动社区的 LISMO 服务，满足年轻人对影音、游戏、娱乐和交友的多方面需求。

同时，成功的互联网企业无一例外地对产品细节和用户体验的追求几近完美，甚至领导本身就是顶尖产品经理。苹果以用户体验为创新根本，iPod、iPhone 和 iPad 的成功关键在于注重客户体验，从产品的细节来看，都是围绕给用户最佳的体验来设计的，苹果就是靠着极致的客户体验占领市场，让人们理解了"用户体验是一种核心竞争力"的真正含义，而且 CEO 乔布斯直接领导产品创新，对产品创新达到疯狂的地步。

根据移动互联网发展的特点，注重客户体验不仅仅注重 UI、页面和功能的设计，更重要的是在运营中提升客户体验。如用户购买和使用手机视讯业务，希望能够体验高速上网的快感，希望能够看到想看的影视节目，希望能够方便地使用，希望能得到优惠的价格，这些都是互联网企业在运营中不断根据客户需求、消费行为的特点，进行完善和优化。只有为用户提供高速上网的体验、丰富的视讯内容、方便快捷的服务、优惠的价格，才能真正提升客户体验，使客户满意。

对于进入移动互联网企业来说，要取得市场的成功，就必须强化市场及用户需求分析，重视手机终端市场及用户的调查研究与分析工作，深入洞察客户的需求；要针对某一细分市场向客户提供针对性的应用和服务，开发深度个性化服务，同时应建立以客户体验为核心的移动互联网业务运营体系，不断优化用户界面、完善业务运营体系和拓展营销渠道，为手机上网用户提供多元化的优质服务。在移动互联产品设计时除了功能设计外，需要重点考虑客户体验，将体验元素融合到产品运营当中，要在运营中不断根据需求和建议提升客户体验。

3．打造有吸引力的产品

如今，全球经济一体化、信息化趋势明显，信息通信技术日新月异，移动互联网迅猛发展，社会需求正呈现个性化、差异化和层次化的特点，没有一项产品能长久不衰，企业只有不断根据市场环境的变化和客户的需求，不断推进产品创新，开发满足客户需求的产品，才能永续经营，基业长青。综观苹果、微软、亚马逊、谷歌、腾讯等国内外成功企业，无不重视产品创新，产品创新的成败决定企业的命运，也是决定企业长远发展的关键所在。

产品是企业生存和发展的基础，满足客户需求是企业成功的根本。如今人们正进入移动互联网时代，客户需求正呈现长尾化、碎片化、个性化、多样化和多变性特征，客户体验更显重要。正是由于用户需求呈现出明显的长尾特征，在移动互联网时代，以用户动态需求所带动的增值业务则代表了通信市场广阔的"蓝海"，这客观要求移动互联网企业以打造应用平台为中心，为客户提供海量的具有差异化的内容，以满足用户的长尾需求。

好的移动互联网产品具有以下几个特征：一是客户体验好，客户爱不释手，如苹果 iPhone 就是一例。二是具有平台化特征，也就是说，内容和服务丰富多彩，满足用户多元化、个性化需求。如全球最大网络书城亚马逊（Amazon）推出的电子书阅读器 Kindle 就是一个平台型产品，截止到 2009 年年底，Kindle 电子书超过 42 万本，2010 年 7 月，亚马逊首席执行官杰夫·贝索斯(Jeff Bezos)宣布了一个振奋人心的消息，亚马逊用户购买 Kindle 电子书的数量超过了网站上纸质图书的销量。淘宝网是最大的电子商务网站，截止到 2009 年年底，淘宝注册用户数达 1.7 亿人，卖家超过 4 000 万家，拥有海量的商品信息，而且商品价格比市场价低 10%以上。三是通过微创新，使产品不断完善。移动互联网产品不是什么都是从头再来，实现创新性颠覆，而是在功能上、体验上、产品融合上的不断改进和完善。如腾讯 QQ 产品、奇虎 360 等产品就是微创新的典型。四是满足客户的娱乐、沟通、方便、商务等核心需求。只有把握客户本质需求，推出的产品才有生命力，才能被客户所接受，才能取得巨大的成功。如 Facebook、开心网就是满足客户的社交沟通需求，而取得巨大成功；阿里巴巴、京东商城就是满足客户方便求廉的购物需求，从而在电子商务市场拥有主导地位。五是产品模式的创新。苹果从一家中等规模的技术公司成长为全球市值第一大科技公司，成功在于打造前所未有的"苹果模式"，建立了世界上第一个应用商店 App Store。

移动互联网时代"应用为王"，谁能够更高效地整合社会资源，不断推出消费者喜欢、便捷的应用，谁就能在整个移动通信激烈的市场竞争中胜出。

4．积极抢占移动互联网入口

随着移动互联网的飞速发展，应用及内容日益丰富和多样化，用户接触移动互联网的渠道多种多样，因此渠道成为众多企业竞相争夺的热点，占领移动互联网入口日显重要。移动互联网入口主要有门户网站、手机浏览器、客户端、移动互联网应用服务（如微博、搜索等）和应用商店等，它们是移动互联网用户进入移动互联网的通路，占领移动互联网入口实际上就争取了用户，赢得了人气，积聚了流量，进而就能为客户提供丰富的增值应用，可以增强用户的黏着度，提升品牌价值和平台价值，从而在移动互联网市场竞争中拔得头筹。因此，占领移动互联网入口是众多进入移动互联网企业成功的重要策略选择，移动互联网入口之争日趋白热化，也涌现了很多成功的企业，如UC优视、奇虎360、腾讯等。

无论是门户网站，还是浏览器、客户端和移动互联网应用服务，要成为移动互联网入口，首先就要对用户有吸引力，能给客户带来丰富的应用、好的客户体验，否则，将在移动互联网入口争夺中败下阵来。正如优视科技 CEO 俞永福所说："互联网的大门绝不是一个，可以说有流量的地方都是门。"有流量，就是入口。随着移动互联网应用创新步伐不断加快，未来将涌现越来越多的入口，入口之争将更为激烈。竞争制胜的关键在于深入洞察客户需求，在于坚持开放合作的平台战略，在于商业模式的创新，在于为用户提供好的产品、好的服务、好的体验。

5. 打造有价值的开放平台

苹果、腾讯、百度、阿里巴巴、Facebook、奇虎360、开心网等的成功在于打造开放平台，移动互联网时代也是"平台为王"的时代。纵观互联网领域成功的企业，打造开放平台是其重要战略。如谷歌的成功在于打造了一个善于整合外部资源的"信息化服务平台"；苹果的成功在于打造了"iPhone+App Store"的"开放式软件平台"；阿里巴巴成为最大的电子商务公司，其成功在于打造了"电子商务交易平台"；如今腾讯成为中国市值最高的互联网公司，其成功在于将 QQ 打造成了"电信与互联网融合的平台"；开放平台让 Twitter 的功能无限延伸，使用户可以便捷地通过 Web 界面、手机、IM 等多种方式发布消息；2010 年以来，盛大大力推进游戏开放平台；百度建立了"应用开放平台"，为用户提供基于互联网的一站式服务。如今，将企业打造成为平台型公司或将应用和服务打造成开放平台正成为越来越多进军移动互联企业的重要战略选择。

平台是一个宽泛的概念，打造平台，用户规模为王。有了人气都可以成为平台，应用、程序都可以成为平台，终端、网站也可以成为平台；只要有了人气，平台就能为客户、企业、合作伙伴创造价值，企业就有赚钱的机会。打造成功的平台具备四大要素：一是它必须拥有至少一项核心应用或功能，从而聚集人气，会聚流量；二是它必须能让合作伙伴很容易进入，而且对合作伙伴有吸引力；三是有足够规模的用户；四是要有创新的商业模式，评价商业模式是否创新关键看能否形成良好的生态系统，吸引更多的用户，获取持续的盈利。

开放平台是移动互联网的发展趋势。平台经营的内容更加丰富，不仅包括网络经营和流量经营，而且还包括内容经营、价值链合作、市场营销、产品创新、盈利模式、标准制定等，但更为重要的是做好向第三方开发者开放 API，和合作伙伴共享用户，分享收入，让合作伙伴提供应用促进平台成长。平台经营好了，企业掌控了互联网游戏规则，就能在产业链中拥有话语权。

提高平台经营能力，打造有价值的开放平台是进入移动互联网领域的企业的战略选择，做好平台经营要做好以下几点：制定平台游戏规则，使平台运营健康有序；以扩大用户规模和使用量为目标，广泛开展合作，实现能力开放；创新合作模式，建立利益共享的互利联盟，营造良好的产业生态系统；深入洞察客户需求，更加注重客户体验，以应用创新聚集人气，提高平台经营能力；会聚外部资源，提高生态系统的资源整合能力；积极探索"免费+收费+广告"等多元化的盈利模式，实现商业模式创新。

6. 构建合作共赢的产业生态系统

我们知道，打造强大的开放平台是移动互联网企业成功的关键，要建立强大的开放平台关键在于吸引众多合作伙伴和第三方开发者，营造良好的产业生态系统。良好的产业生态系统能否形成关键要看下面几个要素。

（1）该行业/业务有没有巨大的市场；

（2）企业市场经营能力、创新能力强不强；

（3）企业经营者有没有远见和洞察力以及企业管理团队的水平高不高；

（4）商业模式是否创新；

（5）目前发展态势怎样，用户能不能形成规模，有没有足够的流量；

（6）能否为合作伙伴创造具有吸引力的合作分成模式和持续的盈利能力。

产业生态系统是价值链各方相互合作、目标一致、风险共担、利益共享，共同构建一个有利于业务快速发展的整体，任何一方不予合作或合作积极性不高，都将对业务发展产生影响，甚至导致业务发展的失败。因此，构建一个和谐共赢的产业生态系统至关重要。

视讯、阅读、游戏、音乐、移动商务等移动互联网业务要能健康发展，就必须吸引产业链各方加入，就必须聚集越来越多的合作伙伴，建立良好的产业环境。移动互联网产业链涉及政府、终端厂商、服务提供商、内容提供商、电信运营商、客户等，具有产业链长、生态系统复杂的特点，需要运营企业站在产业发展的高度，通过价值链利润再造模式，构建产业价值链新型的协作关系，实现互惠共赢。

打造产业生态系统要遵循多样性、开放性、系统性、和谐性和利益共享性五大原则，要以快速扩大用户规模和加快应用平台建设为核心，提高聚合产业链上下游合作伙伴的能力，要以更加开放的姿态，让产业链各方都能盈利，广泛聚集价值链合作伙伴。一方面要做到合作的广泛性，另一方面要做到与业界有影响力的内容服务商合作，以此提高内容服务质量。应采取积极的让利策略，实行有利于调动合作伙伴积极性的分成模式，短期内可通过免费吸引用户，扩大人气，提高合作伙伴的信心。同时，长期来看，应在建立开放平台的基础上，为用户提供各类增值应用，以增值业务带动盈利模式的多元化。

7. 探索多元化的盈利模式

从成功的互联网企业盈利模式来看，主要有以下几种：一是"免费+收费"模式。腾讯就是免费+收费的典型代表，其 QQ 实行免费，从而吸引了大量的用户，如今腾讯 QQ 用户达到 10 亿户，但对一些增值业务采取收费模式。目前腾讯收入来源较多，主要有网游、互联网增值服务、无线增值服务和品牌广告等收入。"免费+收费"模式另外一个代表就是应用商店，目前苹果 App Store 应用程序达到 30 万个，收费占 70%左右。二是"终端+服务"模式。好的终端加上好的服务等于市场成功。苹果就是"终端+服务"模式的典型。苹果依靠其一贯时尚新颖的产品设计，不断创新的商业模式，iTunes、iPod、iPhone、App Store 一次次让业界与用户惊羡不已。苹果盈利模式的核心有两点：其一是通过终端获取利润。直接销售终端获得利润，或者通过与运营商签订协议，在终端销售帮助运营商获得和绑定用户的基础上，得到运营商收入分成。其二是基于终端提供长期持续的内容服务，包括影音娱乐、应用软件、互联网应用等多种在线服务，获得另一部分收入。三是"前向+后向"的收费模式，也就是三方市场收费模式。三方市场是指客户、运营企业和第三方企业。前向收费主要有会员费、月租费、道具费、按次收费、流量费等；后向收费主要是广告收入、客户消费行为数据收费、交易分成等。此外，移动互联网盈利模式还包括平台分成模式、广告模式、劳动交换模式等。

对于进入移动互联网的企业来说，盈利模式的设计可以结合上述几种模式进行综合考虑。从近期来看，通过做大移动互联网用户规模、提高流量来提升应用平台价值最为关键，可以通过免费或低资费的形式快速吸引用户，做大规模，这是建立在内容丰富、内容差异化的基础上。在移动互联网行业，只要用户在增加，流量在增长，企业才有赚钱的机会，才能拓宽盈利模式，实现盈利模式多元化。

8．积极推进资本经营

移动互联网迅猛发展越来越受到资本市场的追捧，互联网企业纷纷踏上上市之路，大量投资者和创业者不断涌现，风投看好移动互联网市场，加大移动互联网的投资，移动互联网企业为加快发展，纷纷采取并购、战略联盟、成立合资公司等形式，进一步拓展市场，移动互联网资本经营的热潮正扑面而来。如今，移动互联网资本经营日趋活跃，成为推动移动互联网持续健康发展的重要力量。

资本经营是企业实现经营战略的重要手段，有利于解决企业发展过程中资金不足的问题，有利于扩大企业规模、扩大业务领域、弥补在技术、业务、资源等方面的劣势，增强企业竞争力；有利于提高市场占有率，节约企业大量资本，提高资本效益；有利于快速满足客户需求，实现企业持续发展；有利于推进开放平台建设，形成良好的产业生态系统。因此，资本经营是当前国内外互联网企业拓展市场、加快发展、提高市场竞争力的重要战略选择。2005 年 8 月，谷歌收购美国 Android 公司，2009 年 8 月以 1.65 亿美元收购 On2，On2 是一家视频压缩应用公司，2009 年 11 月以 7.5 亿美元收购美国 AdMob 手机广告公司；2009 年 9 月阿里巴巴以 4.35 亿元收购中国万网 85%股权，2010 年 6 月收购美国电子商务公司 Vendio；2010 年 6 月，阿里巴巴集团与华数进行战略合作，双方共同成立华数淘宝数字科技有限公司，共同拓展电视购物市场；2009 年 6 月阿里巴巴与优视科技战略合作，抢占电子商务入口；2008 年 5 月苹果公司宣布收购一家名为 P.A.Semi 的芯片公司，以强化其在未来智能手机市场的竞争地位；2009 年 5 月，苹果收购 Placebase 网络地图公司，打造自己的网络地图系统，以对抗谷歌地图；2009 年 12 月，苹果公司宣布收购在线音乐零售网站 Lala.com，以提供高速在线音乐服务；2010 年 1 月，苹果收购手机广告公司 Quattro，希望以此提高苹果公司在手机广告领域的地位。

我们看到，互联网成功企业一直在进行资本经营，通过投资参

股、收购、战略联盟、成立合资公司等多种形式，以迅速弥补短板，增强服务能力，实现企业持续可发展。对于进入移动互联网的企业应该巧用资本经营这一杠杆手段，快速提升企业满足客户需求能力、快速增强企业竞争力，只有这样，企业才能适应快速多变的移动互联网市场的机遇和挑战。

9. 提升企业持续创新运营能力

今天，移动互联网企业面临的市场环境发生了很大变化，移动互联网机遇和挑战同在，在这样的环境下，一切都在变化，变是永恒不变的真理，竞争对手在变，客户需求在变，技术在变，竞争方式在变，政策在变。移动互联网崇尚创新精神，创新是企业发展的永恒主题，企业要在不断变化的移动互联网市场环境中保持旺盛的生命力，必须在创新上下工夫。移动互联网创新过程也是运营过程，运营过程更多是从企业内部管理入手，通过创新运营，实现企业内部管理高效、运营畅通、成效明显。

苹果、谷歌、腾讯、阿里巴巴和奇虎 360 等众多成功企业一条重要经验就是拥有持续的创新运营能力。YouTube 成功的原因很多，但是最重要的是它的创新精神。YouTube 是用户贡献内容的经典范例，它建立了一个社会网络，用户可以在这个社会网络上分享视频。这样不仅可以降低版权成本，还能建立一个建立在社会关系上的社区，提升用户的忠诚度。因此，提升创新运营能力是移动互联网企业面对复杂多变的市场环境的必然选择。

提高企业创新运营能力是打造创新型企业的关键，需要进入移动互联网的企业改变传统经营模式，摒弃固有路径依赖思想，要用互联网思维扩大企业视野，要求企业把握移动互联网规律，更加重视模式创新，实现客户体验的创新，要求把握技术发展趋势，通过产学研用联合，提高技术创新成果转化率，推进产品开发，要求企业不断根据市场环境的变化，实现企业柔性化变革，提高企业的灵活性，以科学的理论和方法为指导，简化业务流程，方便用户，有效整合内外部资源，实现企业科学管理，提高企业执行力，实现执行创新，以达到企业高效运行；积极营造客户导向文化、创新文化和执行文化，推进文化创新，采取多元化的激励机制，留住人才，吸引人才，打造适应移动互联网发展的管理者队伍和员工队伍，提高企业拓展移动互联网市场的战略经营能力、运营管理能力和资源整合能力。

总之，移动互联网崇尚自由、开放、共享、创新、平等的精神，进入移动互联网的企业只有遵循移动互联网发展规律，用互联网思维，坚持开放、合作、创新、共赢的发展理念，深入洞察客户需求，创新发展模式，才能抓住移动互联网发展机遇，开创一片新的天地。本书第3章至第11章分别就这几大要素进行详细论述，读者可从中学习和借鉴成功企业的做法，把握进入移动互联网行业的技巧和方法。

做企业跟做人一样，我们一定要想清楚这几个问题：你有什么？你要什么？你愿意放弃什么？假如你什么都要，什么都希望得到，什么都不愿意放弃，你的企业一定不会做到很好。

——阿里巴巴董事局主席兼CEO马云

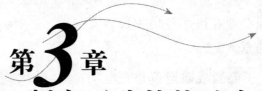

第**3**章
成功要素之一：制定正确的战略定位

当前，社交、视频、搜索、微博、云计算、电子商务等成为社会的热点，移动互联网迅猛发展，面临着巨大的商机。在机会面前，若企业不能很好地明确企业发展定位，仓促应对，全面出击，可能机会就不是机会，机会可能就会悄悄地溜走。

3.1 战略定位的三角模型

在激烈的市场竞争中，企业战略经营尤为重要。企业要生存，要持续成长，必须深谋远虑，必须有战略眼光，确定战略定位，明确战略重点，做好战略策划，并加以有效地实施。战略定位解决的就是企业在面对诸多移动互联网发展机遇时，企业怎样作出有利于自身发展、有利于在用户的心智中占据有利地位的选择。

战略定位的核心是指企业面临环境的变化，应该做什么而不做什么，是解决企业面临环境变化和诸多不确定性所带来的新问题。从战略定位来看，主要包括企业定位、业务定位和客户定位（见图3-1）。企业定位主要是回答企业愿景、企业发展战略、企业发展目标及企业在市场中地位等问题；业务定位回答的是企业应重点发展哪些业务，重点开发哪些新业务，应放弃哪些业务；客户定位回答的是企业如何为客户创造价值，哪些客户对企业是至关重要的，哪些是必须要放弃的，等等。

一个好的战略定位能明确企业的发展方向，能更好地发挥企业的优势，拓展企业有优势的业务，能使企业更好地适应市场环境的变化，确保企业在市场竞争中保持差异化的竞争优势。

正确的战略定位是企业的指路明灯，既能推动公司向前发展，又能帮助公司建立持久的竞争优势，正确的战略和目标有助于激发员工创新热情，能让员工发现他所从事工作的价值，并能使他们保持良好的士气和充沛的活力。如果能有效地加以管理，战

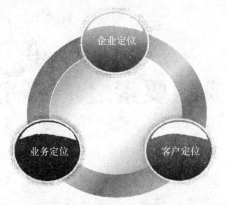

图 3-1　战略定位三角模型

略和目标同样可以指导员工的工作，使员工能更从容地面对各种不确定因素，引领他们为公司创造竞争优势。

面对移动互联网巨大的发展机遇，明确企业业务发展重点和明确重点占领哪一目标市场十分重要，这也是战略创新必须回答的问题。做好这方面工作的关键是要在企业战略指导下，有效把握客户需求和行业发展趋势，深入洞察客户消费行为，要充分与企业资源能力相结合，从而确定企业业务发展方向和重点以及为哪一类客户服务。

3.2　企业战略制定

"百战百胜，非善之善者也；不战而屈人之兵，善之善者也。"这是《孙子·谋攻篇》中一句话。可见，"不战而胜"才是兵法中的最高

境界。而在移动互联网市场竞争中，怎样做到"不战而屈人之兵"呢？方法就是做好正确的战略，有了明确的战略定位才能确定企业经营的核心和方向，从而确定企业产品和服务的发展重点，进而为企业制定正确客户定位、营销策略、业务模式、资源配置指明方向。正确的战略是成功的一半，任何一个成功的企业都需要适合于其自身发展的战略愿景和战略定位，无数成功的企业都证明了战略定位的重要性。

移动互联网孕育无限商机，任何企业都不可能在所有的业务领域都独占鳌头。因此，对于进入移动互联网市场的企业来说，明确定位非常关键。定位不准，定位不明，定位混乱，见异思迁，企业必定失败。战略定位是企业根据市场环境的变化、客户需求的特点及企业自身的优势，明确企业什么可以做、什么不可以做、为哪一类客户提供服务、发展目标是什么，从而努力塑造出企业与众不同的、给人印象鲜明的个性或形象，并把这种形象和个性特征有效地传递给目标顾客，使企业在市场竞争中获得持续的竞争优势。

在产品高度同质化和消费者需求日益个性化的今天，市场竞争日趋激烈，企业生存发展面临更加严峻的挑战，企业要能生存和发展就需要企业进行独特的战略定位，以获得差异化竞争优势。战略定位决定成败，道理很简单。如同一个人定位为做学问，当一个学者，实践中他就不能人云亦云，而要专注于某一领域，有自己的观点和见解。试图为所有人做所有的事必定会一事无成。面对移动互联网的巨大市场，任何进入这一领域的企业要想取得成功，明确战略定位至关重要。成功的企业不仅仅关注现在，更要关注未来，洞悉未来，做到战略的前瞻性、科学性和有效性。

我们要始终铭记战略定位的最终任务是确定企业如何盈利。这也并不意味着你要成为世界上最大的和最赚钱的公司。毕竟，在世界上，或你所从事的行业，只能有一个这样的公司。战略定位决定成败，意味着制胜的关键在于你要在某个特定领域为你的客户创造更大的价值，企业才能不断发展壮大，才能取得卓越的经营业绩。企业战略制定应把握以下五大原则：清晰明了，能激发员工士气，具有差异性和独特性，具有长期性和连续性，具有灵活性。

1．清晰明了

战略定位就是告诉人们"企业做什么"，告诉人们企业将"做成什么样子"，是对企业未来发展的一种期望和描述。一个适合企业自身发展的战略定位能激发员工发自内心的感召力量，激发人们强大的凝聚力和向心力。一个好的战略定位应该尽可能表述清晰、简单、具体，要容易理解和记忆，为什么？主要理由有两点：首先，这迫使你努力澄清自己的思想，把注意力集中在企业发展的定位上；其次，简洁、具体能帮助你把企业的战略成功地传达到企业内部工和外部人士。简单让人记忆犹新，战略的复杂化会使企业误入歧途。战略定位做到简单、清晰或化繁为简是至关重要的。

从一些成功的企业来看，其战略定位十分简洁、清晰，而且无不以良好的企业愿景为感召力，驱动企业滚滚向前。腾讯公司的战略愿景是"发展成为最受尊敬的互联网企业"，开心网定位是"帮助更多的人开心一点"；联想的战略定位是"提供信息技术、工具和服务，使人们的生活和工作更加简洁、高效和丰富多彩，成为在世界范围内具有影响力的国际化控股公司"。

清晰地描述企业战略定位也不是件容易的事情，需要企业在这方面投入必要人力和时间。战略定位做得好，一方面需要适合企业自身发展，但最为关键的就是能为广大用户所理解、容易接受。可以想象，一个企业的战略不为广大用户所接受，他能取得成功吗？简洁、明确的战略定位能迅速传达到员工，使员工清晰地理解公司的战略，从而激发员工积极地投入到工作中去。

2．能激发员工士气

好的战略定位明确了公司未来发展愿景、发展目标、业务发展重点及企业为哪一类客户服务，能让员工发现他所从事工作的价值，并能使他们保持良好的士气和充沛的活力。如果能有效地加以管理，好的战略和目标同样可以指导员工的工作，使员工看到希望，能够帮助员工找到落脚点，以及值得他们奋斗的目标，能使员工更从容地应对各种不确定因素，引领员工为公司创造持续的竞争优势。

成功的战略既能推动公司向前发展，又能帮助公司建立持久的竞争优势，战略成为公司活力的源泉。一旦公司没有明确而又激发战斗力的战略，你会发现企业马上就失去了活力。

3．突出核心优势，相对竞争对手具有差异性和独特性

战略本身就是一种选择，因此定位时要做清晰的取舍，要分析自身的核心优势，从而明确哪些事是必须要做的，哪些业务是必须要大力拓展的，哪些事或哪些业务是要坚决放弃而不去做的，即有所为，有所不为。这样可以使企业集中精力于自己的优势，使竞争对手很难模仿自己的战略。企业常犯的一个错误就是想做的事情太多，不愿意舍弃。我们的企业要从做大到做强，从成功到成熟，做自己该做的事，放弃那些非自己擅长的事情，没有放弃就没有定位。制定战略，首先要从内部准确评估企业自身的能力特点，对自身优劣势有着正确的判断，找到自己的核心竞争优势，要准确分析和判断自己的竞争能力水平，其中包括企业研发能力、经营能力、营销能力、管理能力、创新能力，这些能力决定了企业能做什么、不能做什么和做成什么样。

移动互联网面临巨大的市场机会，任何企业都不能在所有方面都具有优势，进入移动互联网领域就需要有所取舍。无论战略定位多么完美，竞争对手都能轻易模仿就不能称为好的战略，不易模仿对战略创新提出更高的要求。好的战略定位一定是非常独特的，能为客户创造独有的价值，人们很容易看出卓尔不群。战略定位的差异化和独特性要求企业在市场竞争中不能盲目采取跟随战略，而要积极寻求差异化战略的突破口，积极主动，以变应变，只有这样才能在竞争中胜出。

专注于垂直市场、在做大做精做强的基础上向横向拓展是众多互联网企业的成功做法，也是有所为有所不为的真实写照。2010 年 12 月 8 日，创立 5 年的视频网站优酷作为全球第一家独立上市的视频网站公司，成功登陆纽交所，并创下了美国 5 年来 IPO 上市首日的涨幅

之最。截止到 2011 年 2 月底，优酷以 40 亿美元的市值超过了搜狐、盛大等老牌中国互联网传统公司。虽然市值超过搜狐，但在优酷 CEO 古永锵心中，却只想做好一家专注的公司，不去做微博、不去做网游、不去做电子商务，优酷之所以能够成功，就是因为公司的专注、聚焦。正如古永锵所说："围绕着核心竞争力可以做不同的产品业务，我们在三网合一里面能做的事情太多了。因为外在的环境在变，带宽的情况也在变，媒体的环境也在变，所以我们要随机而变，适应最新的状态，把握最新的机会，专注于三网合一视频的发展方向。"

对于进入移动互联网的公司来说，要专注，不应该这也做那也做，这会让你的企业耗尽很多资源。应该抓准一个点把它做深、做透，形成自己的差异化优势，这样才能集中资源干大事，树立竞争壁垒。正如宏碁集团创始人施振荣所说："大企业一定要集中力量做一件事情，千万不能什么都做。"

4．战略具有长期性和连续性

1999 年 2 月 21 日，筹建中的阿里巴巴召开了第一次员工大会，马云提出了阿里巴巴三点愿景：第一，做持续发展 80 年（后改为 102 年）的公司；第二，要成为全球十大网站之一；第三，只要是商人，一定要用阿里巴巴。在随后 10 多年的发展中，阿里巴巴这一战略目标一直没有改变，引领着阿里巴巴始终朝着正确的方向前行。

因此，成功和成熟的企业的战略是连贯的，任何一个战略应具有一定的稳定性，否则就不算是战略。如果每年都对战略进行改变的话，就等于没有战略，而是赶时髦，这样企业就总是在追求潮流而失去特色。另外，企业的战略必须由领导人制定，并由他来指导并推行。但如果领导人变更，战略也跟着变，这是企业不成熟的表现，除非是企业出现了重大问题。

5．具有灵活性，要与时俱进

尽管战略具有长期性、连续性的特点，但这并不意味着战略一成不变。当环境发生较大的变化时，一味固守以往成功的做法必将使企业在市场竞争中处于不利地位，甚至被淘汰出局。

移动互联网是一个新兴产业，机遇和挑战同在，受诸多内外部因素的影响，企业面对的市场环境不断处于动态变化之中，如今，宏观环境在变，竞争环境在变，客户需求在变，技术发展在变，这决定了企业需要不断根据市场环境的变化对战略进行优化和调整，从而使企业更好地适应环境的变化。对环境变化视而不见，必将使企业错失发展良机，可能导致企业一蹶不振。

手机巨头诺基亚先是 2009 年第三季度出现首季亏损，亏损达到 5.59 亿欧元，而且近年来诺基亚智能手机市场份额持续下滑，由 2009 年第二季度的 41%下滑至 2009 年第三季度的 35%，2011 年第一季度市场份额下降到 24%，2011 年第一季度苹果超过诺基亚成全球第一大手机厂商。诺基亚衰落的主要原因是机构庞大，效率低下，对市场反应比较迟缓，迟迟没有推出触屏手机，虽然诺基亚自 2006 年就提出向互联网企业转型，但诺基亚仍然没有改变 2G 手机制造的思维模式，对智能手机和移动互联网认识不清，这让苹果看到了机会，一款 iPhone 手机直接冲击了诺基亚在智能手机市场的绝对优势。这都充分说明诺基亚战略方面出了问题。

因此，企业一时的成功并不能代表永远的成功，一时成功的战略并不代表战略永远正确，而是要不断地与时俱进。同时，市场环境是不断改变的，企业发展必须适应市场的变化，这客观决定了战略创新不是一次创新的结束，而是一个持续创新的过程，持续创新是企业获得竞争优势的重要能力，需要运营企业不断推进战略创新，以使企业更好地适应市场环境，获得持续健康的发展。

3.3　客户定位战略

为客户创造更多的价值是企业的使命，任何一种商业模式都需要提升客户价值，企业创新的终极目标是实现客户价值向企业价值的转化。客户战略定位的本质在于明确客户价值诉求，从而确定企业为哪一类客户服务。客户价值诉求主要体现在以下两个重要的方面。

第一，市场细分。准备服务于什么类型的客户，这需要从消费差异、个性差异、实力优势差异几方面寻求自己的客户群。

第二，选择切入点。满足这些客户什么样的需求。

制定企业客户定位，需要确定目标客户群，并通过开展目标客户群的需求分析，为企业业务发展提供依据。

1．确定目标客户群

根据埃里克森的心理社会发展阶段理论，人的一生分为 9 个阶段，每个阶段都有其独特的发展任务，也面临相应的发展危机，因此有不同的需求和特点（见表 3-1）。

表 3-1　　　　　　　　不同阶段的心理需求视图

年龄阶段	主要矛盾	主要社会动因	阶段特点
老年期 61～	完美无缺 VS 悲观失望	自身	回顾人生经历，特别是社会经历
成人后期 46～60 岁	精力充沛 VS 颓废迟滞	配偶子女文化规范	承担工作和照顾家庭、与成年子女相处，获得社会认同
成人中期 26～45 岁	精力充沛 VS 颓废迟滞	配偶子女文化规范	主要任务是承担工作和照顾家庭、抚养子女的责任，希望获得社会认可
成人前期 19～25 岁	友爱亲密 VS 孤癖疏离	配偶密友	主要任务是与他人建立亲密的感情关系，体验友谊和爱情
青年期 13～18 岁	自我统合 VS 角色混乱	同伴	通过自省剖析自己，自我认知和社会对自己的认知形成统一，明确人生目标。成为自己；分享自我
儿童期 7～12 岁	勤奋进取 VS 自贬自卑	老师同伴	开始进入学校，希望通过勤奋的活动获得成功，依赖的重心由家庭转向外部世界
幼儿期 4～6 岁	自动自发 VS 退缩愧疚	家庭	活动范围逐渐超出家庭以外，开始希望按照自己的意愿行动
婴儿期 2～3 岁	自主 VS 羞怯	父母	主动形成一种与外界的关联感，渴望自主
乳儿期 0～1 岁	信任 VS 怀疑	照料者	主要任务是满足生理上的需要，发展信任感，克服不信任感

来源：埃里克森的心理社会发展阶段理论。

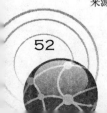

随着年龄层次的增加，用户的消费重点从个体转移到家庭，关注方向从自我展示转移到社会关系，消费取向趋于简单保守。青年期和成人前期用户对移动互联网的需求增长迅速，成人中期用户对互联网的需求增长迅速，互联网及移动互联网在成人后期用户中的渗透率较低。根据中国互联网络信息中心发布的数据进行综合分析，2008~2009 年，青年期用户（13~18 岁）重视自省、剖析自己、表现自己，逐步明确人生目标，受同伴影响大，移动互联网能满足他们表达的需求，是移动互联网的主要增长来源。成人前期用户（19~25 岁）与他人建立亲密感情，体验友谊和爱情，在步入社会的过程中不断扩大信息关注范围，受配偶、密友影响大，移动互联网能满足他们沟通和获取信息的需求，是移动互联网的重要增长来源之一。成人中期用户（26~45 岁）承担工作和照顾家庭、抚养教导未成年子女的责任，获得社会认同，受配偶子女、文化规范影响大，互联网和移动互联网能满足他们获取信息、展示自己的需要，成人中期用户是互联网用户的主要增长来源，也是移动互联网用户的重要增长来源。具体到每个企业，则可以参考下面的移动互联网用户群视图（见图 3-2），结合自己的产品特点（例如，是游戏娱乐类、沟通类，还是信息获取类），来确定自己企业的主要目标客户群。

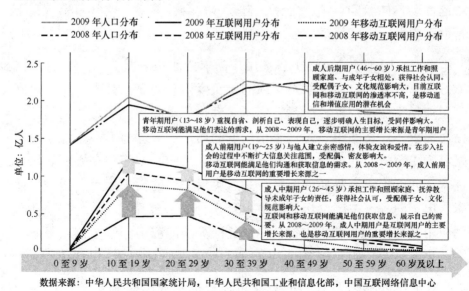

图 3-2　移动互联网用户群视图

2．目标客户群的需求分析

青年期（13～18 岁）各类用户需求特征集中于自我表达和个性化，对互联网和移动互联网的接受度较高。尤其是其中的潮流型用户，对音乐、视频、阅读、游戏、娱乐信息、IM、微博、博客、论坛、地图等个性化、社交类、娱乐化业务比较感兴趣，善于自我表达、喜爱个性化及中高端手机，是 UGC 平台的主要潜在用户。青年用户对 UGC 的需求不仅包括原创内容，还包括参与传播与评价。

成人前期（19～25 岁）各类用户需求特征集中于建立与维护人际关系、获取社会信息，对互联网和移动互联网的接受度较高。偏好垂直资讯频道、主题论坛、SNS 社交平台、社交游戏等互联网、移动互联网应用及地图、导航、支付、电子凭证等功能应用。其中，社交游戏能满足他们建立与维护人际关系，获取社会信息的需求，是这类用户群的需求焦点。随着用户年龄的成熟化，用户反省自己的动机下降，而发展和建立各种关系的心理诉求逐步增长，用户在应用偏好上逐渐从自我表达向社会性游戏和信息分享迁移。目前社会性游戏的排名和相互的"偷"、"抢"、"作弄"、"赠送"等行为，推动 SNS 上相识的人一起活动，体验到竞争、虚荣、自豪等社会性情感，这些情感有利于帮助用户之间维系关系。

成人中期（26～45 岁）各类用户需求特征集中于工作、社会位置、家庭和子女教育，对互联网接入的接受度增长明显。其中，大众家庭型用户是主流用户群，生活、亲子、理财信息服务能满足他们的综合信息需求，经济实惠，是这类用户群的需求焦点。而高端家庭型用户是潜力用户群，智能数字家庭能满足他们工作、家庭等多方面的综合需求，并能提供高品质的服务，是这类用户群的需求焦点。同时，搜索、电子商务、主题论坛、微博、SNS 社交平台等互联网、移动互联网应用及地图、导航、支付、电子凭证等功能应用、亲子信息服务，专业化、行业、职业相关的 UGC 平台也都是此阶段用户的兴趣所在。

对于进入移动互联网的企业可以根据企业战略确定的目标客户

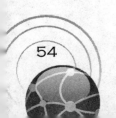

群，并开展目标客户群进行需求分析，进而指导产品和服务开发重点，帮助企业更好地开展商业模式策划。在制定客户战略时，尤其要提高企业把握客户需求、消费行为和消费趋势变化的能力，从了解客户需求中获得灵感，从需求变化中寻找商机。

3.4　业务定位战略

面对巨大的移动互联网市场，如何找到适合你企业正确的业务战略定位？要成为具有远见的企业家，你必须置身于市场环境下进行思考，把握移动互联网发展状况及未来趋势，把握行业发展特点和技术发展趋势，在总体战略的指导下，依托客户需求分析，确定业务的发展战略。

1. 基于价值链定位和企业优势的业务战略制定

移动互联网是一个巨大的"蓝海"，每一个新的业务都孕育着巨大的商机，而且每一个业务的快速发展都要求产业链各方积极进入，根据自身优势，明确定位，只有这样企业才能在业务发展中实现共同繁荣、共同发展。

以目前蓬勃发展的 B2C 电子商务领域为例，主流的业务战略模式可以分为三类：第一类是以淘宝商城为代表的"平台型 B2C 模式"，其特点是建平台、收租金，基于淘宝商城的正牌口碑效应，吸引优质的合作伙伴进驻，帮助店铺推广，促成交易，进而获得中介费用，淘宝商城本身不涉及具体的商品组织和销售；第二类是以当当、卓越、京东商城、凡客诚品等为代表的细分领域的"垂直型 B2C 模式"，选择特定的商品入手，专注某一类型的产品极大丰富和价格最大优惠，吸引用户购买，进而形成用户黏性，逐步再扩展到其他商品；第三类是以 1 号店、为为网等为代表的网上超市性质的"综合型 B2C 模式"，其特点是一开始就从综合性的产品提供切入，跨越商品采购、物流等多个环节，实现用户一站式购物，从而形成用户的长期购买习惯。

这三种不同的 B2C 电子商务业务战略的选择，本质上是基于企业价值链定位以及对自身优势的判断，并不存在简单的好坏之分。以淘宝商城为例，选择进行"平台型"定位，正是和整个阿里巴巴的整体战略定位一脉相承——通过生态链条的前后向整合，由电子商务公司蜕变为整个电子商帮的后台与支持者；而淘宝网的 C2C 平台优势，支付宝的支付优势，也为淘宝商城提供了强大的用户、技术、渠道等各个方面的支持，确保了其平台战略成功的可能性及不可复制性。再以"垂直型 B2C 模式"的代表网站凡客诚品为例，基于其价值链定位的判断，只专注服装销售一个领域，并没有拓展其他领域的野心，在这个领域内凡客诚品精耕细作，首创了电子商务 CPS 销售收入分成等模式，取得了巨大的成功。而"综合型 B2C 模式"开创者 1 号店，在分析了当当、卓越等"垂直型 B2C 模式"的惨烈竞争模式后，基于创业者在物流等环节的过往优势积累，自建物流，提出了一站式购物理念。综合并不意味着"大而全"，1 号店是以"家"的消费理念来统筹超市，销售涵盖与家息息相关的各类商品，包括食品饮料、美容护理、家居家电、厨卫清洁、母婴玩具等几大类产品。其差异化定位的背后，依然遵守发挥企业优势，聚焦核心环节、为顾客创造价值的理念。表 3-2 所示为几种不同战略定位的比较。

表 3-2　　　　不同电子商务企业对 B2C 业务战略定位各不相同

B2C 电子商务企业类型	业务战略定位	企业优势
淘宝商城	平台型 B2C 模式	淘宝网的 C2C 积累，支付宝的支付优势等，为淘宝商城提供了强大的用户、技术、渠道等各个方面的支持，确保了其平台战略成功的可能性及不可复制性
当当、卓越、京东商城、凡客诚品等	垂直型 B2C 模式	在某个细分领域的商品组织和销售上具有优势，例如图书、电器、服装、化妆品等
1 号店、为为网等	综合型 B2C 模式	在物流、平台等整体电子商务平台的建设上具有优势

2. 基于技术特点和用户需求的业务战略制定

信息技术和市场需求是推动产品创新和业务发展的重要动力，也是影响业务战略制定的重要因素，基于技术特点和用户需求的业务战略更加科学和有效。以中国电信移动搜索业务战略定位策划为例，从用户需求角度来看，手机搜索和本地生活信息搜索作为手机搜索本地生活信息的基础业务已经进入快速增长期，为移动搜索本地生活信息打下了良好的基础。3G 商用之后，手机搜索本地生活信息迅猛发展，当前，手机的本地生活信息搜索进入快速发展期。

而从搜索技术的发展来看，移动搜索受到终端处理和显示能力的限制，对数据精准程度的要求更高。通过用户历史搜索情况以及用户当前位置等状态的跟踪与分析，以及自然语言搜索技术的应用，有利于提高搜索的准确度；而语音搜索与传统热线服务的衔接性较好，有利于用户使用习惯的迁移。

中国电信由于在号码百事通语音搜索的长期积累，以及运营商在移动互联网入口、位置信息等方面的优势，在移动搜索方面有良好的发展前景，可以在对终端用户深刻理解的基础上，利用行业影响力，开发行业应用，充分挖掘前向和后向客户的需求，充分发挥前后向结合商业模式的优势。其移动搜索的业务发展战略就是整合内容和服务提供商，提供多途径的信息搜索服务，实现前后向盈利模式。具体来说，可以与号码百事通、手机地图导航等业务相结合，提供多途径的信息搜索服务；也可以与医疗、证券、政府等行业合作，开发挂号、查询等面向公众的行业化移动搜索服务。

基于上述业务战略定位，可采取以下合作发展策略。

第一步：挑选搜索引擎合作伙伴。挑选有不同优势的合作伙伴，分别进行合作，防止搜索引擎商一家独大，并在与搜索引擎商合作时签订分成协议，深入介入到产业链中。

第二步：选择内容和服务合作伙伴。按照提供服务和内容的不同，挑选内容和服务提供商，开发有竞争力的数据库平台，并和合作伙伴就相应的促销广告达成协议，对合作伙伴的广告位，共同开发、共得利益。

第三步：打造基于搜索的广告平台，引导用户消费。成立广告代理的部门，把所有的广告业务集成到自己的广告平台上，以备合作伙伴进行广告的选择，其次要引导消费者从娱乐搜索向生活、商务搜索转变，向大多数用户提供良好的体验，同时将广告主价值最大化。

3.5　正确的战略定位在哪里

面对巨大的移动互联网市场，如何找到适合你企业正确的战略定位？要成为具有远见的企业家，你必须置身于市场环境下进行思考，把握移动互联网发展状况及未来趋势，把握行业发展特点，要深入把握客户需求，从了解客户中获得灵感。制定正确的战略定位要从内外两方面着手。

内部就是准确评估企业自身的能力特点，对自身优劣势有着正确的判断，找到自己的核心竞争优势，要准确分析和判断自己的竞争能力水平，其中包括企业研发能力、经营能力、营销能力、管理能力、创新能力，这些能力决定了企业能做什么、不能做什么和做成什么样。

著名管理学家彼得·德鲁克说过："没有一家企业可以做所有的事。即便有足够的钱，它也永远不会有足够的人才。它必须分清轻重缓急。最糟糕的是什么都做，但都只做一点点，这必将一事无成。"面临移动互联网巨大商机，对于进入移动互联网的企业或创业者，不能被机会所迷惑，要根据自身状况和实力，做好市场细分，选择你擅长的事来做，要专注，不能什么都想做，到处都试，否则会让你浪费很多资源，最后可能什么都做不好。当前移动互联网发展迅猛，孕育巨大的市场，SoLoMo 代表移动互联网发展趋势，企业要把握这一趋势，选择某一领域，在做专、做精、做强的基础上，进一步拓展业务领域。

外部关键是做好市场分析，深入洞察客户需求和做足市场细分，对企业面临的外部环境进行科学的分析，寻找企业发展的机遇。尤其要提高把握客户需求、消费行为和消费趋势变化的能力，从需求变化中寻找商机。

陈华创立的最淘网就是建立在对内外部环境分析的基础上确立的。陈华认为移动搜索没有机会，没有人能打败百度；移动阅读、移动视频等内容提供类服务存在版权瓶颈，难成大器；中国应用软件生态链不好、没有人习惯于花钱，很难形成商业模式；目前 LBS 签到本身没有价值，必须将手机特性、移动互联网特性与社区和电子商务结合起来才能实现其真正价值；从行业来看，移动互联网与团购是当前最火的两个领域。正是基于对企业面临的内外部环境的分析和市场细分，陈华最终确定将团购作为进入移动互联网的切入点，率先进入移动互联网领域，进军移动团购领域，取名最淘网，做成中国第一个移动分享购物平台。

现在越来越多的企业使用互联网这一工具，拉近与客户之间的距离，把握客户需求和真实想法。2011 年 3 月我国三大电信运营商集体开微博，其中主要是利用微博实现与客户互动，了解客户存在问题和建议，提高企业形象。以 Facebook、Myspace、开心网、人人网等为代表的 SNS 网站创造了互联网的流量奇迹，SNS 的出现，为企业提供了客户关系管理的平台，企业可以通过用户在社交网络中留下的种种痕迹了解客户个性化的需求及行为特点，提供相应的产品和服务，开展精准营销，为客户创造新的价值；客户可以利用 SNS 把自己的体验传递给其他好友，进而产生对产品和品牌病毒式的传播，使企业在网络上赢得口碑，带动现实环境中消费者的行动；企业还可以利用 SNS 作为客服工具，了解客户需求，不断改善服务水平。

做好企业战略定位有一点十分重要，就是不要盲目去模仿和抄袭大公司的做法。如果你跟大公司做一样的事，他的实力很强，跟他比是没有优势的。因此，如果把整个产业画成一张地图，你可以看哪些领域被谁占了，谁有什么优势。你应该找一个不在这张地图上的事情去做，找一个有利于发挥自身优势的事情来做，以避免与大公司直接竞争。要学会与大公司合作，要有开放的精神，不要什么都自己做，要与合作伙伴共享平台，共享收益，这样会使自己成功得更快一些。

战略定位是一项复杂而又十分重要的工作，战略制定者必须慎重对待。如果企业的战略定位不准确或发生失误，战略理念再优秀、战略规划再具体科学，将是徒劳无益的。不管怎样，要制定正确的战略定位，做好内外部环境分析十分重要，这是战略定位科学与否的前提和保障。

在苹果公司，我们遇到任何事情都会问："它对用户来讲是不是很方便？它对用户来讲是不是很棒？"每个人都在大谈特谈"用户至上"，我想其他人都没有像我们一样真正做到这一点。

——苹果前 CEO 乔布斯

第4章
成功要素之二：坚持客户导向，注重客户体验

继产品经济和服务经济之后，体验经济时代已经来临！越来越多的行业和企业意识到：核心竞争优势的来源逐渐从产品、技术走向客户端。客户体验管理正在成为一种主流管理方式和竞争能力。良好的用户体验是增强企业竞争力的有效手段，越来越受到企业界的广泛重视。

如今，我们正从传统互联网时代进入移动互联网时代，移动互联网时代孕育巨大的商机，微博、视频、商务、游戏、社区等应有尽有，企业只有把握移动互联网发展机遇，不断为用户提供良好的体验，才能在激烈的移动互联网市场竞争中赢得市场，赢得用户。用户体验将决定产品的成败，决定企业的成败。

4.1　进入客户体验时代

围绕什么理念来设计企业，是由外部环境和企业家的眼界共同决定的，这是真正的商业制高点，真正的商业大战略。以此决定了未来一段时间里，什么样的企业会成为明星，什么样的管理思潮成为主流。

以产品为中心的企业，关注的是规模、成本、价格、效率和竞争，只要企业规模庞大，企业就能在竞争中胜出，企业创新主要是 ERP、流水线、JIT 等。随着技术的进步和发展，大规模的工业化时代已经结束，产品极大丰富，但科技成为发展"瓶颈"。在以技术为中心的时代，只要能不断推出为市场所接受的新技术产品，企业就能取得成功，如英特尔、惠普、微软等公司就是那个时代的宠儿。

如今，技术和产品都已过剩，产品同质化竞争趋势明显，借助互联网和全球化，外界环境变化之迅速、影响范围之大，早已超过所有人思维的极限。企业再也无法以自我为中心，唯有抓住客户体验，以此为出发点去推进技术创新和产品创新，企业才能生存和发展。

约瑟夫·派恩二世和詹姆斯·吉尔摩在世纪之交借《体验经济》一书指出了体验经济的来临。书的开篇就讲了一个故事：经济的演进过程，就像母亲为小孩过生日、准备生日蛋糕的进化过程。在农业经济时代，母亲是拿自家农场的面粉、鸡蛋等材料，亲手做蛋糕，从头忙到尾，成本不到 1 美元。到了工业经济时代，母亲到商店里，花几美元买混合好的盒装粉回家，自己烘烤。进入服务经济时代，母亲是向西点店或超市订购做好的蛋糕，花费十几美元。到了今天，母亲不但不烘烤蛋糕，甚至不用费事自己办生日晚会，而是花 100 美元，将生日活动外包给一些公司，请他们为小孩筹办一个难忘的生日晚会。这就是体验经济的诞生。书中指出：在服务经济时代，服务还附属于产品，帮助产品实现价值，而到了体验经济时代，服务本身已成为关键性的增值部分。

如今，人们正进入客户体验经济时代，客户体验是客户与企业、企业产品进行互动的总称，这种互动不是发生在某时某刻，而是自始至终贯穿于整个交易过程。因此，客户体验不仅仅是外观设计、功能的设计，更重要的是满足客户需求，只有客户需求能真正满足，才能给客户留下好的客户体验。所以，客户体验来自于对客户需求的深入洞察以及产品的创新设计。作为智能手机市场的领先者——苹果，掀起智能手机和平板电脑风潮席卷全球，在市场萧条的情况下，赚得盆满钵满，因此被称为"改变世界的苹果"。苹果改变了电子产品以往只关注硬件比拼的局面，从"硬件＋软件＋内容"的角度俘虏用户的心，一言以蔽之即"一切为了用户体验"。是完美的客户体验造就的苹果，一举击败诺基亚等竞争对手。

亚马逊是一家围绕体验设计打造的公司，亚马逊始终专注于客户，做的所有事情为的是不断提高客户体验，更多的产品、更大的便利、更低的价格是亚马逊提高客户体验的重要举措，一线客服有权把接收到两次投诉的商品直接下架，技术和运营团队做了很多工作，只是为了让用户尽可能方便地退货，等等。360 也是靠重视客户体验而崛起的，360 通过在运营中不断改进产品，满足客户杀毒需求，不断提升客户价值，得到客户的欢迎。从中我们不难看出，在运营中提升客户体验十分重要，也是目前众多企业提升客户体验的重要内容。

客户体验的本质就是坚持客户导向，满足客户需求，提升客户价值，在运营中不断创新。

4.2　关注客户体验始于坚持客户导向

移动互联网的本质，正是互联网借助移动方式向人们工作生活的全方位渗透，也是现实社会和虚拟社会的进一步交融。移动互联网具有"个人"特征，因此，把握"人性"的需求对满足客户需求、提升客户体验具有重要意义。

从众多互联网企业成功实践来看，选准用户的核心应用，把握"人性"的真实需求并且设法予以满足进而挖掘更多的用户价值是其成功的重要策略。Facebook、开心网、腾讯、Twitter 为什么会成功？正是因为它们满足"社会人"的沟通需求和人的"自我实现"的需求，并利用互联网等工具从而使 Facebook、开心网、腾讯、Twitter 等公司取得了非凡的业绩。阿里巴巴、京东商城、当当网、亚马逊等电子商务巨头的成功在于满足"自然人"的"懒"和"追求享受"的需求及广大用户追求方便、廉价的需求，从而使电子商务发展迅猛，从而造就了这些成功的电子商务巨头。谷歌、雅虎及搜虎等的成功在于满足人们获取信息的需求；Youtube、Hulu 和优酷的成功则是满足广大用户追求精神享受的消费需求；苹果公司的成功正是抓住客户追求时尚、完美的客户体验的需求，从而创造了苹果神话。

移动互联网本质具有"人"的特征，进入移动互联网的企业只有深入洞察客户的真实需求，并且不断满足客户的需求，才能在巨大的市场机遇和激烈的市场竞争中占有一席之地。满足客户需求的本质也是提高客户体验，没有需求的满足，不可能有好的客户体验，没有好的客户体验，产品就会失去竞争力。

移动互联网时代，客户购买 3G 手机，看中的不仅是智能手机，更看中的是 3G 互联网应用。在智能终端日益普及、终端价格和 3G 资费逐步下降的情况下，应用成为客户购买 3G 的重要决定因素。谁的应用丰富，谁的 UI 设计好，客户体验好，谁就能赢得客户的信任，谁就能赢得市场。

客户需求的把握直接决定了企业发展的成败。诚然，把握客户是很重要的，但在实践中要做到这一点往往感到困难重重，主要原因表现在以下几个方面。

（1）客户的需求往往不是直接表现出来的，而是掩藏的，具有掩蔽性、零散性。

（2）客户的生活方式、消费动机和消费心理是深藏在客户的心里，难以通过传统的方法有效把握，如市场调研、座谈会及市场细分等。

（3）客户需求千差万别，个性化特征越发明显，客户对品牌的认知、使用移动互联网业务的场景、对资费的承受能力、对带宽的要求、使用的便利性要求更高，无疑给把握客户需求造成较大的困难。

真正有效把握客户需求的确有不少困难，但是坚持客户导向无疑是移动互联网得到更好更快发展的根本，移动互联网业务能不能卖得好，关键在于是否坚持客户导向，真正把握客户需求，努力提升客户体验，这是企业取得市场成功的客观选择。其实，移动互联网的一个重要规律就是企业与客户是"零距离"，移动互联网与用户之间为"零"距离，这使得企业能及时有效地把握用户真实的消费需求、消费行为和消费特征，虽然客户需求不断变化，只要企业坚持客户导向，强化客户数据分析，一定能在不断变化的市场中把握客户的真实需求，从而更好地推进产品持续优化和创新。

移动互联网是一个巨大的"蓝海"，客户体验决定成败是移动互联网发展的一大规律。纵观正在发生移动互联网的风潮，我们发现能成功进入的无不是以坚持客户体验为中心，通过创新提升互联网业务的价值。做好客户体验的前提就是必须真正树立以客户为中心，只有设身处地为客户着想，理解客户，满足客户需求，才能为客户带来意外的惊喜。

4.3　提升移动互联网客户体验的关键要素

客户体验是决定移动互联网成功的关键要素，在移动互联网时代客户体验具有更加丰富的内涵，主要包括上网速度快不快、能否快速找到需要的应用和服务、应用是否丰富且满足用户需求、价格贵不贵、应用是否及时更新等。把握客户体验的这些内涵对进一步提高客户体验具有重要意义。对于移动互联网产品来说，访问速度、页面交互设计、应用和服务提供能力、终端操控性等都是提高客户体验的关键要素。

1. 访问移动互联网速度

以手机微博、社区网络、手机影视等为代表的移动互联网应用服务，让人们深切地感受到了移动互联网的魅力。可是如果你用手机反

复刷新页面，都无法打开，手机看视频老是打不开，着急订机票却总提交不了订单，你还会热衷于手机上网吗？因此，用户访问移动互联网的速度是影响客户体验最直接的指标，上网速度越慢，客户体验就越差，反之亦然。

随着移动终端设备的普及和应用的丰富，以智能手机为代表的移动终端消耗的带宽将会快速增长，网络资源紧张不可避免，网络环境也将日益复杂。这与用户要求更好的网络访问体验之间存在着巨大的矛盾。

手机使用数量的增加尤其是智能终端的快速增长及移动网络视频消费的增长，导致移动互联网数据流量的激增，对运营商的网络提出更高的挑战，也影响客户的体验。近年来，海外运营商 3G 网络"大塞车"，甚至影响到语音通话质量的事情频繁出现。2009 年年底由于 iPhone 应用的数据流量过大，美国最大的电信运营商 AT&T 网络频繁出现拥塞甚至局部瘫痪。2010 年年底，西班牙电信旗下的 O2 也公开表示，O2 服务的 iPhone 等智能手机用户所产生的数据流量令 O2 的伦敦通信网络倍感压力，一些用户周期性无法拨打、接听电话或传输数据。

移动互联网的内容主要来自传统互联网的内容（比如网页、即时通信、在线支付和在线视频等）和基于移动互联网本身特性衍生出的各种新应用（比如手机定位、手机支付、手机搜索等），具有个性化、动态内容多等特点。根据中国互联网络信息中心发布的《第 28 次中国互联网发展状况统计报告》显示，目前我国网民手机上网应用中手机即时通信、手机网络新闻及手机搜索的渗透率分别达 71.8%、62.6% 和 59.5%，居前三位。终端用户在访问这些动态、个性化内容时，对网络访问速度及质量更加敏感。

移动互联网应用在从内容提供商到终端用户的过程中，会受到跨运营商网络瓶颈、网络传输质量、移动终端设备硬件的性能、无线接入网络的稳定性、运营商带宽的容量等诸多因素的影响。不同于传统互联网的 8 秒定律，移动互联网用户受到环境和移动性的限制更多，这意味着他们对访问速度的忍耐度比传统互联网更低。随着3G技术的深入应用，上网速度、页面载入速率慢、手机移动互联网页面无法登录等问题将得到有效解决。未来移动互联网市场，良好的用户访问体验将成为竞争的关键。

2.移动互联网页面设计

用户使用移动互联网的根本目的是满足其需求，无论是通过 3G 门户、客户端下载，还是使用移动互联网应用，给用户的第一印象就是移动互联网页面设计，页面设计的优劣直接影响用户的移动互联网体验，也是影响用户是否使用这些应用的关键因素。

著名交互心理学的设计专家斯蒂芬·P·安德森曾说过"良好的交互设计关注人们所想、所做以及所感！"安德森的这句话适用于整个交互设计领域，同样也适用于手机交互设计领域。目前很多应用的页面交互设计与用户的期望值之间还是存在较大差距。根据艾瑞咨询发布的美国手机移动互联网用户调查数据发现，移动互联网页面格式设计是影响用户体验的首要因素。数据显示，315 名被调查者中，33%的用户反映移动互联网页面设计欠佳，影响用户体验；另有 29%、18%的移动互联网用户认为页面载入速度慢，网页功能无法满足需求。

针对移动互联网门户网站页面设计来说，由于手机屏幕小，其网站内容就不能简单从传统互联网照搬过来，那样会给客户带来不好的体验，字密密麻麻，看不清，因此，需要在页面设计上进行重构。研究发现，用户在使用手机门户网站形态的产品时，网页文本显示方式、网页页面布局方式以及交互方式 3 方面是影响客户体验的核心要素。这需要在进行门户网站页面设计时，从客户体验的角度考虑字符设计、颜色设计、信息位置、信息比例、图文排列、菜单结构、换页方式和文本导航等方面进行科学设计。如图文排列，用户最偏好图片位于左上，最不喜欢图片位于下方；至于菜单结构设计，用户更容易接受较大广度浅层深度的设计，用户偏好层级和页面选项适中的层级结构。

菜单深度以不超过 3 层为佳，菜单广度应根据显示区域面积，一般不高于 15 个为佳；而换页方式用户更偏好类似于 iPhone 手机的滚动换页方式；文本导航用户则对页码的文本导航方式最偏爱。

随着网站和 Web 应用变得更为先进和普及，迫切需要提供针对手机等移动设备的网站和 Web 应用。一个有着很好的移动体验的应用往往能突出重点应用，页面设计简洁、活泼而且有吸引力，因为上面的每件事物都跟屏幕相符，好像就是针对用户的手机设计的，这样用户使用手机版门户网站就会感觉很好，有利于吸引客户使用移动互联网。

目前，手机客户端是用户访问移动互联网的重要方式，也是众多进入移动互联网企业占领手机桌面争夺的热点，占领客户端也就获得了不断增长的流量，也为拓展各类移动互联网应用创造了条件。由于同类型手机客户端产品相互替代性强，用户体验的好坏直接影响用户选择使用谁的业务。手机客户端的产品设计与手机 WAP 网页有许多共同点，但也有自己独特的地方，手机客户端客户体验比手机 WAP 包含更多人机交互操作过程。因此，除了两者共同具备的界面文本显示方式、界面文本图片布局方式和页面操作交互方面的客户体验要素外，手机客户端在使用步骤上一般都会包括：下载客户端安装文件、安装客户端、启动客户端、使用客户端、退出客户端以及卸载和删除客户端 6 个步骤。优秀的客户端使用体验永远是简洁、快速地响应用户需求，并且减少用户思考，消除用户困惑。因此，手机客户端页面及功能设计十分重要。手机客户端设计应从提升客户感知出发，遵循菜单明确、图标易懂、反馈完整三大原则。

菜单设计指向明确。常用的按钮都应放置在比较明显的位置，用户通过浏览客户端界面就基本了解本产品能够实现的主要功能，并且能较容易地找到业务入口。客户端界面上的菜单信息不宜过多，适当控制菜单选项及界面操作按钮，简洁、清晰的界面才会受到用户青睐。界面颜色有区分及强调信息的作用，使用颜色会让菜单设计指向更加明确，界面内容更加清晰。但值得注意的是，同一界面上颜色不宜过多，类似的功能和内容使用近似的颜色。

语言、图标清晰易懂。客户端类产品的界面设计应该简洁清晰，强化美感，所以对界面上的标题和图标设计有较高的要求。客户端界面上的功能操作按钮或标题，应选择简洁的标题语言，一般只能用词或短语来命名，字数上有比较严格的限制。同时，用户界面应使用通俗易懂的语言，避免用晦涩难懂的专业术语，更不应出现有歧义和模棱两可的词语。在界面语言简洁的要求下，清晰易懂的图标设计更能帮助用户理解和记忆界面表达的信息。图标设计可尽量使用用户熟知认可的图标，减小认知难度；相同的功能寓意，应使用相同的图标。对于比较复杂的功能按钮，图标设计可以附以简要的文字说明，以便用户理解和使用。

交互反馈完整明确。交互就是提示用户如何进行下一步操作以及对操作结果的反馈，良好的交互设计能够帮助用户更顺利、更方便地使用产品。因此，良好的页面导航必不可少。页面导航需要达到以下3个要求：用户能清楚了解自己目前正在进行的操作，该操作结束后明确下一步操作流程，目前正在进行的操作在整体的菜单结构中所处的位置。所有的界面信息及操作步骤都应清晰易懂，包括页面的关闭及客户端的退出都应有明确提示，一些重要的操作最好有二次确认的过程。由于手机客户端软件涉及手机流量费用，所以程序的退出和关闭提示更加需要明确，不要让用户以为已经退出了客户端软件，但实际上只是关闭了界面。

当然，设计再完美的产品，用户在使用中还是会出现错误，所以一旦用户在操作过程中发生错误，就要有明确的容错性提示，说明发生错误的原因，以及如何解决。良好的容错性设计仍应尽量减少错误的发生，一旦发生错误，则应明确提示用户如何从中恢复。

总之，移动互联网应用页面设计要站在客户的立场，从提升客户体验出发，充分结合移动终端自身特点，以交互设计为主线，以方便用户更快地找到需要的信息为根本，做到页面设计简洁、完整、活泼，并根据客户体验的建议及反映的问题不断进行自身产品的开发和改进，唯有如此，才能真正提升客户体验。

3．应用和服务满足客户需求的能力

用户通过移动终端上网的根本目的是能快速找到他喜欢的应用，并能很好地满足其娱乐、休闲、商务、沟通等需求，因此，应用能否满足客户需求、提升客户价值成为衡量客户体验的重要内容。也就是说，满足客户需求能力越强，客户体验就越好，反之，不能有效满足客户需求，就是 UI 设计、页面设计再好、上网访问速度再快，也不能真正提升客户体验。举一个移动电子商务的例子，用户通过手机订购商品，从满足客户需求来看，客户主要关注以下指标：

① 商品的丰富性；

② 使用方便性，能否快速找到需要的商品；

③ 购买的步骤是否尽可能减少；

④ 商品信息、促销信息及用户点评等信息是否丰富；

⑤ 是否方便用户点击；

⑥ 移动支付的方便性和安全性；

⑦ 商品价格的竞争力；

⑧ 送货的及时性；

⑨ 商品质量是否有保证；

⑩ 能否根据客户需求偏好进行商品精确推送。

以上这些都是客户通过移动终端购买商品所考虑的主要因素，也是客户关注的重点，这些方面做好了，客户就会满意，客户体验必然会提升，客户移动购买行为习惯就能逐步形成，移动商务才能得到快速发展。

因此，对于进入移动互联网的企业来说，提高客户体验最重要的是从满足客户需求出发，真正为客户提供满意的产品和服务。为此，实践中要做到以下几点。

一是推进平台开放，制定平台游戏规则，加强与外部合作伙伴和第三方开发者合作，不断为平台提供丰富的产品和应用，以满足客户长尾需求。

二是运用企业内部掌握的海量的用户消费行为数据，运用多种数据分析工具和方法分析客户消费行为和特征，有效把握客户如何使用移动互联网产品和应用，从而为不断丰富、改进和完善产品和服务提供依据。

三是除了用户数据分析以外，还可以通过倾听客户的声音，深入洞察客户需求和消费变化趋势，不断提供新的产品和服务，这方面花的力气越大，客户就越满意，企业发展就会越持续。

四是努力降低运营成本，降低价格，因为对于用户来说，总希望价格更低，尤其是客户在互联网时代养成的免费消费习惯更是如此。

五是努力降低移动用户通过移动上网购买和使用产品和服务的流程，缩短服务过程的时间，因为移动用户对寻找需要的产品和服务时间忍耐是有限度的。

4．终端操作的方便性

2007 年 6 月 29 日苹果公司推出小巧、轻盈的手持设备 iPhone。iPhone 一面世，就受到市场的追捧。iPhone 的成功在于终端操作十分方便，更具人性化，iPhone 利用它们创造了自鼠标以来最具创新意义的用户界面。iPhone 开创了手机的"手指鼠标时代"。iPhone 引入了基于大型多触点显示屏和领先性新软件的全新用户界面，融入了屏幕触摸技术，通过触摸屏控制，用户能播放音乐、上网冲浪、下载各类应用和运行 Macintosh 操作系统，享受移动互联网的无限乐趣。正是因为 iPhone 能够抓住用户的心，为用户提供独特产品和体验，才创造了苹果新的辉煌。

苹果首席执行官史蒂夫·乔布斯在 iPhone 发布会上说："iPhone 是一款革命性的、不可思议的产品，比市场上的其他任何移动电话整整领先了 5 年。手指是我们与生俱来的终极定点设备，而 iPhone 利用它们创造了自鼠标以来最具创新意义的用户界面。"

可以看出，苹果iPhone、iPad终端操作的方便性是其成功的关键，也引发终端智能化的热潮。如今，三星、LG、摩托罗拉、RIM、诺基亚、华为等厂商纷纷推出智能终端，以取悦于客户，抢占智能终端市场。

案例：苹果注重客户体验实践

自2001年以来，苹果分别推出iPod、iMac、iPhone和iPad等产品，受到市场的欢迎。2011年5月6日凌晨，苹果三里屯旗舰店门口的小广场出现了上千人密集排队的壮观景象。当天iPad2在中国开卖，iPad2受到苹果迷的追捧，该公司股价迅速攀升到了300多美元的历史最高位，苹果成为世界第二大公司。另外，曾经的移动设备巨擘诺基亚，自iPhone推出至今3年的时间中，市值缩水约600亿欧元，股价累积下滑了67%，2010年9月，诺基亚宣布CEO卡拉斯沃下课。

2000年苹果公司的市值只有170亿美元，如今已经超过3 000亿美元。是什么让客户对其产品趋之若鹜？毋庸置疑，优秀的客户体验居于首位。这种卓越体验，首先体现在产品上，其次逐渐延伸到营销、服务、品牌和商业模式上。iPod播放器、iPhone手机、iPad平板电脑，本来都不是全新的品类，但是，它们不断创造的商业奇迹，也造就了苹果神话。

1. 客户体验至上

人类社会正在逐渐走向体验经济的时代。IT产业的生命周期越来越短，人才、技术和产品的更新速度更快。这种环境下，传统的保持公司优势的做法是微软模式，即技术不断升级，或以IBM为代表的模式，即服务不断升级。苹果采用的是客户体验升级模式，更简洁的设计、更友好的用户界面、更方便的使用场景、更为高雅的外观和更为舒适尊贵的持有感，等等，这些构成了更好的用户体验。这种客户体验基于卓越设计的产品之上，包括企业与客户接触沟通的每一个触点、触面上。许多客户第一次走进苹果的店面时，最大的感受就是苹果店的环境设计和其他 IT 电子产品的店面完全相异。在看上去朴实无华的桌架上，各种产品的展示、使用恰到好处。客户购买完毕走出店面时提的购物袋，也可以制造出一种独一无二的独特购物体验。

在体验经济时代，"产品与客户共鸣"、"制造让客户难忘的体验"成为了新时代先发企业的制胜法宝。当产品能够调动消费者的情感时，需求自然而然地产生，基于情感的多样性和复杂性，这种需求成为具有唯一性的需求，这种产品也成了最具差异化的产品。在爱立信实验室对全球 iPhone 用户的调研中发现：70%以上的 iPhone 用户认为，iPhone 是一种个性、一个时尚且前卫的群体的标识。用户在选择其他手机或 IT 产品时，其实是在购买功能；而在购买苹果公司的产品时，却是在为自己的情感共鸣和自我实现付费。

作为一个电子消费品企业，始终坚持不变的是满足消费者的体验需求，不断推出能更好满足消费者体验的产品。即使在产品非常畅销的时候也依然推陈出新。从 iPod 到 iPod Touch，从 iPhone 到 iPhone4，从 iPad 到 iPad2，苹果公司的每一次产品升级，都大大提升了消费者的用户体验。

2. 追求完美的产品设计

简化是苹果公司产品设计流程里最重要的一步，iPod、iPhone、iPad等苹果产品的设计中无不体现出对"简单即美"这一逻辑的推崇。苹果特别推崇设计时的简单易用。为了实现简单易用这一目标，苹果公司在产品设计时就专注于顾客的想法和需求，以及顾客如何与产品互动。当设计人员确信其抓住了客户的想法和需求时，再设法从工程技术上实现。重要的是，在设计阶段需要创造和创新，在工程技术上同样需要创造和创新。在这种理念的指导下，用户往往只需要按一个键，就可以完成其想要实现的功能。

在苹果公司的精英创造出具备优秀客户体验的产品原型后，苹果公司并不像很多企业一样根据生产可能性调整产品，而是更多地采用

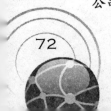

最新技术创造出新的生产方法。如客户所熟知的多点触摸技术、重力感应系统，甚至 USB 和 Wi-Fi 都是在苹果的产品上率先使用的。为实现更好的客户体验，苹果对细节的关注同样近乎苛刻。苹果产品的底色之上都有一层透明的塑料，能够为产品带来纵深感，这被称为"共铸"（Co-molding）。为了实现这种体验，苹果的团队与市场营销人员、工程师，甚至跨洋的生产商合作，最终采用了新材料和新流程，保证了工艺在所有产品上的大规模实施；几乎所有科技产品在塑料或金属的接口处都有缝隙，但苹果公司创造了新的工艺，保证产品没有缝隙。所有的产品上只有线条，而没有缝隙，甚至没有任何可见的螺丝，这就是质量和优雅的客户体验基础。苹果的平台体验负责人专门配了一副钟表修理工使用的高倍双目放大镜用来反复搜索屏幕上的每一个微小像素的可能瑕疵。

在苹果公司，所有的一切都深深地打下了苹果联合创始人乔布斯追求完美主义的思想印记。在本书即将出版之际，2011 年 10 月 5 日，乔布斯因病辞世，但他追求完美的创新精神是其留下的最大财富。在苹果公司产品系统设计、外观设计及工业设计中，都极力追求完美主义，追求每个步骤每个细节的精准，做事有条不紊，细心谨慎，尽善尽美。体现在产品设计中，苹果公司高度关注细节。苹果公司认为，虽然并不是所有用户都关注每一个细节，但从总体来说，关注很小的细节非常重要，人们之所以喜欢苹果产品，这是其中的原因之一。关注细节，经常可以帮助发现产品即使不具有某些功能时人们也可以正常使用，也可以帮助发现公司能在其他方面开发出什么东西。iPod 和 iPod mini、iPod Nano、iPod shuffle 的设计理念就来自于对细节的关注。

设计时专注于顾客的想法和需求，专注于简单易用，苹果公司实际上抓住了用户体验最实质的东西。当苹果产品以精致诱人的造型面市时，就已经超越了时尚。在乔布斯看来，从设计意图到概念的提出，到实现概念的整个产品设计过程，一直到用户使用该产品的体验，最后到外在的华丽外形，都体现了"简单即终极复杂"的设计理念。

3. "终端+应用"的一站式服务

客户体验的基础是围绕产品端到端的全面解决之道。回想一下我们使用的部分运营商服务的经历吧，计费和宣传陷阱，看不太懂的话单，令人眼花缭乱的套餐。而苹果公司在美国推出的服务中，套餐是根据客户使用情况设定好的。剩下的就是点几下鼠标购买资源了。终端、资费、音乐、广播、电视、电影、游戏、应用、照片管理，苹果公司都提供了一站式服务。世界又变得简单和美好了，不是吗？

在 iTunes 推出的时刻，产业对其抱高度怀疑态度，认为习惯使用盗版的客户并不能接受 0.99 美元的音乐付费下载。但苹果公司并不这么认为，比起花费几个小时去找资源，用几美元在卓越体验环境下立刻获得内容，苹果坚信客户会选择后者。在 iTunes 成为世界最大在线内容商场的今天，事实证明：客户体验，基于全面解决方案的客户体验战胜了盗版。当然，这些方面的实现并非易事。苹果公司的能力和资源囊括了设计、研发、硬件、软件、营销、公关等多维度多环节，不同于微软、戴尔、IBM 等在某一生产环节聚焦能力的企业。

产品是客户体验的首要载体。苹果是全球在营销、服务和公关领域做的最出色的公司之一，但在苹果内部产品永远是第一位的。依赖旺盛的创造力，乔布斯领导苹果不断地推出新产品，并持续推出崭新的商业模式，着实令市场惊叹。值得我们深思的是，苹果的新产品在全球掀起波澜，并不是最可怕的，苹果真正的杀手锏恰恰在于软件加硬件的商业模式。

在硬件方面，苹果每推出一款新产品，全球的"果粉"都会抢购，让苹果赚个盆满钵满。有数据显示，iPhone、iPad 的销售，使苹果能获得接近 200% 的高毛利率。更为惊人的是，美国一份最新报告预计，2011 年苹果 iPad 的销量远远超过去年的 1 600 万台，达到 3 600 万台，年增长率约为 125%。

在软件应用方面，2008 年，苹果正式推出应用商店 AppStore，再次发力内容建设。AppStore 的下载量一直保持高速增长的态势，仅用去 3 年的时间，AppStore 的下载量就突破 150 亿。同样，这些应用也在为苹果带来持续增长的分成收益。

仔细来看，苹果的商业模式有着十分独特的魅力。时尚好玩的 iPhone、iPad 为苹果争取到了庞大的用户群，用户要想获得良好的体验，则必须去 AppStore 付费下载各种应用。反过来，当用户下载了各种应用之后，又会增进对苹果产品的认同度。如此良性的循环机制，足以支撑苹果继续向前走下去。

不同于微软等互联网巨头的厂商联盟模式，苹果构建起自成一体的产品生态系统，显示出了巨大的能量，这种"终端+服务"的模式提升了客户体验，创造了苹果奇迹。

4.4　在业务运营中提升客户体验

互联网行业是最有潜力也是最有竞争力的行业，无论是电子商务、门户网站还是搜索引擎或者是一些类似淘宝的网上商城，客户体验过程就是企业业务运营过程，企业只有抓住客户的核心需求，并加以满足，才能为客户提供好的体验，企业才能赢得客户。

互联网产品需要不断运营、持续打磨，好产品是运营出来的，不是开发出来的。而传统的软硬件产品都有个物化的载体，不可能经常改，比较稳定。互联网产品的本质是服务，就是通过某种形式的桥梁和窗口把服务传递给用户，由于用户的需求不断在变，产品就要随时调整。只要瞄准用户的需求点，同时在技术开发方面，采用"小步快跑，循序渐进，不断试错"的思路，一定能打造好的互联网产品。

互联网产品运营是企业实现产品价值所有经营活动的总和，它包括洞察客户需求、市场细分、平台开放和建设、价值链合作、产品改进和完善、客户服务等。如今众多进入移动互联网的企业相继为客户提供手机电视、手机游戏、手机影视、移动搜索、移动商务、手机阅读等众多应用。从客户体验来看，客户关注的是上网速度快不快、客户感知好不好、应用是否丰富及具有针对性、服务和使用是否方便、价格是否合理，等等，要做好这些，关键在于企业持续不断地做好运营工作。如要做到内容丰富，就需要根据客户的内容服务需求，有效选择合作伙伴，与合作伙伴谈判，需要创新合作模式，做好平台开放，不断为客户提供丰富多彩的内容。再比如，客户通过手持终端订购商品，总希望送货及时、产品质量有保证、在线商品要丰富而且价格要低，做到这些，需要企业建立完善的物流配送体系，努力降低运营成本，吸引更多的合作伙伴，无疑也需要企业做好业务的运营工作。

亚马逊是一家以客户为中心的企业，也是一家注重客户体验的公司。亚马逊将客户体验既作为出发点，又作为终点，始终专注于客户，其提升客户体验的做法值得互联网企业借鉴。丰富的选择、更大的便利和更低的价格是提升客户体验的三大支柱。当客户体验好的时候，流量就会增加，更多的流量会吸引更多的卖家，这样消费者就有了更多更丰富的产品，以及获得更方便的服务，这也进一步提升了客户体验。随着业务的不断增长，亚马逊的运营成本会进一步分摊，成本结构将更加合理，可以将省下来的钱返还给消费者，以形成低价，这也是提升客户体验的一个重要因素。

不断增加商品的丰富性，是亚马逊提高客户体验的重要内容。亚马逊坚持开放原则，允许第三方平台在亚马逊开店，截止到 2009 年，全球大约有 190 万活跃卖家，亚马逊仓储物流中心的商品超过 100 万种。亚马逊在互联网上为消费者呈现丰富的商品信息，不仅仅包括了商品的介绍，还有大量的评论、浏览选项和推荐商品，以及一键购物的功能。在亚马逊，通过强大的技术能力为消费者创造更多的便利，更精准的商品信息推送，快速将客户选择的商品交付到消费者手中。低价是亚马逊提升客户体验的第三大支柱。由于规模不断扩大，加上在全球范围内进行运营，是使亚马逊能够为用户提供最低价格的一个重要原因。

随着竞争的加剧，信息技术、网络质量、上网速度、触摸技术等同质化不可避免，在这样的情况下，客户体验的好坏不仅仅取决于 UI、功能的设计，更加取决于准确的市场定位、产品的丰富性、购买的方便性和更低的价格，这些都是决定客户体验好坏的根本，做好这些的关键在于做好业务运营，良好的业务运营是提升客户体验的保证。对于任何进入移动互联网的企业，只要站在用户的立场，以提升客户体验为中心，强化运营，持续运营，创新运营，不断为客户提供满足其需求的内容和服务，才能在市场竞争中站稳脚跟，立于不败之地。

搞好业务运营的基础是有效把握客户需求，强化数据分析，核心是推进平台开放，关键是加强运营的管理，实现高效运营。要在满足客户需求的基础上，不断推进产品创新，以产品持续创新提高客户体验；在平台开放上，要根据企业业务特点制定开放原则，要加强对合作伙伴的管理，严格审查；企业要在资源上向重点业务倾斜，加强内部协同，优化流程，提高对市场、客户的快速反应能力。

互联网产品不是开发出来的，而是运营出来的。

——奇虎 360 CEO 周鸿祎

第5章
成功要素之三：打造具有吸引力的产品

我们知道一项出色的产品是多么有吸引力，就像苹果推出 iPod 和 iPhone，以及海尔针对我国农村消费者的特殊需求，推出"洗土豆"洗衣机、"防鼠板"冰箱及宽电压空调等解决方案一样，得到广大消费者的广泛欢迎，从而使他们在竞争中甩开对手。产品是企业生存和发展的基础，只有不断为市场推出令客户满意的产品，企业才能发展壮大。移动互联网时代，是应用为王的时代，只有不断为客户提供好的应用产品，才能真正吸引用户，赢得用户。

5.1　对移动互联网产品的理解

对移动互联网产品的简单理解就是人们用手机等移动终端通过上网使用互联网业务，它是移动通信和互联网的完美结合。很显然，移动互联网产品离不开移动网络、移动终端、应用和服务，移动通信网络是移动互联网产品的基础，移动终端是移动互联网产品的载体，移动互联网应用和服务则是移动互联网产品的核心。移动互联网产品的概念是从传统意义上的"产品"延伸而来的，移动互联网产品是以移动通信网络为基础，以移动终端为载体，向客户提供能满足其特定价值需求的功能和服务的集合。它主要包括核心产品、形式产品和心理产品。

核心产品是指消费者购买某种产品时所获得的特定的利益和价值，是客户真正要买的东西，如客户订购手机视讯业务，真正需要的是满足其精神娱乐消费的视频内容服务；现在 iPhone 智能手机很热，客户购买 iPhone 的真正目的是享用大量的应用和良好的体验。

形式产品是核心产品借以实现的形式，主要包括移动终端（如手机、平板电脑、PDA、MID 等）、移动网络（如 CDMA 网络、TD-SCDMA 网络和 WCDMA 网络）等，终端产品是移动互联网产品的重要组成部分。如今，手机智能化使客户能够更好、更快、更方便地享受移动互联网名目繁多的应用带来的快乐。对于终端产品来说，它在市场上通常表现为产品质量水平、外观、式样、重量、品牌和包装等。

心理产品是指产品的品牌和形象提供给客户心理上的满足度。产品的消费往往是生理消费和心理消费相结合的过程，随着人们生活水平的提高，人们对产品的品牌和形象看得越来越重，因而它也是产品整体概念的重要组成部分。iPhone、iPad 等是高端移动终端产品，客户若购买和拥有 iPhone、iPad 等产品，就是一种白领、商务人士的象征，给人一种心理的满足感、愉悦感和成就感。

从目前移动互联网产品来看，包括各种应用和服务，内容十分丰富，按照产品所具有的功能和作用，可以将移动互联网产品分为 3 类，即功能型产品、平台型产品和网络型产品。功能型产品如彩信、短信、移动 IM 等。平台型产品是移动互联网产品的发展趋势，也是移动互联网产品的发展重点，如移动商务、手机视讯、手机游戏、移动阅读、移动社区等。网络型产品如手机视频监控、LBS 位置服务、手机支付等。

按照移动互联网产品是否收费，可以将移动互联网产品分为两类：第一类产品为免费类产品，这往往是大众需求产品，是移动互联网企业为满足大众需求而免费向广大用户提供的产品。例如：新浪的"新闻"、腾讯的"QQ"、网易的"邮件"、百度的"搜索引擎"，这些都是免费为大众服务，用于增加网站流量，赢得公众信赖。第二类产品为收费类产品，这部分产品可能只满足一小部分用户的需求，也是为这部分用户而创立的，但它往往需要向用户收费，具有很大的盈利空间，是企业的主要收入来源。

还可以按照移动互联网入口对移动互联网产品进行分类，主要包括 3G 门户、浏览器、客户端和 Web 应用服务。3G 门户大多是指手机所浏览的网页，是大多数手机网站的通称，多以免费为主，用户可以通过手机进行登录。手机浏览器是浏览互联网的工具，本质上它是一种形式产品，浏览器市场是一个庞大的市场，吸引了众多企业，市场竞争越发激烈，目前主流浏览器主要有 UCWeb、Opera、IE 浏览器、谷歌 Chrome、苹果 Safari、火狐(Firefox)、360 浏览器等。客户端是安装在用户 PC、手机等终端上的应用程序，下载后即可运行，使用你需要的应用服务，如 360 安全卫士就是客户端产品，也是重要移动互联网入口，目前 360 覆盖用户超过 3 亿户。Web 应用服务主要是指移动互联网中发展热点，是用户选择进入移动互联网首选产品，如 App Store 等应用商店、移动微博、移动社区，等等。

以上介绍了移动互联网产品的定义及不同分类，从本质上来看，满足客户价值需求是移动互联网的核心，移动互联网应用和服务是移动互联网产品的关键，企业只有创造出令客户"哇哦"的产品，才能在移动互联网蓝海中茁壮成长。

5.2 如何打造有吸引力的移动互联网产品

1. 打造核心应用

选准用户核心应用作为切入点是互联网企业成功的重要原因。用户的核心应用是满足用户互联网基本需求且具有规模的应用，任何核

心应用，其宗旨就是能帮助用户，解决用户某一方面的需求，如节省时间，解决问题，提升效率等。如今人们上网主要是浏览新闻、搜索信息、网上购物、玩玩游戏、与朋友聊天和分享，等等，这些都是人们上网的基本需求，也是用户的核心应用。

当前成功的互联网企业基本是以提升客户价值为目标，选准用户的核心应用，通过提供优质的服务黏住互联网用户，进而挖掘更多的用户价值。核心应用的有效把握是建立在对客户潜在需求的精准把握和正确判断基础上的。典型的企业当属新闻资讯类的新浪、搜狐，IM类的腾讯、微软 MSN，搜索类的百度、谷歌，应用商店类的苹果 App Store，电子商务类的淘宝、京东商城，网络安全类的 360 安全卫士，社区类的 Facebook 和开心网，网络视频类的优酷和土豆网等。

移动互联网时代，客户购买 3G 手机，看中的不仅是智能手机，更看中的是 3G 互联网应用，在智能终端日益普及、终端价格和 3G 资费逐步下降的情况下，应用成为客户购买 3G 的重要决定因素。谁的应用丰富，谁的 UI 设计好，客户体验好，谁就能赢得客户的信任，谁就能赢得市场。

2．构建从产品设计到运营的闭环流程

移动互联网产品与一般实物产品相比具有几个明显的不同点：一是人们使用移动互联网产品过程更加关注的是体验，体验代表产品；二是产品开发过程与产品运营过程和服务过程是密不可分的，在运营中开发和在开发中运营是互联网产品开发的显著特征；三是企业与客户的距离是"零"距离，企业可以通过互联网及时了解客户使用互联网业务的轨迹、使用量、使用哪些业务等情况，这些对产品持续改进具有重要意义。

基于上述互联网产品的特点决定了敏捷开发、快速迭代是互联网产品成功的必由之路，这客观决定了移动互联网产品开发是一个不断提升客户体验的持续优化的过程。正如奇虎 360 CEO 周鸿祎所说："互联网产品不是开发出来的，而是运营出来的。"

　　具体来说，可以从产品设计、交互设计、视觉设计、产品运营4个环节出发（见图5-1），构建从设计到运营的一体化产品优化闭环流程。首先，在产品设计环节，可以重点考虑的方法以及评价要素包括口碑传播、少即是多、兼容性、关注性能和速度、抓住高端用户、满足用户个性化需求、寻求差异等；其次，在交互设计环节，除了考虑符合用户习惯与预期、操作便利等，还应该站在用户角度，不强迫用户、在流量和资费等方面做到实时的提醒等；再次，在视觉设计环节，应重点考虑设计是否能传播企业产品理念、风格是否规范与统一、重点是否突出以及界面是否干净整洁等；最后，在产品运营环节，除了应该考虑稳定性、应对突发事故的处理能力、抗灾容灾能力等外，还应该考虑一个跟踪用户定位问题，也就是在产品中嵌入一些用户使用信息自动收集的模块，跟踪分析用户使用情况以便后续改进。对于移动互联网企业，如何从运营中获得海量数据，依托深度数据挖掘寻找用户的关键需求、寻找新商机是产品持续优化的关键点。因此，数据化运营关系成败，重视数据深度分析是实现产品创新的根本。

　　以亚马逊为例，从需求的收集到需求的实现，数据化运营贯穿了亚马逊业务的始终。在亚马逊，数据是不可或缺的工具，它是一切重要决策的基础。亚马逊会花很多时间从数据的角度去研究商家的需求，以帮助他们改进产品、增加销量。在亚马逊，所有的业务部门都非常重视数据，网站可以根据消费者的购物行为，计算出他的喜好，在下次购物前推送他可能心仪的商品；业务部门推出一项新功能时，会进行小范围的测试。比如对某项新功能进行 A/B testing，即把不同的版本推送给不同的用户，通过数据反馈了解用户真正的喜好。在亚马逊，数据化运营无处不在，数据分析改善了客户体验和成本结构，使之能以规模化的方式降低成本，从而为顾客提供产品丰富、购买方便和价格低廉的产品体验。设立新的运营中心就是很好的例子，亚马逊会用历史数据和现有的配送网络、预期的商品种类结构、包括商品的尺寸和重量等指标来建立数学模型，测算旺季的订单峰值，从而计算出运营中心的容量，决定到底是需要针对小件物品还是大件单独运输物品的设施。

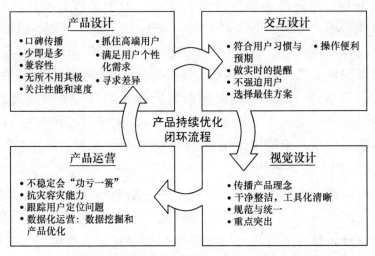

图 5-1　构建从产品设计到运营的闭环流程

3．把握微创新，实现产品持续优化

微创新在当前互联网行业十分流行，什么是微创新呢？实际上微创新就是渐进式创新，是一种在不进行重大改变和巨额投资情况下，持续不断地对现有产品在功能、应用、体验等方面进行改进。同济大学经济管理学院副院长朱岩梅认为："从工业史的发展来看，绝大多数创新都不是突破性的，而是渐进性的。所谓微创新，其重要意义在于告诉大众，创新大多数情况下并非突破性的、革命性的，创新的本质是渐进性、积累性的。"

奇虎 360 董事长周鸿祎对微创新的定义是："你的产品可以不完美，但是只要能打动用户心里最甜的那个点，把一个问题解决好，有时候就能四两拨千斤，这种单点突破就叫微创新"。周鸿祎认为互联网微创新的规律有两点："第一，从小处着眼，贴近用户需求心理；第二，快速出击，不断试错。"

是的，互联网企业包括进入移动互联网的企业，产品创新的一个特点就是从来不是颠覆性的，而是一种渐进的创新，不是把原来的东西推倒重来，而是在原有基础上创造新的东西，不断为客户提供丰富和多样化的互联网服务。对于互联网企业有一个优势，就是能通过掌握客户消费行为大量数据和反馈的信息，有力支持产品进行持续改进。正如周鸿祎所要求的那样，360安全卫士从查杀流氓软件开始，也是一直在做微创新工作，查杀流氓软件就是"微创新"。后来，360开始给用户计算机打补丁、体检、开机加速，每一项功能都是微创新，360就是靠这样一个一个的微创新发展起来的。时下最风靡的苹果iPad也可以看成是一个"微创新"的范本，一个尺寸更大的iTouch。曾有人讽刺它是介于笔记本电脑、PDA、手机之间的"四不像"东西，但事实上iPad正是敏锐地把握了这几个产品之间的空白，再一次成功引领用户需求而风靡全球。专注于游戏的PopCap公司其成功在于坚持走快速微创新的精品游戏研发路线。如PopCap公司的力作《植物大战僵尸》每3个月进行一次细节创新，利用多点触控设备特点，实现4个道具牌同时操作的奇特体验，以及每3个月更新一次道具形象——迈克尔·杰克逊形象的"舞王僵尸"等惊艳角色——出现，等等，这些都是微创新的细节，从而给玩家带来极致的体验，深受用户的欢迎。

微创新是当前互联网行业产品创新的主流，其本质是渐进式创新，要做好微创新，其根本是要及时有效地把握客户需求、关注客户体验，由于互联网企业拥有庞大的用户消费行为数据库这一核心资产，实践中只要做好客户消费行为数据分析，就能为产品持续优化和创新提供源源不断的动力；做好微创新还要做到以快制胜、坚持不懈，只有不断根据客户的需求和建议，快速、持续地进行微创新，产品才能不断满足客户的需求，产品才有竞争力。

诚然，微创新盛行的一个主要原因是创新成效快、成本低、风险小，但微创新的一个缺点就是目标比较明确，往往会固化创新模式，限制想象力和创造力。微创新要走向成功关键在于提高企业持续创新能力，这需要企业从人才、机制、文化、管理、技术等方面着手，为微创新创造良好的企业环境。

4．密切关注行业和技术发展趋势

互联网内容、应用和模式将不断引入移动互联网，未来移动互联网的行业控制点也将和 Web 一样，从操作系统向浏览器转移，在互联网内容过剩的时代，内容的分享交流、个性化订阅和 UGC 对用户更有吸引力。应用开发只有密切结合一些新型技术展现形式，才能给用户更好的体验。

表 5-1 是常用移动互联网新型技术，它们都是推进移动互联网产品创新的重要力量。主要包括 Web2.0、Mashup 技术、Widget 技术和新型终端。

表 5-1　　　　　　　　　移动互联网新型技术一览

技术	Web2.0	Mashup	Widget	新型终端
特点	以用户为中心的网络，交互性强，用户参与度高	将来自多个源的数据组合成集成的 Web 应用程序或网站，从而提供集成的体验	运行于浏览器界面之外的定制 Web 页面	上网本、电纸书、家庭信息机等新型终端不断涌现
应用特征	平台化、用户参与和传播、用户选择性过滤、社交属性强、个性化、UGC	通过开放 API 来实现多源头数据或业务的整合，迅速生成丰富的应用	每一个 Widget 都是面向具体的轻量级的任务，为使用者提供一键式的服务。可以安装在浏览器、PC 的桌面或者手机终端	软硬件及应用、内容一体化，多功能模块整合，如移动上网模块、GPS 模块等
应用领域	应用引入平台建设	应用开发	应用承载	应用表现

Web2.0 强调以用户为中心的网络，交互性强，用户参与度高，其应用热点领域包括平台化、用户参与、用户传播、用户选择性过滤、社交属性、个性化和 UGC 等。

Mashup 技术指将来自多个源的数据组合成集成的 Web 应用程序或网站，从而提供集成的体验。其应用特征主要是通过开放 API 来实现多源头数据或业务的整合，迅速生成丰富的应用。以电信运营商为例，Mashup 技术的一个具体应用场景就是能力开放。运营商将基本电信能力进行封装，并通过 API 开放给开发者；互联网公司通过 Web Service、REST、RSS/Atom 等方式开放各种 IT 数据和业务能力。互联网公司或任何第三方开发者基于开放的电信能力和 IT 能力聚合生成新业务，并通过自有营销渠道或运营商业务超市对业务进行推销推广。

Widget 技术是指运行于浏览器界面之外的定制 Web 页面，其应用特征是每一个 Widget 都是面向具体的轻量级的任务，为使用者提供一键式的服务，可以安装在浏览器、PC 的桌面或者手机终端，能较好地从中间件层和应用层解决终端适配性问题，从而使用户体验更佳，目前已经广泛应用在很多移动互联网产品开发中。

而新型终端则是指目前不断涌现的各类上网本、电纸书、家庭信息机等新型终端，由于大小和应用环境不同，因此未来移动应用开发商需要更多地考虑如何实现软硬件及应用、内容一体化，提供多功能模块整合，如移动上网模块、A-GPS 模块等，实现多屏联动和自动适配等。

除了上述目前已经被广泛关注乃至应用的移动互联网热点技术外，还有一些相关技术发展也需要引起重视，例如云计算、物联网、城市光网等。

云计算的发展将促使移动互联网更快地向平台化运营转变，未来很多移动互联网应用将以云服务形式提供。如 2011 年 6 月 7 日乔布斯在苹果全球开发者大会正式发布了 iCloud 云服务产品，通过无线网络和智能终端，用户可以进行 iCloud 的各种云存储，包括音乐、应用、电子书、照片、通讯录、日程、资料、邮件等数据，均可以进行自动的上传下载。移动互联网云服务将为客户带来更好的体验和新的商业模式。

物联网是指通过各种信息传感设备，如射频识别（RFID）、红外感应器、全球定位系统、激光扫描器等信息传感设备，按约定的协议，把任何物品与互联网连接起来，进行信息交换和通信，以实现智能化识别、定位、跟踪、监控和管理的一种网络。物联网的发展本身有赖于传感器技术、新型传输技术、移动互联网技术等各方面的融合发展。典型的具备"物联网性"和"移动互联网性"的业务包括移动支付（如小额现场支付、刷手机乘公交车等）和移动定位（如智能交通系统、汽车导航、老人儿童的远程定位）等。

城市光网的建设，一方面将提升宽带上网速率，催生更多的高带宽应用，另一方面，也将推动 Wi-Fi 的发展，从而分流 3G 网络压力，增加移动应用接入模式，进而实现无缝高速网络体验。目前以中国电信为代表的电信运营商目前正在推进"宽带中国"战略，加大光进铜退的步伐，城市光网的发展指日可待。

未来 5 年，移动互联网将形成由城市光网＋3G/4G 无线网络＋Wi-Fi 分流的协同的网络架构，移动带宽将从 3.1Mbit/s 上升到 100Mbit/s。智能手机等移动互联网终端占比将大幅提高。云计算、物联网、嵌入技术、无线技术的融合发展，将使越来越多的信息服务和应用直接嵌入用户的生活、工作场景中，拉动新的通信信息服务需求。

案例：腾讯 QQ 产品创新实践

在中国的互联网领域，如果说到做产品开发，没有哪个企业能与腾讯相媲美。腾讯是今天中国互联网的巨无霸，腾讯能取得今天的成就，正是把握了上述的"打造核心应用"、"构建产品设计到运营的闭环流程"、"把握微创新，实现产品不断优化"、"密切关注行业和技术发展趋势"几个关键要素。

1. 打造核心应用：腾讯 QQ

在互联网起步之初，腾讯把握人与人之间沟通的基本需求，推出了腾讯 QQ，而且采取前向用户免费策略，迅速占领了市场。如今广大网民越来越离不开 QQ，截止到 2010 年年底，腾讯 QQ 注册用户突破 10 亿户。

在 QQ 核心应用做大以后，腾讯 QQ 平台价值倍增，腾讯取得今天的地位在很大程度上依赖于在 QQ 客户端上捆绑各种功能，如邮箱、财付通、QQ 空间、手机 QQ、游戏，等等，任何一种新产品、服务或者应用，只要捆绑在 QQ 上，都能让任何对手胆寒。同样，谷歌专注于搜索核心应用，拥有世界最大的数据库，从而成为全球互联网搜索的霸主，如今谷歌正向移动互联网、互联网电视等领域延伸。

2. 用户体验贯穿产品设计到运营的闭环流程

腾讯产品创新将用户体验放在战略高度来考虑，创新机会发现过程通过内外部同时进行，内部通过数据挖掘获取用户需求，外部基于平台搜集用户反馈信息，不断挖掘客户需求，从市场上寻找成熟的产品进行改进，提高了腾讯在需求发现上的灵敏度与可行性。随着用户数量的增长，腾讯掌握着海量的用户数据，这就帮助腾讯不断把握客户需求，进行持续的产品改进。

腾讯的每个产品都有相应的产品论坛和用户投诉热线作为用户反馈的主要途径，也是帮助产品持续改进的主要源泉，通过产品论坛和用户投诉热线搜集用户意见。例如：QQ 邮箱开发团队通过产品论坛，每人每天搜集了 1 000 条用户意见；内部员工都是腾讯产品的用户，产品在正式上线前必须经过内部员工体验测试。

高层领导是公司的"首席体验官"和"第一产品经理"。马化腾每天都会花大量的时间和精力，来体验公司的产品和服务。作为拥有 6.5 亿活跃用户的腾讯，哪怕产品有一点点的瑕疵，都会引发用户大量的不满，因此马化腾特别要求腾讯所有的产品经理都要"做最挑剔的用户"。发现产品的不足最简单的方法就是天天用你的产品。产品经理只有更敏感才能找出产品的不足之处。

互联网产品开发，一定要找准用户的核心需求，帮助用户解决工作、生活和学习中的问题，点不一定要大，选准某一点，实实在在地做深、做专、做精，并根据客户需求持续改进，产品才能赢得客户，才能在竞争中胜出。以腾讯网络游戏——《穿越火线》为例，该游戏是引进韩国的一款游戏。游戏改进过程中，对子弹射出后的弹道设置时，腾讯根据对用户的挖掘数据认为，韩方原本设计的逼真效果对中国用户并不合适，用户对腾讯设计出的"比较爽快的、节奏快的、鲜明的"的弹道设计更加兴奋。最后的结果表明，腾讯是对的。

数据化运营方面，腾讯更是早在 2006 年便开始采用数据挖掘。最初的时候，由于 QQ 的注册信息并非全部真实，他们通过分析如经常访问的频道、产品等用户的行为，对用户进行关联分析，最终进行交叉营销和决策管理，以及对产品进行优化。如一名用户选择 QQ 秀的上衣后，产品部门开始考虑做关联分析，向他推荐裤子、外套等产品。同时针对拥有宠物的 QQ 用户进行关联推荐。

这样的分析逐渐推进到其他产品上，如 QQ 的游戏产品，通过对游戏用户的分析，向不同的用户推荐不同的游戏产品。当这些数据累积到一定程度后，腾讯将可以根据 QQ 用户的行为进行交叉营销，推荐腾讯更多的相关产品。最终，腾讯根据 QQ 用户的行为，为用户推荐各种各样的广告。这样的推荐给腾讯带来了良好的效益，所有的产品改进、效果等都有数据可依。

3. 微创新实现产品持续优化

腾讯 QQ 本身就有很多微创新，比如 QQ 文件传输速度比 MSN 快，从而打动了用户的心。这一点小小的创新，让 QQ 不再只是一个聊天娱乐工具，也变成了一个高效的办公工具，一下子就把很多坐办公室的人变成了 QQ 的用户。腾讯公司虽然每次都不会第一个去吃螃蟹，但是模仿之后的"微创新"才是腾讯成功之道。腾讯公司会根据用户需求，从小处着眼，贴近用户需求心理进行"微创新"。不管是游戏、团购、微博还是其他产品，模仿不是关键，而"微创新"才是王道。

微创新的本质仍然是要从用户需要出发，紧紧围绕提升客户体验展开，一定要聚焦专注，不一定把面做得多宽，最重要的是，需要有持续满足用户需求的能力，不要老是指望"一招通吃"。腾讯的许多产品创新都是紧紧抓住客户需求、围绕用户体验进行的。用户需要省心省力，腾讯就推出了"QQ 通行证"。用户希望在不同平台上都拥有智能化的体验，腾讯就推出了"Q-service"。用户在绿色、安全方面有了水涨船高的需求，腾讯就发布了安全助手来让用户放心。

4. 密切关注技术发展趋势，提前布局抢占先机

腾讯已推出 Web2.0QQ，Web2.0QQ 有望发展成为操作系统或应用平台。而其应用展现层面，也已经广泛应用 Widget 等技术。终端层面，

手机 QQ 进行广泛的终端适配，已经成功覆盖了 Symbian V3、Symbian V5、iPhone、Android、MTK 国产机、Java 以及黑莓七大手机平台；针对功能手机/中低端用户，推出 Q-service 平台。通过和非智能机平台如 MTK、展讯的手机平台商以及芯片供应商紧密协作，将 Q-service 整合预装软件打包给手机厂商，提升中低端手机的互联网功能。

未来发展上，腾讯高度重视云计算领域，正在依托自身强大的 IDC 运营能力，联合其他云计算厂商借以进军云计算。早在 2010 年前，就与微软合作，共建云 QQ，云 QQ 是腾讯在微软的 Windows Azure 为技术支持下，在 WebQQ 的基础上全新打造的一个产品。云 QQ 主要通过 Windows Azure 作为强大的服务器支持，把用户资料设置等都存储在云服务器上，同时支持与客户端 QQ 同步资料。2010 年 6 月 17 日，腾讯与思科签署合作备忘录，双方将建立长期的战略合作伙伴关系，通过技术创新、成立联合团队和联合推广等方式打造以统一通信为基础的一站式企业互动平台。随后，Novell 宣布与腾讯在深圳联合成立研究实验室，就云计算平台的开发进行深入合作。腾讯将采用 Novell 先进的智能工作负载管理解决方案，为其打造架构灵活、易于扩展的互联网数据中心（IDC）云平台。

5.3 实现从模仿到创新的飞跃

我国的互联网经过近 20 年的发展，涌现了阿里巴巴、腾讯、奇虎360、百度、当当网、优酷等众多成功的互联网企业，但总结中国互联网发展历程，走的是模仿创新之路。

模仿能使企业快速进入某一业务领域，节约企业成本，可以避免企业少走弯路，又有助于企业快速满足市场需求。模仿本身没有问题，模仿也是一种创新。模仿的目标是创新，创新的基础是模仿，创新和模仿都是一种寻求成功的手段，成功的创新往往是从模仿开始。问题的关键是不能一味地模仿，更不能一直在模仿。模仿创新促进了模仿创新者的创新活动，客观上也推动了技术和商业模式的细化与变革，是值得提倡的，当然这要以不侵犯前人的权利为前提。借鉴模仿别人的成功理念和经验模式，并根据自己所处的环境和自身实际情况加以改进其实就是一种创新。

中国互联网产品创新中模仿比较普遍，如腾讯 QQ 可以说从 ICQ 模仿而来，淘宝最早模仿 eBay，百度跟随谷歌，目前谷歌在中国搜索市场拥有 70%以上的市场占有率，人人、开心网是模仿 Facebook 而流行的，新浪、搜狐模仿 Yahoo，优酷、土豆模仿 YouTube，美团、拉手网、糯米网模仿 Groupon，新浪微博、腾讯微博模仿 Twitter，立方网、街旁网模仿 Foursquare，我国三大电信运营商推出的应用商店也是模仿苹果 App Store……可以看出，模仿是当前我国互联网发展的重要特征，也造就了这些成功的企业，因此，没有模仿就没有今天中国互联网取得的巨大成就。

西方国家同样十分推崇模仿，而不像我们媒体带有目的地宣传那样，似乎只讲自主创新。除了美国十分强调自主创新外，包括日本、英国、韩国等国，都以模仿为主，但他们不叫模仿，叫创新扩散，就是把别人自主创新的成果拿来用。中国互联网发展取得今天的成就，模仿创新也起到了助飞作用，功不可没。创新与模仿其实并不矛盾。正如日本经济的腾飞离不开模仿一样，模仿是为了更好地超越。

中国互联网模仿热，涌现了众多的互联网企业，有许多都已经倒闭消失了，其主要原因就是一味地模仿，而缺乏创新，这样的企业是必死无疑。当然，中国这么多年来，也涌现出了像腾讯、淘宝、百度、阿里巴巴、人人网、优酷、当当网等互联网巨头。它们缘何成功？关键在于模仿再创新。

知名技术创新专家施培公博士在其专著《后发优势——模仿创新的理论与实证研究》中，把模仿创新定义为"企业以率先创新者的创新思路和创新行为为榜样，并以其创新产品为示范，跟随率先者的足迹，充分吸取率先者成功者的经验和教训，通过引进购买或反求破译等手段吸收和掌握率先创新的核心技术和技术秘密，并在此基础上对率先创新进行改进和完善，进一步开发和生产富有竞争力的产品，是参与竞争的一种渐进型创新活动"。从中可以看出，模仿创新关键是要掌握率先者的核心技术，并进行不断改进和完善，模仿创新成功的关键还是在创新上，没有创新的模仿难以成功。模仿创新是创新一种方式，中国互联网企业尤其是进入移动互联网的企业要善于运用模仿创新，向领先企业学习和借鉴，并在此基础上不断创新，惟有如此，模仿创新才会成功。

虽然从总体上来看，我国互联网走的是模仿之路，虽然模仿者在大众眼中常是负面形象，但我们高兴地看到越来越多的中国互联网企业包括移动互联网企业在学习借鉴国外成功者的同时，也在加速自主创新步伐，正从模仿向创新模仿迈进，实现创新升级，创造具有中国互联网行业特色的微创新之路。互联网更提倡的是："聪明的引进，并不断地在此基础上进行创新"。腾讯早期虽然脱胎于 ICQ，但其后来的发展之路，如与移动通信的结合以及虚拟物品交易却是 ICQ 没有走过的；聚合大量传统媒体的内容创立"新闻门户"属于新浪的独创，新闻在早期的雅虎时代并没有如此突出的地位；开心网从最初的偷菜、抢车位到今天的飞豆、海贝都是本土式创新；淘宝的创新之处在于以免费模式吸引了海量的商户进场开店，之后又以售卖淘宝内部广告位的方式获取广告收入，并开发了第三方支付工具来支持其电子商务；新浪微博也不完全等同于 Twitter 和 Facebook，国内拉手网等团购网站也不等同于 Groupon，一日多团、团购抽奖等团购新模式也都属于本土创新……这些创新的结果使这些互联网企业在创新发展中确立竞争优势，从而成长为互联网巨头，令那些盲目的跟风者难以望其项背。

谈模仿创新就不得不提腾讯，可以说腾讯是模仿创新成功的典范。2010 年 7 月，《计算机世界》刊登了那篇有名的《狗日的腾讯》，句句剑指腾讯在互联网行业中的模仿和抄袭，并列举了腾讯模仿名单：如腾讯 QQ 模仿 ICQ、腾讯 TM 模仿 MSN、QQ 游戏大厅模仿联众、QQ

对战平台模仿浩方对战平台、腾讯网则模仿新浪、腾讯 QQ 团购网模仿 Groupon、团队语音模仿 UCTalk、腾讯拍拍模仿淘宝、财付通模仿支付宝、电子商务网站拍拍模仿淘宝、QQ 拼音输入法模仿搜狗输入法、腾讯微博则跟从新浪微博……对于模仿的指责，马化腾的回应是：模仿是最稳妥的创新。的确，腾讯在产品和应用上是在模仿，但腾讯为什么能在模仿创新中胜出呢？其根本原因还在于腾讯在模仿基础上实现了再创新。体现在以下几点：一是通过 QQ 免费模式，迅速做大用户规模，如今 QQ 活跃用户超过 6.5 亿户；二是坚持以客户为中心，通过内部基于数据挖掘获取用户需求、外部基于平台搜集用户反馈信息，并坚持客户体验至上，产品进行持续改进和完善，从而更好地满足客户需求；三是腾讯利用规模效应在互联网中实现多元化发展，庞大的 QQ 平台，为腾讯向增值业务发展创造了很好的条件，此外，品牌影响力也使腾讯拥有强大竞争力；四是腾讯产品和应用不是简单地模仿，更多是创新，几乎腾讯的每款产品都能找出市场上其他同类产品所没有的优点，其产品创新成功之处在于"打动人心"；五是积极的企业创新精神，腾讯坚持"创新——永不改变的真理"、"在活跃的气氛里做严谨的事业"、"学习打基础，创新建高楼"等 7 条文化促进创新，在内部通过各种活动和共享平台鼓励员工发表意见，在外部通过建立平台、举办活动等方式促进创新，巩固创新文化；六是建立强大的创新队伍。腾讯现有员工突破 9 000 名，其中 80%以上为技术开发人员，因此腾讯一线接触客户的员工就是创意的来源，也是新产品开发的骨干，对客户有深入的了解。而且，腾讯员工的平均年龄为 28 岁，对腾讯的产品充满了热爱，也充满了创新的激情。虽然腾讯已成长为中国最大的互联网公司，但与苹果、谷歌等国外巨头相比还难以抗衡，腾讯未来发展之路仍很漫长。

管理大师彼得·德鲁克认为创造性的模仿是"创造性仿制者在别人成功的基础上进行再创新。创造性模仿仍具有创造性，它是利用他人的成功，因为创造性模仿是从市场入手而不是从产品入手，是从顾客入手而不是从生产者入手。它既是以市场为中心，又是受市场驱动。"

模仿本身没有错，模仿是为了超越。尤其是在发展初期，模仿可以节约大量资金，但当模仿到一定阶段，就不能一味地模仿，而要创新。不创新是难以促进业务更好更快发展的，不创新企业必将失去活力。因此，改变这一状况就必须在模仿的基础上实现创新升级，最好的办法是在模仿的基础上找出不同点实现创新超越。

从目前我国互联网创新能力来看，自主创新能力不强，基本上没有什么原创的技术和产品，大多数是把国外的模式、国外的产品照搬到中国，这样很难突出品牌的差异化。中国互联网企业产品创新只是流于应用层面，而不是核心的技术基础。如今是移动互联网大发展的时代，也是移动互联网创业最好的时代，企业成功的关键是能否具备持续的创新能力，我国互联网企业、电信运营商、服务提供商、终端厂商只有不断地创新，才能不断发展壮大。

移动互联网领域现在和未来将成为行业发展焦点，相信未来也会有更多的新公司在移动互联网领域出现，移动互联网在平等的基础上给大家提供了平等的发展机遇和机会，给大家以改变自己命运的机会，是一个容易创造神话的领域。正如苹果 CEO 乔布斯所说："创新是区分领袖与追随者的准则。"因此，只有那些坚持创新、开拓进取、勇往直前的企业，才能创造移动互联网的神话，才能真正成为移动互联网的王者。

5.4　移动互联网产品创新的十大准则

移动互联网崇尚创新、自由、开放、共享、平等的精神，当前移动互联网行业创新步伐不断加快，各种新业务、新应用不断出现，表现出巨大的市场前景。在移动互联网时代，只有创新才能生存，才能更好地发展。移动互联网时代，产品创新模式较以往有了很大变化，我们只有把握移动互联网发展规律，深刻把握移动互联网创新本质，才能在移动互联网时代立于不败之地。

移动互联网时代，什么样的产品才是好的产品呢？好的产品必须满足以下几个条件：一是用户界面友好，操作方便，客户体验好，能吸引人；二是使用的用户不断增长，流量不断增加，深受客户欢迎；三是通过构建完整的产业生态系统来吸引用户；四是能够与智能终端完美结合。

如何创造好的产品呢？实践中有哪些应遵循的规律？创新工场董事长兼 CEO 李开复在博客上撰文，提出"互联网产品创新需要具备九个精神"，我们在这 9 个精神的基础上，根据移动互联网发展规律及特征，提出移动互联网产品创新应遵循如下十大准则。

（1）关注用户：要始终秉持着用户第一的理念，要以用户痛处、用户关心的问题为契机，把用户需求放在第一位。

（2）快速迭代：经过开源、云计算、应用商店降低开发成本，先推出 Minimally valuable product，每周更新，从小处着手，快动作，敏捷地开发验证，直到解决用户问题，然后才开始推广，并在推广中不断优化。

（3）数据导向：把握用户使用移动互联网产品的数据和行为轨迹，深入洞察和理解用户需求，从中发现新的商机、产品改进的切入点以及判断如何设计产品和排序功能。

（4）清晰定位：知道你的产品的核心需求和功能，定位要简洁，两句话说清楚。清晰目标用户是谁，不能太广。用定位来挑选功能，避免功能膨胀。

（5）坚持开放：移动互联网产品开发不一定要自己开发，通过平台开放吸引第三方开发者，聚集合作伙伴应用，打造开放平台，从而为用户提供更加丰富的应用。

（6）重视细节：产品经理必须是"骨灰级玩家"，对所有产品了如指掌，关注每个细节，在意每一个缺陷，把产品当作自己的孩子。

（7）打破陈规：不被过去的思维束缚，才能开发出有创意的产品，有时候，一个小小的修改就可能是大大有价值的创意。

（8）追求简约：不要太复杂，最简单的解决方案是最好的，要用简约的界面隐藏复杂的内涵。

（9）做到极致：要有专注的精神，做自己擅长的领域，每推出一项应用和服务要以"为客户创造价值、提升客户体验"为中心，为客户提供方便、快捷和完美的产品。

（10）洞悉未来：看清楚方向可能就是成功的一半，要对行业发展趋势、客户潜在需求、技术发展趋势、行业发展规律等有清晰的战略判断。

互联网的大门绝不是一个，可以说有流量的地方都是门。

——优视科技 CEO 俞永福

第6章
成功要素之四：占领移动互联网入口

6.1　占领移动互联网入口的意义

随着移动互联网的飞速发展，应用及内容日益丰富和多样化。用户接触移动互联网的渠道多种多样，因此这个渠道和入口成为众多企业竞相争夺的热点。产业链的不同环节对互联网的入口也有不同的理解。在诺基亚看来，移动互联网的入口是一个门户，但在苹果 iPhone 看来，移动互联网的入口应该是手机终端，还有一部分人认为，正如 PC 浏览器一样，移动互联网的入口应该是手机浏览器，等等。我们认为，移动互联网入口多种多样，典型移动互联网入口有 3G 门户、手机浏览器、客户端和移动互联网应用等。争夺移动互联网入口意义主要体现在以下几个方面。

首先，有助于扩大用户规模，赢得流量。移动互联网要形成良好的盈利模式，要使企业受到资本市场的垂青，只有做大规模，会聚庞大的用户流量，企业才有赚钱的机会。新浪最早推出微博业务，并将微博作为战略性业务集中资源加快发展，截止到 2011 年 2 月新浪微博用户突破 1 亿，其目的是进一步扩大用户规模，占领移动互联网入口，通过能力开放、业务融合，最终是将微博业务平台打造成媒体平台、社交平台、社区平台、交易平台和应用平台，从而创造多元化的盈利模式。浏览器真正的价值在于其作为移动互联网的入口，具有左右流量的能力，占领了浏览器市场，就占领了流量，就能打造成内容和应用服务的平台。

其次，有助于将入口打造成"入口平台"，将流量转化成营收。企业占领移动互联网入口"醉翁之意不在酒"，最终目的是要为用户提供更多的内容和服务，助推增值业务的发展，将用户优势转换成流量优势，将流量优势转换成实实在在的收入。移动互联网入口不是一个单纯的通道，而应将众多基于手机终端的特色业务和服务整合起来，实现入口的平台化，形成一条完整的"终端+通道+应用"移动互联网产业链，为用户提供多样化的产品和服务，满足用户多元化需求。

全球用户使用量最大的优视科技正在将更多更深的服务接入到浏览器平台上，为各类应用更加接近用户层面提供传播渠道。如今，打开UCWeb 浏览器，除了移动上网和移动搜索之外，浏览器的主菜单里面还集成了电子邮箱、新闻资讯频道、音乐频道、手机游戏、手机视频等多项应用，并与阿里巴巴合作将阿里巴巴旗下的淘宝网、支付宝等植入手机浏览器，等等。这样做旨在使更多用户使用应用平台上的业务，创造新的业务增长点，实现前向收费和后向广告的多元化盈利模式。

最后，有利于提高客户忠诚度，提高品牌影响力。一旦企业占领了移动互联网入口，对于用户来说，就会养成通过这一入口使用移动互联网业务的习惯，一般不会轻易改变，从而有效黏住了用户。占领移动互联网入口的企业是用户选择的结果，其拥有庞大的用户规模，根本在于其应用和服务赢得客户的信任，赢得客户良好的口碑，也是企业实力的象征，有助于不断提高企业形象、品牌影响力，形成业务发展的良性循环。此外，通过移动互联网入口可以为用户提供一站式服务，大大提升用户体验和满意度，增强用户黏着度和提升品牌认知度。

总之，移动互联网入口具有左右流量的能力，可以为用户提供高黏度的内容和应用服务，是移动互联网平台的支撑点，很大程度上可以将用户优势转化为流量优势，助力企业增值应用的发展，创造新的业务增长点。因此，加强对移动互联网入口的争夺和控制成为众多企业布局移动互联网的关键。

6.2 移动互联网入口的主要分类

随着移动互联网的迅猛发展以及应用和内容不断丰富且日趋多样化，移动互联网入口不断增多，移动互联网入口也五花八门。一般来说，移动互联网的入口包括手机门户网站、浏览器、客户端等；同时，一些关键的入口级应用，比如 IM、微博、SNS、搜索等正在成为移动互联网入口之战的新生力量；而从更加广义的角度讲，操作系统平台、终端，甚至输入法，都可能是在入口之战中一招制胜的关键，也是移动互联网入口的重要组成部分。下面重点介绍手机门户网站、手机浏览器、手机客户端、移动互联网关键入口级应用等入口。

1. 手机门户网站

手机门户网站指企业在手机互联网上的网站入口。目前最常见的手机网站是 WAP（即"无线应用协议"）网站。随着 3G 时代的到来，手机门户网站也经常被称为 3G 门户，实质上还是指 3G 手机所浏览的、多以免费为主的网页。

手机门户网站在国内的发展可以追溯到 2004 年左右，发展源于对当时中国移动主导的移动梦网 SP 接入收费模式的革新，开创了独立于运营商体系之外的免费 WAP 模式——前向用户免费获取服务，主要通过广告收费获利的模式。在当时移动互联网信息和应用都极为匮乏的条件下，免费手机门户网站的出现极大地推动了移动互联网的发展，也加速了移动梦网的衰退。其中的代表是"3G 门户网"，自 2004 年 3 月上线以来，在短短几个月内注册用户即超过百万，随后几年更是一举超过移动梦网，很长时间内成为国内最大的免费 WAP 门户网站。而其他业界知名的手机门户网站如手机腾讯网、空中网、新浪网、搜狐网等都是靠"以内容吸引用户，再通过广告获得收益"的模式维持生存。

然而移动互联网无论是技术还是商业模式变化都太过迅速，随着

iPhone 和 Android 手机的崛起，WAP 技术逐渐走向边缘化，手机门户网站形式因为用户体验不佳、盈利模式单一等问题而增长乏力。各大手机门户网站纷纷谋求转型，瞄准浏览器、手机关键应用等领域作为新的盈利点，手机门户网站已经不再是移动互联网入口争夺的主流形式。

2．手机浏览器

手机浏览器是运行在手机上的浏览器，可以通过手机上网浏览互联网内容。目前来看，手机浏览器仍然是用户搜索和获取信息的最佳工具之一，由于手机屏幕大小的限制、手机操作系统限制、终端处理能力限制和网络传输能力限制等原因，更加凸显了手机浏览器的重要性。随着中国移动互联网的快速发展，手机浏览器作为访问移动互联网内容的主要途径也取得了突破性的发展。据 Enfodesk 易观智库发布的数据显示，中国第三方手机浏览器市场在 2010 年取得了快速的发展，截至 2010 年第四季度，累计用户数达到 2.63 亿人，环比增长 16.6%；活跃用户数则达到 1.23 亿人，环比增长 17.97%，增速明显。

从浏览器开发的角度来说，目前主要分为两类。第一类是从事移动互联网定制浏览器开发的厂商，典型的代表有 UC 浏览器、腾讯 QQ 浏览器、3G 门户网手机浏览器等；第二类是传统 PC 浏览器向手机浏览器的移植，具体包括微软、苹果、火狐、谷歌、Opera 等耳熟能详的厂商。

从技术架构来看，目前的手机浏览器主要分为 Full Web 纯客户端类型和 C/S 架构类型两类。纯客户端类型的浏览器的特点是协议解析、页面重排等工作均在手机侧完成，技术比较成熟，但是对终端的要求比较高，苹果的 safari 以及绝大多数手机终端自带的浏览器均属于此类。C/S 架构类型的手机浏览器的特点是通过后台服务器对互联网内容进行重排、适配，可大幅度节约流量，加快访问速度，目前主流的 UCWeb、Opera Mini、QQ 浏览器等均属于此类。

从浏览器的发展趋势看，随着移动互联网带宽的不断加快和智能手机的普及，手机浏览器的性能也将不断提升，浏览速度、流量耗费等指标将成为浏览器技术持续优化的核心；信息和网页浏览之外，将

承载更多的互联网应用，与 PC 的互动也将成为重要发展方向。长期来看，浏览器更可能成为云计算终端的承载平台，即手机终端通过浏览器接入后台云服务，浏览器的未来发展还有很大的空间。

3．手机客户端

手机客户端就是可以在手机终端运行的软件，通过这些操作简便、界面友好的软件，手机用户可以通过启动该软件访问网络、聊天、玩游戏、收看视频等。手机客户端通常需要下载—安装—注册—登录等步骤方可使用，并可以进行软件版本的在线更新升级。

相对传统的 WAP 模式，手机客户端的体验更好：可以通过软件对流量进行压缩，流量越小访问越快；可以直接到达应用，减少用户使用时的层层点击，直观明了；可以更好地支持多业务的融合应用；可以有离线模式，不用上网也可以获得基本信息或执行离线应用。

手机客户端开发过程中的最大问题莫过于终端适配问题。由于手机操作系统不统一，而且各个操作系统的差别又很大，造成软件必须在不同的平台进行开发；即使是统一操作系统，由于版本的不同，应用加载的效果也存在很大差异。另外，手机终端大小、型号众多，同一操作系统在不同终端上的展现效果也可能存在差异。

手机客户端由于推广的成本高，到达用户的难度大，目前一般都需要采取产业链合作的方式进行推广，其典型推广模式一般有以下几种：第一种是终端厂商客户端预置模式，即客户端开发商通过和终端厂商的合作，在手机出厂之际就预装软件，从而实现快速扩大发展规模的作用； 第二种是纳入运营商定制终端软件列表，通过运营商合作实现客户端在定制手机上的预装； 第三种是和手机卖场等手机销售渠道商合作，在用户购买手机时提供预装软件服务，按预装量向手机销售方支付一定的费用；第四种是上传至应用商店，在应用平台上提供免费客户端下载；第五种是借助其他独立运营的、有一定用户聚集规模的第三方平台进行推广，例如游戏社区、WAP 门户网站，甚至其他成功的客户端软件等都是可能的推广渠道。

随着移动互联网技术的发展，以及以 Android 为代表的操作系统的开放和免费的趋势出现，手机客户端的开发成本正在急剧下降，而另一方面，由于移动互联网同质化竞争的加剧，客户端模式也在成为互联网企业满足用户个性化的细分需求、提供更佳客户感知的主要竞争手段之一，各主流的互联网企业如腾讯、淘宝、百度等都推出了自己的手机客户端产品；而在一些垂直细分领域，例如游戏、阅读、手机银行、手机证券、安全和杀毒等，客户端也已经成为主流形式。

当然，技术的发展总是日新月异。例如云计算的发展，就因为不再依赖手机客户端调用手机资源，而可能威胁到目前以单个应用驱动的手机客户端发展的传统模式。未来的云时代，很可能将是以一个简单的瘦客户端或者浏览器＋云应用的形式，来替代目前本机上加装的多个客户端，颠覆性的商业模式也可能随之出现。建议各大客户端厂商应关注相关领域的发展和动态，提前做好应对措施和转型准备。

4．入口级关键应用

走过 2009 年的 3G 元年，移动互联网逐渐进入了"应用为王"的时代。在关键应用上的胜出者，将获得抢占市场先机的宝贵时机，而稍有差池，可能就永远失去了发展的机会。目前普遍被认为是移动互联网入口级的关键应用主要有移动 IM、微博、移动搜索、移动 SNS、移动电子商务、LBS 位置服务等。

移动 IM，即移动即时通信，是指在手机上安装即时通信工具进行即时聊天。由于手机本身的随身性的特征，保证了手机即时聊天的需求存在，而即时通信庞大的用户规模又确保了极高的用户黏性。根据 CNNIC 在 2010 年发布的《中国互联网络发展状况统计报告》，网民手机上网应用中，手机即时通信是渗透率最高的应用，在移动互联网用户中的渗透率超过 60%。目前 IM 市场存在运营商、手机终端商、互联网公司"三足鼎立"的格局，其中，腾讯 QQ 更是一枝独秀，牢牢占据移动互联网近一半的流量，成为以 IM 切入移动互联网市场的最典型和最成功的代表。

微博，即微博客（MicroBlog）的简称，是一个基于用户关系的信

息分享、传播以及获取平台，用户可以通过 WEB、WAP 以及各种客户端组建个人社区，以 140 字左右的文字更新信息，并实现即时分享。最早也是最著名的微博是美国的 Twitter；在中国，新浪微博和搜狐微博等也已经取得了极大的发展。相对于博客文字的正式，微博最长 140 字"语录体"的即时表述更加符合现代人的生活节奏和习惯，便于用户随时利用碎片时间更新自己的微博、回复留言，从而形成良好的互动关系。微博已经不仅仅是潮流，更是成为一个非常重要的交流工具。

移动搜索，是指以手机等移动设备为终端，通过 SMS 短信、WAP、IVR、客户端等多种接入方式进行搜索，从而高速、准确地获取 WAP 及互联网信息内容、移动增值服务内容及本地信息等用户需要的信息及服务。根据美国著名的市场研究公司 StatCounter 公布的最新数据显示，谷歌目前在全球移动搜索市场的占有率已经高达 97%。在中国，除百度、谷歌外，宜搜、易查等厂商也在不断扩大市场份额；同时，各大运营商还推出了自己的手机搜索应用，以短信和语音搜索等方式与百度、谷歌等形成差异化优势。盈利模式方面，移动搜索还是以前向免费为主，通过关键字、内容、广告竞价排名等方式向提供信息的厂家收取一定的费用。

移动 SNS 是指在移动终端上的社交应用服务。SNS，英文全称是 Social Networking Services，专指旨在帮助人们建立社会性网络的互联网应用服务。移动 SNS 是最近这两年才兴起的新兴领域，与传统的 SNS 相比，它增加了真实性和地域性两种属性：首先，用户的真实信息被安全记录；其次，位置信息的引入也可以丰富移动 SNS 的应用。早在 2008 年，ABI Research 的一项调研就表明，以 Myspace 和 Facebook 为主的 SNS 用户有 47% 同时也用移动终端登录自己的账户；国内 SNS 行业的巨头人人网，宣布每天有超过 30% 的用户使用手机登录，SNS 的移动化趋势不可逆转。而在未来，SNS 有望通过和定位、搜索等方向的结合，为用户提供更加个性化和精准化的应用模式，创新空间不可限量。

移动电子商务是利用手机等无线终端进行的 B2B、B2C 或 C2C 的电子商务。目前在国内，移动电子商务还处在起步阶段，但却已经呈现了爆发式增长态势，成为蕴涵极大发展潜力的战略性新兴产业。根据中国电子商务研究中心公开发布的统计数字，2010年中国移动电子商务实物交易规模达到26亿元，同比增长达370%。目前当当、淘宝、凡客诚品等传统电子商务企业都已推出了专属的手机客户端。与此同时，国内运营商也在以成立支付/电子商务子公司、申请支付拍照等形式积极地介入相关领域。

LBS英文全称是Location Based Service，即基于地理位置的服务，是指通过运营商的网络基站定位或外部定位方式（如GPS、卫星等）获取移动终端用户的位置信息（地理坐标，即经纬度信息），并结合GIS（Geographic Information System，地理信息系统）信息和POI（Point Of Interest，即兴趣点）信息，为用户提供相应服务的一种增值业务。LBS的典型应用是Checkin（签到），用户可以通过手机"Check In"自己所在的地理位置，并且通过Twitter等SNS社交平台把自己的地理位置发布出去。另一类典型应用是和搜索结合，即通过LBS进行基于位置的本地信息搜索。此外，LBS还可以融入物联网，可以和移动电子商务等结合，具备广阔的发展空间。

5．操作系统及应用商店

移动智能操作系统是移动互联网的核心，也是移动互联网的重要入口，操作系统之争从未停止过。目前应用在手机上的操作系统主要有PalmOS、Symbian、Windows Mobile、Linux、Android、苹果iPhone OS（简称iOS）和黑莓等。其中，苹果的iOS和谷歌的Android是目前市场上最受青睐的两大操作系统。Android开放手机平台自推出以来，就以彻底的开源和免费的姿态得到了众多手机厂商和应用开发商的支持，从而确立自己在移动互联网领域的核心地位。ABI调查的一项数据显示，截至2011年第三季度，Android系统已经在亚太地区的智能机市场中占据了高达52%的份额，同时三星和HTC等Android厂商也从中获利丰厚，市场份额已经提升到24%，成为Android操作系统阵营的坚定支持者。在北美，Android系统覆盖率也已经超过苹果iOS，成为市场第一。

虽然Android操作系统大势所趋、开放，但不够本土化，中国互联

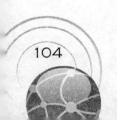

网公司、手机厂商从中看到了机会。阿里巴巴、百度、腾讯等互联网巨头皆在试水手机操作系统，不论是安卓阵营的拥护者 HTC、三星，还是国产手机品牌华为、金立等手机厂商都在投入研发自己的操作系统。同时，市场上还有两股不可忽视的力量：创新工场投资的点心 OS 和雷军创办的小米科技。小米手机采用 MIUI 操作系统。MIUI 是小米公司旗下基于 Android 系统深度优化、定制、开发的第三方手机操作系统。小米手机定位中高端，目标是做顶级的智能手机。为什么这么多公司竞相进入手机操作系统市场？最直接的原因就是想从底层控制用户的手机、实现应用的平台整合，从而占领移动互联网的入口。

说到操作系统，就不能不提应用商店。2008 年 10 月，谷歌推出 Android Market，随后 BlackBerry、Nokia、Palm、LG、中国移动、三星、Vodafone、中国电信、Motorola 等企业的应用商店以每月 1~2 家的速度依次上线。而目前来看，最成功的仍然是苹果的 APP Store。首先，苹果首创的终端＋应用销售的商业模式由于其终端的不可替代性而造成了商业模式的不可复制性；其次，在渠道和支付等环节精心设计，保证用户获得应用的唯一性和便捷性；最后，完备的 SDK 和适配的唯一性，降低开发门槛，充分发挥开发者创造性。据市场研究公司 iSuppli 公布的 2010 年全球移动应用商店数据显示，苹果应用商店收入高居第一，以近 18 亿美元占行业总销售额的 82.7%。谷歌 Android Market 虽然在移动应用销量方面排名次席，但多为免费的应用，收入占比仅有 4.7%。更让我们吃惊的是，尽管苹果的应用商店如此赚钱，但其销售收入仅占苹果销售总收入的大约 1%，苹果的主要收入来源还是来自于 iPhone、iPad 等终端销售。但是，没有苹果应用商店，苹果就不能这样快地销售其 iPhone 和 iPad。从这一点看，苹果正是通过抓住应用商店这个入口，把握了用户的消费渠道，从而形成对终端的使用黏性。

移动互联网随着应用创新步伐不断加快，在满足客户需求、提升客户体验的过程中，必将创新出更多的令客户满意的应用和服务，从而受到广大用户的欢迎。总之，"有用户、有流量"的应用，都可以成为移动互联网的入口，未来将涌现出越来越多的入口，入口之争将更为激烈。

6.3 移动互联网入口之争

随着 3G 牌照发放的尘埃落定，国内移动互联网的发展进入了一个快速上升的阶段，其发展之快超乎很多业内人士的想象。根据中国互联网络信息中心提供的数字显示：截至 2010 年年底，中国手机网民达到 3.03 亿。2011 年第一季度，中国移动互联网市场规模达 64.4 亿元人民币，同比增长 43.4%，环比增长 23%。移动互联网的飞速发展也引起了资本市场的高度关注，大量风投和私募资金不断涌入，也进一步催生了竞争的加剧。

手机浏览器是用户接入移动网络流程的第一界面，手机浏览器的这种前端优势使得其可以基于用户网络需求向后端整合移动互联网的应用及内容，从而在用户接触手机浏览器这第一界面之时，就提供给用户一个获取内容及应用的整合平台，因此手机浏览器被视为抢夺移动互联网入口的第一关，竞争也格外激烈。相信互联网人士至今还对 PC 时代网景（Netscape）与微软 IE 的浏览器之争记忆犹新，在这场战争中无论对微软的评价如何，都不能不承认正是微软的操作系统捆绑策略成就了 IE，也正是 IE 的广泛普及才推动了互联网应用的大发展；而网景的最终淡出也说明了最初的创新者未必能笑到最后。

而今天，移动互联网时代，浏览器竞争的激烈程度比 PC 时代有过之而无不及。从中国手机浏览器市场占有率来看，2010 年 UC 优视的 UC 浏览器携先发优势，仍以一半左右的市场占有率高居浏览器行业之首。Opera 系列的手机浏览器占据第二的份额，其中 Opera Mini 的占有率约为近 20%，空中 Opera 大约占据 4.5%的份额。不可小觑的是以腾讯手机浏览器为代表的互联网厂商的发展速度，2010 年第四季度腾讯手机浏览器活跃用户数达到了 1 931 万，成为市场占有率排名的第三位；更关键的是，其活跃用户环比增长达到 87.66%，而 Opera 浏览器系列的环比增长率仅为 7%左右，UC 的环比增长率也不足 20%，腾讯的发力或将改变中国手机浏览器的市场格局。另外据传谷歌的

Chrome 浏览器也将推出基于 Android 平台手机版，并将和丰富而全新的 Android 应用程序相组合，并引入云概念，直接为智能手机提供更为丰富的使用体验，将 Android 平台往前再推一步。例如通过 Chrome to Phone 手机网络浏览器，用户可以将网页上所选定的内容复制到剪贴板上，从而实现网站内容复制和发送功能等。而在上节曾提到的"3G 门户网"，在错过浏览器发展良机几年后，终于在 2009 年 6 月发布其 GO 浏览器，宣称 GO 在浏览 WAP 网站时，速度要比同行业中的浏览器快 20%，采用了 Akebono UI 进行开发，号称"可以让用户在普通的手机上也实现 iPhone 的浏览体验"等，虽然占有率与 UC 还有不少差距，但是目前也已经进入国内前五的位置，后续发展如何，我们也将拭目以待。

手机客户端作为登入移动互联网最便捷的方式，扼守着移动互联网的第一入口，占领了客户端，也就占领了市场。因此，客户端竞争十分激烈，最为典型的要数"3Q"大战。腾讯 QQ 和奇虎 360 是目前国内最大的两个客户端软件。腾讯以 QQ 为基础，向各个方面发展，以其强大的市场占有率、强大的客户群体，几乎人手一号的资源，不断发展吞噬着互联网各个领域。奇虎 360 是以安全闻名的企业。360 安全卫士永久免费的策略，使得其以很短的时间，占有了超过 60% 的安全市场份额，也成了继腾讯之后第二大客户端软件。为了各自的利益，展开了前所未有的互联网之战。腾讯的"QQ 电脑管家"涵盖了 360 安全卫士所有主流功能，用户体验与 360 极其类似，腾讯"QQ 电脑管家"的推出引发了"3Q"大战，竞争的焦点就是占领客户端安全市场。最终，2010 年 11 月 10 日 ，在工信部等三部委的积极干预下，腾讯与 360 已经兼容。2011 年 4 月 26 日，"腾讯起诉 360 隐私保护器不正当竞争案"做出判决，奇虎被判停止发行 360 隐私保护器，赔偿腾讯 40 万元。2011 年 7 月，腾讯在互联网安全领域又有了大动作，腾讯将以购买 15.68% 股权的方式向金山注资 8.92 亿港元，用于双方在互联网安全领域的合作，旨在互联网安全领域联手应对 360。

随着移动互联网产业链的逐步完善，Web 应用的竞争也正在成为焦点。工信部数据显示，截至 2011 年 9 月底，我国 3G 用户总数破亿，达到 1.02 亿户，3G 渗透率已达到 10%。根据日韩等发达国家经验，一旦 3G 渗透率达到 10%的规模化应用，基于智能终端的移动互联网关键应用将进入爆发期，并由此获得更大的发展空间。移动 IM、微博、位置服务、移动支付……各种热点应用层出不穷，而在每一个关键应用的背后，都有众多厂商寸土不让的激烈竞争。

以手机 IM 即时通信为例，近年来腾讯不断加大在手机 IM 上的发展力度，手机版 QQ 在 Java 流行之时就已风靡于各种手机终端，近几年来腾讯 QQ 一直在手机 IM 市场保持近 60%的份额，牢牢把持老大的位置。而占据第二位的中国移动的飞信产品，由于携运营商优势直接绑定手机号码，并成功整合短信和聊天，也获得了巨大的发展。据公开数据，截至 2011 年 7 月，飞信注册用户数已经达到 2 亿。市场占有率第三位的则是手机 MSN。除了上述三足鼎立方之外，从 2011 年年初开始，个性化的手机 IM 产品也在中国层出不穷，微信、个信、KiKi 等不断推出，其中最受关注的莫过于米聊。米聊是小米科技出品的一款跨 iPhone、Android、Symbian 手机平台，跨移动、联通、电信运营商的手机端免费即时通信工具，通过手机网络(Wi-Fi、3G、GPRS)，可以跟用户添加的米聊联系人进行无限量的免费的实时的语音对讲、信息沟通和收发图片，只会消耗少量的网络流量，因此又被称为网络对讲机。不同于传统的 IM 软件，米聊可以自动进行通信录调用和匹配，具有很好的扩展性和应用性。在没有任何积累和大规模营销推广的前提下，米聊正式推出仅半年注册用户数就突破 200 万，在业界引起巨大的关注。此外，手机终端厂商诺基亚最近推出了"诺基亚 IM"，与此同时，苹果也发布了自己的即时通信产品 iMessage，另据悉互联网巨头谷歌也在开发基于 Android 的谷歌 Messenger。根据 Enfodesk 易观智库产业数据库最新发布的数据显示，移动 IM 活跃用户数本季度达到了 2.62 亿户，环比增长 8.78%，这个市场仍然处在快速成长期。对于移动 IM 用户需求的细分和挖掘将成为移动 IM 厂商市场竞争的核心，新型移动 IM 应用在未来市场中存在快速发展的空间，而现有移动 IM 产品只有不断地进行产品创新，增加用户体验，积极应对潜在的挑战，才能在激烈的竞争中保持现有市场优势。

再以移动电子商务应用为例，据艾瑞咨询公司预计，2012 年我国移动电子商务用户将接近 2.5 亿，诱人的蛋糕也引来了产业链各方的竞争。早在 2008 年 2 月，中国电子商务的标杆淘宝就开通了手机版淘宝网页，2011 年 2 月，大淘宝开放年战略发布会上，无线淘宝开放平台正式宣布推出，将为第三方开发者免费提供商品、店铺、交易、物流、分销、仓储等 18 类服务，超过 100 个 API 供第三方接入使用，第三方开发者可以以很低的成本打通信息流、资金流，在移动互联网的快速爆发过程中占尽发展先机。而在移动电子商务的细分领域，移动支付环节的争夺同样激烈，数据统计显示 2010 年我国移动支付市场整体规模达到 202.5 亿元，同比增长 31.1%。预计 2011 年移动支付市场将迎来更加强劲的增长，2012 年手机支付交易规模将有望超过 1 000 亿元。2010 年中国银联联合 18 家全国及地区性商业银行、电信运营商、手机制造商等，共同成立移动支付产业联盟。传统的电子支付开始向移动支付延伸，市场蛋糕正被越做越大。2010 年 3 月，中国移动收购浦发银行 20% 的股份，开展移动支付、移动金融服务等方面的深度合作。2010 年 5 月，中国联通与中国银行在北京签署全面战略合作协议，正式建立战略合作伙伴关系。同时，中国联通还与中国平安达成战略合作，双方将在基础通信服务、行业应用、合作开发、金融及保险、联合营销等领域全面深化战略合作，建立密切的合作伙伴关系。此外，中国电信已与中国银行、建设银行、工商银行等达成合作意向，并选择在浙江宁波与中行合作试点，向用户提供方便、快捷、全方位的移动支付服务。与此同时，第三方支付等行业也纷纷加快在移动支付领域的部署，以支付宝为例，继陆续发布基于各主流手机操作系统的远程支付客户端之后，阿里巴巴集团宣布将在未来 5 年内向支付宝投资 50 亿元人民币，并明确表示移动支付是这笔投资的主要方向之一。

除应用的多元化竞争外，以开放 SDK、开放 API 为核心的移动开放平台生态系统间的竞争也将成为 3G 移动互联网入口争夺的重要分支。平台开放化可进一步降低手机软件开发商的开发门槛，促使其在一个开放、开源的平台下以最低的成本开发更多应用。而相关终端厂商和 IT 厂商也将迎来新一轮的发展机会。

移动互联网在市场发展初期就呈现了全面的产业链竞争的特点，各类移动互联网产业相关的厂商，包括终端厂商、操作系统开发商、应用开发商、内容提供商、服务提供商等都争相进入；与此同时，传统 IT 公司和互联网巨头也纷纷加入角逐，产业的界限被打破，跨界竞争成为最显著的产业发展特征。参与各方无不竭尽所能，力求在这场竞争中笑到最后，成为产业链的主导者。而各方争夺的焦点莫过于移动互联网入口，谁掌握了移动互联网入口，谁就掌握了用户，谁就拥有了成为应用分发管理平台的话语权。

6.4　争夺移动互联网入口的本质

无论是门户网站，还是浏览器、客户端和应用，要成为移动互联网入口，首先就要对用户有吸引力，能给客户带来丰富的应用、好的客户体验。

先来说说手机浏览器市场，浏览器真正的价值在于其作为移动互联网的入口，具有左右流量的能力。谁占领了浏览器市场，谁就占领了流量，就能打造成内容和应用服务的入口平台。

浏览器市场的广阔前景吸引了众多企业的加入，目前进入手机浏览器市场的企业有 Opera、UCWeb、腾讯、百度、奇虎 360、苹果、微软、3G 门户网等，浏览器市场竞争十分激烈。UCWeb 是手机浏览器市场的后来者，如今，UCWeb 成为手机浏览器市场的领先者，2010年市场份额超过 50%。为什么 UCWeb 受到用户的青睐呢？首先在界面设计上大方简洁，富有理性，不花哨；UCWeb 是首家采用流媒体播放技术的手机浏览器，并且进一步改良了流媒体压缩技术，使得画面与播放效果越来越接近 PC，邮件、网盘、书签的同步整合能力则简化了个人数据管理；无论是 Web 网站还是 WAP 站点，UCWeb 都可以自由访问，导航功能让浏览网站更加快捷；打开 UCWeb 浏览器，除了移动上网和移动搜索之外，浏览器的主菜单里面还集成了电子邮箱、新闻资讯频道、音乐频道、手机游戏、手机视频等多项应用。此外，UCWeb 还发布了一款手机桌面软件，可以用 Push 的方式向手机用户的手机桌面上推送天气预报、新闻等内容，并与阿里巴巴合作将淘宝网、支付宝等植入手机浏览器。可以看出，UCWeb 浏览器注重客户体验，引入亮点业务，由入口向平台方向转变。

手机客户端就作为登入移动互联网最便捷的方式，扼守着移动互联网的第一入口，占领了客户端，也就占领了市场。客户端多种多样，有游戏客户端、QQ 客户端、视频客户端、微博客户端、安全客户端等，客户为什么下载你的客户端，而不下载别的客户端，靠的是什么呢？追根求源看的还是客户端产品是否满足客户需求，是否能为客户提供好的体验，是否能为客户创造价值。

360 已构建了 360 安全客户端帝国，目前拥有 3 亿多用户，成为移动互联网一大入口，其价值在于帮助用户清除流氓软件，也向用户推进真正安全、没有恶意插件的绿色软件。在 360 安全卫士页面上通过设置"一键按钮"、"下载"、"升级"等按钮，方便用户操作，而且 360 安全卫士对用户永远免费，这些都是注重客户体验的体现。2011 年 3 月 1 日，360 推出一款客户端软件"360 桌面"，外观酷似苹果 iPhone4 手机界面，可以对原先杂乱的计算机桌面，将应用程序和各种文件自动进行分门别类的整理，同时可以设置隐藏已有的桌面文件，顿时使整个计算机桌面变得清爽无比，而且 360 将所有产品线和平台都内嵌进去，这一产品一推出就受到用户的欢迎，这也是从用户需求出发并占领入口的生动表现。街旁网为占领客户端市场，抢先在 iPhone、Android 手机上上线，用户可以通过客户端上传、分享图片，除了 iPhone 和 Android 外，街旁网还支持 Symbian S60 等多个手机平台。街旁网通过开放 API 平台，旨在为用户提供更多的应用服务，满足客户的需求。此外，街旁网还与新浪微博、开心网等 SNS 社区展开了深入合作。

好的应用也是入口。微博、移动商务、移动搜索、应用商店等都是应用入口的典型代表。苹果 App Store 大家非常熟悉，苹果迷哪个不是通过 App Store 享受移动互联网丰富的应用？如今，App Store 累计下载次数超过 100 亿次，成为移动互联网的入口，同时也为苹果带来持续的增长。

拥有了关系链传播的微博平台让信息的传播量、传播速度、广度和信任度大大提升。这就直接导致了微博用户逐渐放弃了原来使用互联网、手机发送短信的习惯。微博越来越成为使用互联网的入口，尤其是在移动互联网时代更是如此。新浪微博近年来发展迅猛，截止到2011 年 2 月，微博用户突破 1 亿户，其发展迅猛的关键在于迎合需求、注重客户体验，主要表现在：可以通过客户端、IM、Web、WAP 等多种方式浏览、发布和转发信息；简化沟通方式，把握信息本质，降低使用门槛，利用用户碎片时间，更适合手机用户；通过开放 API，为用户提供丰富的增值应用；通过能力开放、业务融合，最终将微博业务平台打造成媒体平台、社交平台、社区平台、交易平台和应用平台，从而创造多元化的盈利模式。

综上分析，"好的应用和良好的客户体验=用户=流量=入口 =变现"这一公式是众多企业抢占移动互联网入口的内在原因，其核心就是从客户需求和客户体验出发，能切实解决客户问题，为客户带来好的体验。只有做到这一点，才能吸引客户，带来流量，有了流量，就变成入口了。看来，要成为移动互联网入口并不难，关键在于深入把握客户需求，切实做好客户体验创新。

6.5　成功在于占领移动互联网的入口

从一家名不见经传的小公司到移动互联网不可小觑的力量，UC 优视重新定义了手机浏览器的意义；从桌面 QQ 到移动 QQ，腾讯牢牢占领手机即时通信的第一位；从搜索引擎到操作系统，谷歌将自己的优

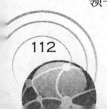

势从 PC 互联网桌面延伸到移动互联网桌面；从 iPhone 到 iPad，苹果为我们揭示了终端的力量。在某种程度上讲，移动互联网竞争已经成为移动互联网用户入口的争夺，其竞争的焦点就在于通过抢占入口，进而掌控用户第一接触点并获得成功。

案例 1：UC 优视

UC 浏览器（原名 UCWeb，已于 2009 年 5 月正式更名为 UC 浏览器）是由优视科技（原名优视动景）公司研制开发的一款号称把"互联网装入口袋"的主流手机浏览器。目前，UC 浏览器已发布到 7.8 版本，功能日臻完善，在全球范围内取得了超过 2 亿次下载量，月用户页面浏览量超过 150 亿。从浏览器市场份额来看，UC 多年占领中国市场第一的位置。在目前中国移动网关流量统计中，UC 浏览器的流量仅次于腾讯手机 QQ 位居第二。

2006 年，UC 优视获得来自董事长雷军等人的 400 万元天使投资，2007 年，联创策源风险投资公司和晨星集团向 UC 优视投资了 1 000 万美元。2009 年 5 月，阿里巴巴集团也对 UC 优视进行了战略投资。2010 年 3 月 30 日，UC 优视 CEO 俞永福在京宣布与诺基亚达成战略合作，并且公司获得诺基亚旗下风险投资基金诺基亚成长伙伴及纪源资本联手的新一轮千万级融资。UC 优视的成功也获得了资本市场的青睐，相信离成功上市的日子也不远了。

UC 浏览器得以迅速发展并取得成功的原因主要体现在以下几个方面。

第一，注重客户体验，不断完善产品。UC 率先采用的云计算架构。与早先的手机浏览器将所有的页面信息都下载到手机端处理不同，UC 浏览器在手机和网站服务器之间架设了一批中继服务器，通过调整内容架构、压缩网页和转换文件格式的手段对网页进行"重排"，再将内容呈现在手机端，这样就大大减少了手机终端的运算处理量，从而帮助用户减少流量，增加浏览速度和操作速度。

UC 浏览器支持几乎市场上所有的操作系统，据称是全球可适配平台最多的手机浏览器，可在全球上百个品牌的 3 000 多款手机上稳定运行。为引导年轻用户开始使用预装在各种手机上的 UC 浏览器，UCWEB 产品团队将某些特定机型里的导航从文字变成"90后"更喜欢的图文并茂。当用户产生兴趣后，再慢慢引导他使用这款浏览器。这些举措，都鼓励了用户的使用。

UC 不断创新，从最初的一天一更新到后来基本一月一更新，除网页浏览之外，不断推出在线视频、论坛浏览、Flash 支持、照片即拍即传、书签同步、更为完善的论坛浏览模式以及更加丰富的个人中心应用等。例如，UC 率先在手机上支持 Flash 10 技术，帮助用户真正体验到 3G 的魅力。同时，UC 还于业界首创在手机浏览器中加入了安全浏览服务。目前 UC 已申请近百项专利，拥有数十项软件著作版权。

第二，创新资源互换联合推广模式，实现用户快速覆盖。UCWeb 和大量 WAP 网站达成合作，其利益分配方式包括两种：一种是现金交易，即 WAP 网站只要给 UCWeb 带来新用户，它便向其支付一定费用，通常是 1 元到 1.5 元换一个用户；另一种方式是流量互换，即 UCWeb 将一些流量较大的 WAP 网站加入自己的浏览器内置导航页面中给其带来流量，而 WAP 网站则要帮助它免费发展用户，目前的兑换标准是 30 次页面点击（PV）换一个新用户。后一种方式能形成极为强大的循环——UCWeb 带来的流量越大，WAP 网站需要为它带来的新用户就越多；新用户越多，WAP 网站能获得的流量就越大，广告收入也可能有相应提升。同时，UC 也和众多终端厂商以及终端渠道销售商等建立合作，在手机到达用户之前预装 UC 浏览器，借助产业链上下游的力量，确保最大限度地实现用户覆盖。

第三，专注核心产品，提升竞争力。UCWeb 面临移动互联网巨大市场机遇，如搜索、游戏、电子商务等，但 CEO 俞永福一直坚持"一家创业公司的基因决定了它的道路"。UCWeb 定位非常简单，就是解决手机上网问题，UCWeb 的意思就是"You Can Web"，始终将自己定位为移动互联网"管道工"，UC 优视一直专注于浏览器一款产品不动摇。在创业伊始，资金极其紧张的情况下，公司做出了一个重要决定，就是把公司针对企业市场的业务卖掉，而这几乎是公司唯一赚钱的项目，曾带来过每年上千万元的收入。"这个决定相当于把你已有的饭碗砸了，一年以后，另外一个业务如果没起来，你再回去想捡你的饭碗恐怕都捡不起来了。"公司创始人之一，UC 优视董事长兼首席执行官俞永福说，"但是我们觉得必须得这么做，只有专注才能成功，我们瞄准了个人用户，决心做手机浏览器，对于企业市场只能放弃。"从那时开始到现在，UC 集中所有的资源和精力，专注于手机浏览器的研发。短短 3 年多时间，这家 15 人的小公司发展到 600 多人，成为手机浏览器领域拥有核心技术及完整知识产权的第一家中国公司。

尽管随着 UC 的发展壮大，UC 优视旗下也推出了 UC 桌面、UC 影音、UC 迅雷、智能手机应用软件来电通等其他客户端产品，但所有这些产品都仍是以 UC 浏览器为核心，形成联动效应。例如 UC 桌面，就是和 UC 浏览器形成无缝连接的关系——桌面将信息推送给用户，用户则通过 UC 浏览器阅读，实质上可以被看成浏览器的延伸。

2011 年，UC 优视公司又发布了其自主研发的新手机浏览器内核 U3，这一耗时 3 年开发的产品，将 Webkit 内核和云端架构进行整合，集 Webkit 内核（如 Safari，Chrome 等）的全页面浏览、无障碍交互等高表现力上网体验，以及 UC 浏览器所代表的云端架构手机浏览器的快、省和高扩展能力于一身，可将手机浏览器上网速度提高 60%，同时节省 60% 流量。基于 U3 内核的浏览器预计在 2011 年下半年正式发布，并逐步覆盖 Android、iPhone、Windows Phone 7、Symbian 等多个智能机平台。由于 U3 完全系自主开发，其开放性及开放程度将完全在 UC 优视的掌握之中，而这也代表了 UC 的未来发展方向——从原来单纯开发手机浏览器产品，发展成为无线互联网创新创业平台。

案例 2：新浪微博

2010 年，被称为国内移动互联网的微博年，其中表现最抢眼的莫过于新浪微博，甚至可以说，正是新浪在微博运营上的优秀表现，才让微博这个并不算新鲜的概念，在中国焕发了新的生命力。根据艾瑞咨询公布的数据显示，截至 2011 年 2 月，新浪微博注册用户已经突破 1 亿人，尤其是其活跃用户数方面占有 56.5% 的国内微博市场份额，成为当之无愧的市场领先者。随着新浪微博启用新域名 weibo.com，"微博"就等于"新浪微博"的概念无疑将得到进一步深化。

新浪微博在产品设计和运营推广上有以下几个显著特点。

（1）成功的本土化改良，打造中国式微博。新浪微博脱胎于 Twitter，但又不是照搬 Twitter，而是根据中国网民的特点增加了本地特色应用，进行了成功的本土化改良。例如，Twitter 不允许用户发布图片和视频，但新浪微博却支持表情、图片、视频等各类链接，也允许用户更有效地转发、评论及分享其他人的留言，并且不受原内容字数约束等，由此创造出规模更为庞大的微博 SNS 社区。

（2）结合新浪本身在互联网门户和博客的优势，联动推广。新浪根据此前它在名人博客上经营的成功经验，在微博推出后，也采取了名人效应带动关注的策略。采取根据行业类别进行分类推荐，自动推荐关注领域匹配的关注者等措施，激励用户使用，为微博圈子快速扩张奠定了坚实基础。

同时，新浪也发挥其门户优势，通过微博上的一些热点话题和资讯的炒作，继而在新闻门户上进行推荐和链接，有效吸引眼球，充分发挥新浪博客作用，实现用户在新浪上的博客和微博之间的联动，提升各类功能模块活跃度和参与度。

（3）积极创新，开拓新的发展空间。新浪微博并不甘心只是成为一个个人交流的工具，而是积极地开拓新的空间。新浪正在逐步探索微博营销，2011 年 4 月 8 日，新浪微博联手台交会，举办了首届微博营销大会，希望能开启传统行业"微营销"的新时代。同时，积极接触各地政府机关，希望成为政府执行政务的工具之一，即中国政府职能部门可以通过微博向公众发布公告，并与公众交流。如卫生部门可以通过微博迅速发布 H1N1 的信息，科学指导防护；交通部门可以发布交通和航空信息。而政府部门的使用，一方面增加了微博的关注度，另一方面也提高了微博作为一个资讯平台的权威性和公信力。

新浪微博的发展也获得了资本市场的认可，自从其微博产品推出之后，其股价就不断上升。2009 年 11 月，微博产品刚刚发布之初，新浪股票（Nasdaq GS: SINA）仅 40 美元左右，随后经过一年的发展，至 2010 年 11 月，新浪股价就升至 60 美元。里昂证券的詹姆斯·李表示："投资者普遍对借助新浪微博这个类似 Twitter 的平台进行直接营销的前景感到兴奋。"在新浪公布截至 2010 年 12 月 31 日的第四季度及 2010 年财报后，Piper Jaffray 和高盛两家投资银行也相继发布研究报告，对新浪微博的发展前景表示看好。而从 2010 年 11 月至 2010 年 4 月，新浪股票更是飞跃式地攀升到 116 美元，半年时间股价翻倍，创下其 IPO 以来新高，微博被视为其快速增长的主要动力。

尽管面临来自腾讯、百度和其他微博服务提供商的激烈竞争，但就目前而言，新浪微博是这一领域无可争议的王者。2010 年年底，新浪召开首届中国微博开放者大会，率先推出微博开放平台，宣布在提供软硬件平台的同时，还将联合投资界的顶级公司，启动中国第一家针对微博开发者的创新基金，首期基金规模就达到 2 亿元，以扶持相关应用开发商。而这一举动，也正式宣布新浪将借微博发展契机，实现从互联网门户向平台的转变。不能不说，在移动互联网入口争夺大战中，新浪微博抓住了机会，并且赢得很漂亮。

6.6 占领移动互联网入口的主要策略

如前文所述，移动互联网的入口有很多个，理论上讲，只要用户达成一定规模，不管是手机客户端、应用平台、应用商店或者操作系统，都可以成为移动互联网的入口。例如互联网领域的 360 安全卫士就是以杀毒软件成功切入市场，开辟了一个新的互联网平台入口。由于移动互联网产业没有既定的市场规则，传统产业巨头可以依据自身优势扩展产业链优势，新兴的应用开发公司也有机会通过商业模式和产品创新来引领市场需求，成为细分领域的领先者。面对未来移动互联网的巨大潜力，我们相信，这一场围绕入口的竞争才刚刚揭开序幕。要想在这场没有硝烟的战争中笑到最后，不但需要有一个好的创意，更需要有对市场的高度敏感以及全方位的运营策略。

策略 1——**从用户需求出发，提供良好的客户体验**。随着 3G 时代的来临和智能手机的普及，移动网络速度不断提高，网络质量稳步提升，用户对使用体验的要求也越来越高。能否从竞争中脱颖而出，真正的选择权还是在于用户，因此，需要打造更加本土化、更符合国人使用需求的产品。

作为一个入口，首先就需要满足用户能自由方便地调用移动互联网络资源；其次，需要考虑如何使这个调用的过程更方便、点击更少、速度更快、流量更省、稳定性更好、兼容更多的操作系统和终端；再次，在目前 PC、手机、平板电脑等多种终端并存的时代，移动互联网早就不只是手机上网这么简单，基于多网络和多平台的无缝对接将成为移动互联网入口发展的必然趋势；最后，要保证高度的创新活力，挖掘并引领用户需求——移动互联网是一个飞速创新的时代，一方面需要保持高度的市场敏感度，及时抓住机会，另一方面更要有试错的勇气，在不断的试错中找到正确的方向。

策略 2——**专注核心优势，快速拓展用户**。曾有人感叹，互联网最大的问题不是机会太少，而是选择太多，很多人看见热点就追，什么发展快就做什么，结果是什么也没做大，反而失去了自己的核心竞争力。而真正走到最后的几乎都是当初坚持一条路走到底的，例如百度、阿里巴巴。对于移动互联网也是如此，热点轮番上阵，再加上风投等介入，企业很容易被冲昏头脑，盲目地冲向自己不熟悉的领域。因此，建议相关企业梳理自己的核心资源，并围绕这个核心资源展开创新和开放，面对诱惑时需要有所为、有所不为……上文的 UC 优视就是专注核心优势而获得成功的最好的案例。

此外，移动互联网公司经常被问到的一个问题是盈利模式。盈利

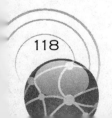

模式的确是一个企业必须面对的关键问题，但是，在当前移动互联网尚在跑马圈地、格局未定的敏感时期，最好先不要过多考虑收入和盈利的问题，而是将运营重点放在用户绑定和流量提升上。尤其是入口的定位本身就是绑定用户，会聚流量，如果过多地考虑盈利模式，反而会束缚住自己的手脚，甚至降低客户体验。试想以下，假如新浪微博开始大规模做广告，结果会怎么样？——收入来了，用户跑了——别忘了市场并没有到一家独大的地步，稍有不慎就可能优势尽失。对移动互联网入口来说，只有用户和流量是王道，必须抓住一切机会，充分利用自身或产业链的资源，实现用户的快速拓展。

策略 3——顺势而为，积极向社交化和平台化转型。SoLoMo 是目前移动互联网业内使用频率很高的一个概念，指 3 个词汇的混合，即 Social（社交的）、Local（本地的）、Mobile（移动的），连起来就是 SoLoMo。SoLoMo 被认为是移动互联网发展的趋势，腾讯 QQ 及新浪微博等目前占据移动互联网入口的明星应用正是 SoLoMo 的典型代表，即基于手机的本地化社交应用。

事实上手机由于其通信特性和移动性，天然就是一个社交网络的最佳载体，而位置信息的加入又使手机具备得天独厚的优势，它可以自动地告知这个人在哪个位置上，从而可以基于位置对相关服务进行整合。从这个角度来说，在未来，不论是平台、应用，还是终端，都应该顺势而为，向社交化和平台化的方向发展。

而平台化的最终发展方向一定是开放化。抢占移动互联网入口并不是意味着把守着这个大门不让别人进来，相反地，应该抱着更开放的心态，通过这个入口，吸纳各个产业链优势资源方的参与，利益均分，向消费者提供无缝的服务，共同做大市场，构建和谐共生的商业生态系统，让用户享受到最好的应用和最好的技术。

开放成为新平台革命的利器。

——创新工场董事长兼 CEO 李开复

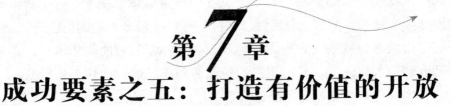

第7章
成功要素之五：打造有价值的开放平台

　　开放、协作和分享是互联网的核心价值理念。面对互联网模式的冲击，运营商需要借鉴互联网模式的最佳实践，在此基础上引领移动互联网的发展。构建开放式平台、集成互联网应用服务、创新商业模式、提高产业链服务能力是运营商积极探索和思考的问题。

　　网络演进和技术进步是促使移动互联网走向开放、协作和分享的关键因素。终端标准化是减少应用服务开发复杂度和降低成本的基础。开放接入和开放标准形成了促进移动互联网业务快速发展的基础。分享流量、技术、设备和营收，促进整个移动互联网产业进入正反馈的良性循环。开放和充满活力的市场，为移动互联网价值链上各个产业主体的大规模协作创造了条件。基于协作共赢的理念，移动互联网从业企业共同开拓产业发展的价值空间，满足用户深层次需求，为用户传递价值和创造价值。

7.1　什么是开放平台

　　2010 年年底，Facebook 的首席执行官马克·扎克伯格曾访问中国，并会见了百度的首席执行官李彦宏。作为世界上最大的社交网站，Facebook 拥有 6 亿多用户，其估值已经近千亿美元。Facebook 在 Web2.0 网站中拥有无可置疑的霸主地位，而帮助其实现并巩固霸主地位的，则是开放平台，是开放平台帮助其实现了 SNS 的核心价值。当前的互联网巨头里，哪一家还敢闭关自守？谷歌、腾讯、阿里巴巴、Facebook、亚马逊、eBay、Twitter、百度、奇虎 360……无论是搜索引擎、在线零售还是炙手可热的社交网络，无一例外地走向开放平台。无疑，开放平台已成为当下互联网行业最为流行的风潮之一。

什么是开放平台？根据维基百科的定义："开放平台指在软件业和网络中，软件系统通过公开其应用程序编程接口（API）或函数（function）来使外部的程序可以增加该软件系统的功能或使用该软件系统的资源，而不需要更改该软件系统的源代码。"通俗地说，开放平台就是首先提供一个基本服务，然后通过开放其自身的接口，使外部第三方开发者可以增加平台功能或使用开放的资源，使第三方开发者得以将自己的应用统一运行在这一平台之上。打个比方说，开放平台就像一个超市，软件开发者是商品供应者，把自己的产品拿到开放平台上供人挑选。同时，通过平台开放和平台运营为移动互联网产业链各方提供服务和支持。

Facebook 成功之后，谷歌、微软、Amazon 等开始竞相推出自己的开放平台战略。国内互联网公司闻风而动，2010 年，新浪微博、百度、盛大、人人网等相继尝试开放部分互联领域的 API，尤其是 3Q 大战后，为了显示开放创新的心态，腾讯公司宣布开放微博、QQ 空间、财付通等 API，此后，又宣布开放 QQ 团购平台。

说到开放平台，必须先来了解两个概念：API 和 OpenAPI。API 的全称是应用程序接口（Application Programming Interface），这并不是一个新概念，在计算机操作系统出现的早期就已经存在了。在互联网试点，把互联网产品的服务封装成一系列计算机识别的数据接口开放出去，供第三方开发者使用，这种行为就叫做开放互联网产品的 API，与之对应的，所开放的 API 就被称为 OpenAPI。API 的商业价值在于其聚合了多种威力强大的应用功能，为开发者提供了一个编程工具，能够很好地促进销售、市场营销以及锁定客户。

互联网经历了两次开放 API 的浪潮：第一次是即时通信软件开放通信协议，MSN、雅虎通、Gtalk、AOL、Skype 等纷纷开放了通信协议，所以 MSN 和雅虎通实现了互通，Gtalk 可以与其他第三方即时通信客户和网页聊天工具互通。然而，此次开放 API 浪潮仅仅是国外互联网巨头的"联谊"，对开发者意义较小。第二次是 SNS 社区的平台 API，Facebook、Myspace、Linkedin、Friendster 和 Beob 均发布了自己的开放平台，继 Facebook 之后谷歌发布了自己的开放平台标准 Open Social，校内网和 51.com 也相继发布了自己的开放平台。

这些 SNS 开放平台在开放程度上有所差异，有的只提供了第三方开发者使用的数据和方法调用，校内网的开放平台就是这种形式。但是 Facebook 开放更加彻底，它将平台架构全部公布出来，其他社区运营者可以直接采用这些设计，这使得小应用程序可以很方便地移植到使用同一开放平台的社区上。第二次开放 API 浪潮吸引了全球几十万的开发者，短时间内涌现了数万个应用，全球每天有数以千万计的用户在使用这些应用。

平台开放毋庸置疑，当前平台开放五花八门，但从开放平台分类来看，开放平台主要可以分为两类。第一个是应用型开放平台，即基于某一个基础的应用模式，然后开放平台供第三方开发者扩展，如 Facebook、谷歌 Apps Marketplace、Apple App Store 等。第二个是服务型开放平台。没有一个基础的应用模式，而是把计算资源作为一种服务提供给开发者，让开发者能快速拥有大量、稳定的计算或存储资源（云计算），专心做好应用的业务逻辑，实现快速开发和部署，如谷歌 App Engine、Amazon S3（Simple Storage Service）等。

当前应用型开放平台所占比例较高，应用型开放平台主要分为媒体平台、垂直应用平台、电子商务平台、综合服务平台 4 大类。媒体平台如新浪、搜狐、Twitter、开心网、微博等，垂直应用平台如 360

安全卫士、阿里巴巴、优酷、盛大文学等，电子商务平台如京东商城、当当网、阿里巴巴、最淘网等；综合服务平台就通过与价值链合作伙伴合作，为客户提供多种产品和服务。如腾讯、百度、苹果 App Store、我友网等就是综合服务平台，腾讯不仅提供即时通信服务，还向客户提供游戏、音乐、安全软件等各类服务。当前，由垂直应用平台向综合服务平台和媒体平台转变是一大趋势，其前提是垂直应用平台要做精、做深，在行业处于领先地位，拥有足够的用户规模和良好的客户体验。

7.2 开放平台成功的关键要素

开放是移动互联网发展的必然趋势，移动互联网时代是"平台为王"的时代。如今越来越多的互联网企业走开放路线，苹果、腾讯、阿里巴巴、百度、Facebook、开心网等的成功在于建立开放平台。总结众多平台开放成功企业的经验，开放平台的成功在于把握四大关键要素（见图 7-1），即制定平台游戏规则、建立利益共享的互利联盟、拥有核心能力和核心应用、创新的商业模式。

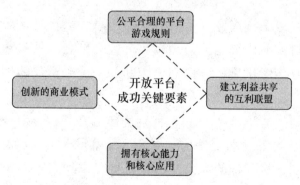

图 7-1　开放平台四大成功关键要素

1．制定平台游戏规则

制定平台规则的关键是确保平台有序运营，确保平台开放性与第三方开发者有序地协作。

一部手机能有多少个应用？苹果 iPhone 的最新回答是：超过 40 万个，这是苹果 App Store 应用软件的数量。借助全世界第三方开发者的努力，iPhone 大大拓展了大众对手机的想象。苹果 App Store 制定了严格的平台游戏规则。具体包括：个人和企业开发者在苹果注册需缴纳会员费，个人会员费为 99 美元，企业会员费为 299 美元，SDK 免费下载，从而降低了人们进入手机软件这个领域的门槛，采取有利于开发者的分成模式，开发者与 Apple 公司 7:3 分成，使得第三方软件的提供者参与其中的积极性空前高涨；同时，苹果加强 App Store 应用的审查，如对影响未成年人的应用事项严格把关，苹果必须对一般使用者负责，确保有好的产品体验；会员可以无限量上传应用并对应用实行自行定价；开发者可以随意使用非苹果提供的第三方开发工具创建 iOS 应用软件。但这种开放有一个前提，即最终生成的软件不能出现网络下载代码的功能。

在开放方面，国内做得最好的无疑是淘宝。如今，淘宝上的商品多达 8 亿个，每天交易量超过 3 亿元。淘宝开放平台建立了《淘宝规则》，保护了买家、用户、卖家、淘宝等利益。如《淘宝规则》中规定：淘宝会员名、淘宝店铺名或域名中不得包含违反国家法律法规、涉嫌侵犯他人权利或干扰淘宝网运营秩序等信息；会员将其账户与通过实名认证的支付宝账户绑定，公示真实有效的姓名地址或营业执照等信息，并通过开店考试后，方可创建店铺。一个会员仅能拥有一个可出售商品的账户；淘宝为了扶持合作者，将原有的五五分成比例进一步向合作者倾斜，改为 3:7 分成，特别优质的合作伙伴者还能拿到整个收益的 80%，等等。淘宝自从诞生之日起就是一个开放的平台，通过制定平台规则，只要你的商品合法，就可以拿到淘宝上去卖。到 2011 年 4 月底，淘宝开放平台卖家超过 4 000 万家，注册合作伙伴超过 14 万个，上线应用总数超过 9 万个。

360 团购开放平台也制定了严格的遴选规则，接入到平台的合作伙伴必须具有相应的企业资质和团购商品授权书。同时，360 也会考察团购网站的开团时间，审查以往团购与今日团购中的商品是否存在欺诈。

2．建立利益共享的互利联盟

合作共赢是开放平台发展的主题。通过平台开放，提高人气，会聚流量，为合作伙伴和第三方开发者创造利润，这是检验开放平台成功与否的重要标准。

中国电信上海公司 2006 年 9 月正式推出 IPTV 业务，截止到 2010 年年底，上海 IPTV 用户突破 130 万户，成为全球拥有 IPTV 最多的城市。目前，IPTV 拥有影视、看大片、点播、直播、购物、教育、K 歌等电视频道，内容十分丰富，IPTV 深得用户的欢迎。IPTV 成功的关键在于实行开放合作、互利共赢。首先是上海电信与上海文广的战略合作，发挥双方各自优势，使 IPTV 越来越贴近百姓；其次，上海电信、上海文广积极引入合作伙伴，采取鼓励性分成策略，使 IPTV 内容更加丰富。

2011 年是淘宝开放年，淘宝拿出 3 亿元扶持资金帮助开发者成长。为进一步扶持开发者，淘宝与开发者分成比例由原来的五五分成调整到现在的三七分成，进一步向开发者让利，让开发者赚更多的钱。苹果的 App Store 自 2008 年 7 月份上线以来，其 iPhone 手机平台的开放性和苹果对第三方开发者的激励措施，苹果与开发者分成比例为 3:7，迅速受到众多开发者的追捧，也推动了 App Store 应用不断丰富，如今 App Store 应用超过 40 万个，丰富的应用、良好的体验使苹果公司赚得钵满盆丰，成为 IT 业最赚钱的公司。2010 年 11 月 12 日，在联想开发者大会上，联想集团 CEO 杨元庆宣布，联想正式推出筹备已久的乐基金，首期投资基金为 1 亿元人民币，投资国内的移动互联应用开发团队，旨在保证移动互联网战略的成功。

2011 年 3 月，百度开启"应用基金奖励计划"，让广大开发者和运营商看到了希望。百度将投入数亿元，面向平台所有开发者或运营商鼓励创新应用的开发，对开发者提供强有力的支持，让开发者劳有所得，有利可图。奖励的目标将是免费应用的资源方（开发者或运营商），按用户在网页搜索中的日有效使用量，进行奖励计费，未来还会根据资源方对用户体验的贡献程度评分划级，对于评分级别越高的资源方将给予更多奖励。

3．拥有核心能力和核心应用

美国管理学家亨德森说过："任何想要长期生存的竞争商家，都必须通过形成差异化而建立压倒所有其他竞争者的独特优势，极力维持这种优势差异，正是企业长期战略的精髓之所在。"这种独特优势就是企业核心能力。

为什么 Facebook、淘宝、亚马逊、谷歌、奇虎 360 等众多互联网企业开放能取得成功，关键在于他们拥有某项核心能力和拥有核心应用，正是靠着该项核心能力和核心应用从而聚合众多合作伙伴和第三方开发者，从而提高平台价值，形成平台发展的良性循环。核心能力是指公司的关键资源能力，是公司在竞争中处于优势地位的强项，是其他对手很难达到或者无法复制的一种能力。它可以给企业带来长期的竞争优势，是企业立身之本。

淘宝打造成 B2C 电子商务交易平台，在于淘宝拥有支付宝电子支付的核心能力，是决定电子商务效率和对用户具有吸引力的重要因素；2010 年 5 月，谷歌联合英特尔、索尼、罗技、百思买、DISH Network 等企业推出谷歌 TV，关键在于谷歌拥有基于 Android 平台、搜索技术和全球最大的信息库等核心能力，从而聚集众多合作伙伴，实现价值链的整合；Facebook 开放的巨大成功，关键在于 Facebook 对以个人为中心的个人社会关系的理解和洞察，利用信任关系拓展自己的社会性网络，达成更加有价值的沟通和协作，社会化网络可以更好地服务社会活动，并带来巨大的商业价值和社会价值。

腾讯"在线生活社区"平台的成功，在于打造 QQ 核心应用，如今 QQ 用户达到 10 亿，活跃用户突破 6.5 亿，为腾讯进入其他业务领域奠定了坚实的基础。难怪腾讯无论是搜索，还是视频、团购、游戏，只要模仿进入，就对其他互联网企业构成极大的威胁。百度专注于搜索，目前百度在搜索市场的占有率达到 70%以上，拥有搜索核心优势，从而聚集大量人气，为百度进入视频、电子商务、社交服务等领域提供了推广渠道。

拥有核心能力和核心应用是众多互联网企业的立身之本，对于进入移动互联网的企业，打造开放平台是重要战略选择，建立在拥有核心能力和核心应用的基础上的开放平台才能最终走向成功。

4．创新的商业模式

开放平台能否最终成功的关键还要看商业模式是否创新，商业模式创新直接决定了平台的生命力，评价商业模式是否创新关键看能否形成良好的生态系统，能否吸引更多的用户，能否使价值链各方各取所需、互利共赢。

苹果公司虽然走封闭道路，却是最厉害的平台服务提供者。其成功关键在于商业模式创新，主要表现在：一是苹果推出了 iPod、iPhone 和 iPad 等很炫的终端，吸引了来自世界各地的苹果迷。二是苹果公司不光是卖终端，还推出 iTunes 网上音乐商店、App Store 应用程序商店，让全世界的开发人员把自己按照苹果操作系统开发的各种应用软件放进来供苹果用户下载使用。苹果公司这种"终端+应用"的商业模式使苹果公司的业绩持续攀升，成为全球 IT 市值最高的公司。

2011 年 3 月 30 日，奇虎 360 在美国纽交所挂牌上市，它是一家专注于网络安全服务的公司，如今奇虎 360 成为进入互联网上网的新入口，截止到 2011 年 1 月，360 拥有 3.39 亿活跃用户，覆盖了中国网络用户的 85.8%，其商业模式实行永久免费模式，其收入的主要来源是靠庞大的流量向广告主收取广告费。2010 年奇虎 360 总收入达到 5 767 万美元。腾讯的成功关键在于 QQ 实行免费模式，从而吸引了大量的 QQ 用户，如今腾讯 QQ 用户达到 10 亿户，其平台价值无可限量，也为腾讯其他增值业务的发展创造了条件。

做大用户规模、提高人气是衡量开放平台成功的关键指标，做到这一点至关重要，实践中可以借鉴"终端+应用"、"免费+收费"等商业模式，通过免费或低资费的形式快速吸引用户，做大规模，商业模式创新建立在拥有核心能力和核心应用基础上，同时要根据企业面临的内外部环境变化采取差异化的策略。

7.3 应开放哪些能力

开放平台的内在驱动力在哪里呢？为什么要开放平台？答案是长尾理论。福布斯 2010 年 8 月所发表的《什么刺激了 API 淘金潮？》指出："创建和应用 API 的潮流是靠长尾经济驱动的。生产工具本身基本是免费的。开发者能够为各种特定的需求开发应用程序，即便每个应用程序都不是非常流行，但当几千个应用的流量累积在一起时，就十分巨大了。"

爱立信研究员、开放平台实验室联合创始人刘青焱在其文《开放平台的经济模型》中，绘制了基于长尾理论的开放平台经济模型（见图 7-2）。

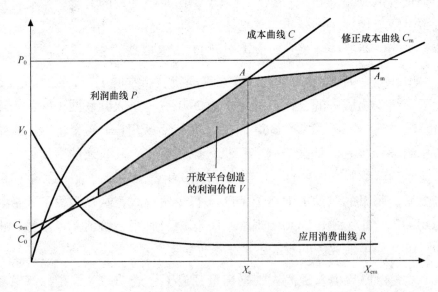

图 7-2 开放平台经济模型

由图 7-2 可以看出，通过平台开放，虽然初期成本较高，但由于第三方开发者分担了研发、试错、运营等高额成本，且平台提供者能更高效地满足长尾的用户需求，从而大大减缓了平台成本的增长，便可创造额外的利润。根据《互联网周刊》主编姜奇平先生在其著作《长尾战略》中的界定，长尾经济属于"数字范围经济"，其特征是"初始固定资本投入高，边际投入低，边际收益递增，边际成本递减"。同时对于第三方开发者来说，其利益取决于平台的用户群和分成比例。所以一旦平台不能采取有效措施吸引开发者，其成本将增高，造成两败俱伤的结果。由此可见，足够大的用户群、合理的利益分配体系、严格的制度保障将是开放平台生态体系健康运行的关键。作为平台提供者，只有以一种真正开放的心态、力促产业链整体共赢才能获得长久的发展空间。

正是由于满足客户长尾需求，这客观决定了互联网和移动互联企业向第三方开放能力，旨在为平台提供更加丰富的应用，给用户创造更好的体验，让合作伙伴共享用户，让他们能够盈利。那移动互联网企业应开放哪些能力呢？能力开放也要有所取舍，并不是所有的能力都适合开放，我们认为开放的能力一定要对第三方开发者有价值，有利于第三方开发者节约成本，有利于提升客户体验。一般来说，选择开放的能力应该遵循以下两大原则。

第一，核心优势原则——在所处领域居领先地位或者拥有别人无法替代的垄断性资源。所开放的能力的具体形式可以是业界排名靠前的关键应用，可以是业务运营所会聚的大量规模的用户与流量，也可以是通道性质的基础网络能力，但必须在领域内具有核心资源优势，才能对开发者形成吸引力。例如对运营商来说，最不可替代的优势资源之一就是基础网络能力，例如短信彩信能力等，因此目前主流运营商都在积极地构建基础网络能力开放平台。

第二，价值提升原则——选择开放该能力后，能丰富其原有应用、优化产品，提升客户感知，从而提升自身的竞争力。也就是说，能力开放不仅要给合作伙伴带来商业利益，也要给自己带来价值提升，而不是为了开放而开放。例如淘宝开放其商铺、商品信息等 API，允许开发者开发多种 C2C 管理软件，提升商家运营效率，一方面是帮助开发者获得分成收入，另一方面也能借助开发者的力量，优化相关淘宝工具，将开发者变为自己的外包服务商，不断提升自己面向后向商户的服务能力。

综观 Facebook、奇虎 360、腾讯、淘宝、苹果等能力开放实践，从开放的能力内容属性来看，主要包括以下 4 种能力。

（1）开放客户和产品数据。主要提供平台客户和产品数据供第三方调用，以利于开展营销服务。目前比较热的有用户资源、用户关系数据、地理位置信息数据、产品数据、客户消费行为数据等。这是当前国内开放平台的主流。像淘宝、Facebook 等企业就将用户数据向第三方开放，以利于第三方开发者不断完善产品，争取更多的用户。

（2）开放功能和服务。开放的是某种功能服务，如亚马逊提供计算资源的云计算服务，淘宝开放的小艾分析、好店铺、e 店宝、淘大奖等营销分析和统计软件、视频服务等应用，电信运营商开放的短信、彩信、支付等能力也属于开放应用和服务。

（3）开放 API 和源代码。指通过 Open API 和源代码让第三方开发者节约成本，让第三方开发者调用开放资源开发各种应用。如 Facebook 成为第一个开放底层接口的社交网站，吸引了大量的开发人员编写网页窗件，成为 Facebook 获得成功的重要因素。在软件发展历史上，微软视窗正是利用开发 API 接口，吸引其他厂商开发大量的视窗应用软件，从而奠定了视窗的垄断性优势。如谷歌 Android 系统所采用的开源模式，设备商与生产商可以免费使用软件的源代码进行开发应用。

（4）横向开放。开放平台本身欢迎第三方平台或网站互联互通，让用户在不同平台和网站间畅通无阻，例如 Facebook Connect。

从目前互联网企业和移动互联网企业开放能力来看，开放程度各有不同，有的全方位开放，有的半开放，还有的是封闭的（见表 7-1），这些要根据企业自身发展灵活确定，但开放是大势所趋。

表 7-1 不同的开放类型

开 放 类 型	内　　涵	代 表 企 业	市 场 趋 势
全方位开放	指对核心能力、功能和应用、用户数据等全面透明开放	Facebook、360、淘宝、亚马逊、谷歌等	主流
渐进式开放	能力不是全部开放，选择部分能力开放	腾讯、苹果、百度等	仍有很多企业
封闭	能力不对外界开放，由企业垄断	苹果操作系统	较少

全方位开放是指对核心能力、功能和应用、用户数据等全面透明彻底的开放。Facebook 平台开放是彻底的，Facebook 不但提供了各种 API 接口供第三方开发者使用，其底层技术也提供了对开发者的完全支持，把最有用的相关信息开放给开发者。Facebook 还在网站里开放了大量展示第三方软件信息的空间，可以满足开发者向用户充分展示他们优秀的产品，并且提供给中小开发者流量分析等工具，帮助他们管理用户，改善应用。2011 年 4 月，Facebook 宣布开放数据中心，旨在能够促进整个行业的协作，从而开发最好的数据中心和服务器技术。2007 年全球在线零售巨头亚马逊也宣布推出开放平台，它包括了前后端的开放，从网站的 API 到后端的交付能力以及运营能力，全部开放给合作伙伴，让外部商户甚至竞争对手都可以在自己的网站上销售商品。开放使亚马逊商品更加丰富，开放之后的亚马逊在商业上再次焕发青春，其股票在华尔街一路上扬，一度将劲敌 eBay 远远地抛在了后面。

渐进式开放是指根据企业业务发展特点，选择部分能力开放，并根据环境变化及开放趋势，逐步加大开放力度。苹果公司不是对所有能力进行开放，其操作系统就是封闭的，而 App Store 则对外开放，所以苹果是半开放和半封闭的代表。腾讯以往的所有业务都是自己开发的，近年来受开放大潮的影响及公司转型战略的要求，腾讯走上开放的道路。目前腾讯开放不是全方位的，但从腾讯开放战略来看，开放将是全方位的开放，这需要一个过程。

封闭是指能力不对外界开放，由企业垄断控制。开放是移动互联网的重要特征，目前封闭的企业越来越少，苹果 iOS 操作系统是封闭的典型，除了苹果，没有人可以随便进入苹果的系统获权看所有文件夹。封闭的苹果虽然取得了成功，但如果不顺应开放的大趋势，不能与时俱进，可能将被淘汰。

当前，电信运营商将移动互联网作为战略性业务，在开放的大趋势下，开放电信能力已经成为全球范围内的主流运营商的共识。包括AT&T、德国电信、Orange、Telefonica、沃达丰以及我国三大运营商在内的运营商都在积极实施能力开放策略。

电信网络从封闭体系逐步走向开放体系，通过开放电信网络业务能力，并通过"去电信化"接口，吸引互联网上的开发者和用户，这是丰富移动互联网应用的根本。将移动网络特有元素通过标准的API开放出去，允许第三方开发者调用。可以将网络、业务能力和用户数据开放给互联网用户，并使其融入Web2.0的生态环境，通过Mashup技术会聚资源，实现移动开放元素和互联网开放元素的融合，以提供通信网络与互联网的混搭（Mashup）应用，开拓新的业务领域，增加新的收入。从具体能力开放来看，电信运营商可开放的能力主要有短信、彩信、支付、位置和用户信息以及电子渠道等，通过能力开放积聚应用，汇聚流量，拓展新的商业模式，形成良好的互联网应用产业生态系统。

从开放能力发展趋势来看，全方位开放是主流。对于进入移动互联网的企业来说，应把握能力开放这一趋势，加大开放力度，与合作伙伴共赢，才是正确的选择。

7.4 开放与繁荣

案例1：腾讯——走上开放之路

1. 从模仿创新到开放的飞跃

腾讯以QQ起家，如今，腾讯QQ注册用户达到10亿，活跃用户超过6.5亿，凭借庞大的用户规模，只要腾讯想做的，没有不成功的。

一时间腾讯引起行业的质疑，指责腾讯没有一样是自己做的，腾讯被批判为互联网的"全民公敌"，将腾讯表述为"抄袭且贪得无厌的企鹅仔"。的确，从腾讯推出的诸多业务来看，基本上都是模仿而来，QQ、微博、团购、拍拍、搜搜、QQ 安全、QQ 播放器、财付通、腾讯网，等等，都是模仿而来的，但腾讯凭其庞大的用户规模和模仿再创新，都取得了市场的成功。

在腾讯 10 多年的发展过程中，公司自上而下形成了一些"基本假设"，比如"只要用心，什么都一定能做好"、"只要把用户服务好，就一定能保证可持续发展"，等等。这些基本假设在腾讯的快速成长中不断证实着其正确性，与腾讯对自身创新能力和产品能力的自信、对用户心理和用户行为的自信一起，变成了腾讯最为核心的价值观。长期以来，腾讯的产品创新基本上都是自己开发的，在腾讯的平台上只销售自己的产品，在平台开放上并没有取得实质性进展，腾讯自诞生开始，就不是一家以平台为基本架构发展的公司。

从 2010 年 9 月 27 日开始，360 公司与腾讯公司就"隐私保护器"和"扣扣保镖"等问题展开了长达两个多月的"3Q 大战"，互相攻击。腾讯过度地重视了客户对他们的重要性，却无意间"绑架"了用户，忽略了用户的感受。马化腾在平息"3Q 事件"和垄断质疑时说道："过去是用户有需求，不管怎么样我都要提供给他。但这个事情发生之后我们要考虑更多的问题，很多事情是不是都要完全自己做，产业链怎么培养得更加丰满，如何和周边的同行相处得更好，甚至是说在竞争同时还有合作。未来腾讯应该更多思考这些。""3Q 大战的正向作用挺多的。它加快了腾讯开放的步伐，改变了做事方式，还有就是统一思想，平衡相关利益。"

实际上，腾讯早已意识到开放将是未来的趋势，但毫无疑问，"3Q 大战"大大加速了其开放进程，这使得腾讯更加清醒地认识到自己所处的位置，暴露了封闭与其长期发展的矛盾。马化腾在致员工公开信上宣布了腾讯将会积极推动平台开放。开放平台是一个好的开始，是腾讯成为世界顶级公司的必经之路。

2. 腾讯走上开放之路

Facebook、Twitter、苹果 App Store、淘宝等的成功引发了开放的热潮，中国互联网企业也积极参与到开放的热潮中，腾讯自 2010 年也加入了开放的行列，尤其是 3Q 大战过后，更加坚定了开放的决心。

2010 年 9 月 17 日，腾讯社区开放平台(opensns.qq.com)上线；12 月 16 日，腾讯微博开放平台正式上线。2011 年 1 月 27 日，腾讯宣布 QQ 团购将整合 IM、SNS、支付等多个环节，并且正式开放 QQ 团购平台；4 月 17 日，腾讯 QQ 登录功能申请向第三方网站开放；5 月 16 日，腾讯 QQ 正式开放 Q+，腾讯 QQ 的开放无疑是再一次向行业第三方注入了新的活力，此举也使腾讯的整个开放战略趋于完整。

至今腾讯朋友、QQ 空间、腾讯微博、财付通、电子商务、搜搜、QQ 彩贝联盟、QQ 八大平台和数亿活跃用户都已先后向第三方合作伙伴开放。目前，腾讯开放平台上有近 2 万家合作伙伴，每年有近 40 亿元分给各种合作伙伴，收入最高的一家第三方游戏厂商已"月入千万"。截止到 2011 年 6 月，腾讯微博用户突破 2 亿，腾讯微博开放平台的合作伙伴超过 15 000 家，同时超过 1 万名应用开发者提交应用开发申请，目前已经上线的应用超过百款，近千款的应用还在开发中。

2011 年 6 月 15 日，腾讯在北京国家会议中心召开合作伙伴大会，腾讯董事会主席兼 CED 马化腾介绍了腾讯平台开放的情况，以期吸引更多的第三方开发者加入，并宣布腾讯将打造成一个规模最大、最成功的开放平台，扶持所有合作伙伴再造一个腾讯。在马化腾看来，这是腾讯在从使命 1.0 时代向使命 2.0 时代进化。

开放是什么？简单来说，别的公司通过申请也能使用 QQ 拥有的 6.5 亿用户的庞大数据库，甚至在 QQ、QQ 空间、腾讯微博、财付通上"挂"上自家开发出的应用。

相对于其他开放平台，腾讯开放平台具有五大优势。一是腾讯平台拥有海量数据；二是腾讯能帮助合作伙伴降低注册与账户的门槛；三是腾讯能够提供一个完整的用户关系链；四是腾讯拥有完整的支付

系统；五是腾讯拥有互联网产品运营经验的优势。基于腾讯的优势，开放必将使腾讯实现新的飞跃。

在开放战略指引下，腾讯在内部通过平台融合与对接，实现微博、腾讯网、腾讯视频、QQ 空间、腾讯朋友、QQ 邮箱、腾讯 SOSO、财付通、WebQQ、拍拍网等平台的互通，将腾讯平台应用随时随地地呈现给网民；对外则通过开放平台，惠及第三方开发者，满足用户长尾需求。

在开放战略上，腾讯选择的是全平台的开放，而不是有所保留，除了开放 API 入口，更重要的是腾讯 QQ 的 6.5 亿活跃用户的关系链和支付体系的开放。同时，腾讯还在电子商务、搜索、支付、团购等方面都采取了全开放的态度，真正打造一个无疆界、开放共享的互联网新生态。

腾讯社区平台开放最为成熟，腾讯社区开放平台是基于 QQ 空间、朋友社区（QQ 校友）两大社交网络的开放平台。我们致力于连接分享网站间的信息，引入优秀的第三方应用。通过这个平台提供的各种社交组件和开放 API，合作者可以联系 6.5 亿的腾讯用户，得到强大的技术运营支持，获得广阔的发展机会。网站主可以通过使用腾讯分享、认证空间等社交组件，方便地在海量的腾讯用户中快速传播网站的优质内容。第三方开发者可以利用腾讯社区开放 API，开发出优秀有创意的社交游戏、实用工具，给自己带来巨大的流量和收入。对于应用开发商，腾讯社区开放 API 提供了一套通用、功能强大的 API，您可以方便地在腾讯社区开放平台上开发各类应用，并最终将应用程序呈现给腾讯的海量用户，从而可以迅速积聚用户量。

随着腾讯微博、Q+平台的开放，充分显示了腾讯正式走上开放的道路。未来开放的浪潮是持续不断的，腾讯还有很多垂直领域，包括电子商务、搜索、支付、团购这些平台也会陆续开放。

腾讯的开放平台将尝试以 API 接口的形式通过 Q+向第三方应用商提供如内容分享、文件传输、语音视频等核心功能组件，除了 QQ 提供给广大用户的服务外，第三方应用商则可通过这个平台进行调用，将这些用户使用最多、最喜爱的核心功能植入到创新应用中，从而直接服务于超过 6.5 亿的 QQ 用户，创造更大的价值。无论是用户还是应用开发商，都将在这样一个完全打破了固有界限的平台中，自由分享所有的应用，自由调用其中的各种资源，都将从腾讯开放中获益。

58 同城网 CEO 姚劲波认为："开放是互联网的趋势，也是互联网发展的未来。作为互联网从业者，我们乐于看到像腾讯这样的领军企业实施开放战略。同时，随着 QQ 的开放，互联网的未来将如何变化则让人更加难以预测。但我相信，这种变化一定是有利于行业发展的，也将让更多的互联网企业和用户受益。"

建立一个一站式的在线生活平台是腾讯过去的梦想，如今，"打造一个没有疆界、开放共享的互联网新生态"是腾讯新的追求。我们相信，通过平台开放，与合作伙伴合作共赢，腾讯会变得更加强大，成为伟大的世界级互联网公司指日可待。

案例 2：淘宝——平台开放，打造电子商务生态圈

在开放方面，国内做得最好的无疑是淘宝，淘宝自从诞生那天起就是一个开放平台。只要你的商品合法，就可以拿到淘宝上去卖，只要你有能力，无论是模特摄影、快递发货、客服培训等，你都可以在淘宝上提供服务。

淘宝开放平台（Taobao Open Platform，TOP）是指由淘宝网提供的、面向第三方的开放式电子商务服务基础服务框架，旨在以开放 API 为契机，形成一个多接口的开放性平台，吸引大量的合作伙伴聚集为一个商业生态系统。

2008 年淘宝率先实行开放策略，2009 年 6 月淘宝开放平台上线，大淘宝生态圈开放平台雏形基本建立，IT 合作者可以基于淘宝 API 为淘宝卖家开发产品，淘宝开放平台大致经历了以下几个阶段。

2009 年 12 月，"淘拍档"正式对 23 家合作伙伴授牌。由此，淘宝

开放向卖家服务领域全面延伸；"淘拍档"是淘宝对于高级合作伙伴的简称，它们都是在淘宝专业领域获得成功的合作商。以"管易软件"为例，这是 2009 年年底开始创业的团队，公司 200 多人，为淘宝的卖家提供 ERP 服务，以帮助卖家提高管理效率，2010 年全年营收超过3 000 万元，在淘宝卖家中颇具知名度和影响力。

2010 年 1 月，面向淘宝卖家的软件服务平台"淘宝箱"正式上线，为淘宝第三方 IT 类产品提供软件销售平台。淘宝开放平台不仅为草根开发者提供了海量用户的广阔市场，更提供了技术研发、市场推广、收费体系到客户服务等全方位的支持和服务。到 2010 年年底，"淘宝箱"升级为"淘宝服务平台"，提供了 200 余款卖家工具，近百万卖家在选购和使用这些第三方工具，不到一年的时间，已出现 10 个年盈利百万元的应用。现在在淘宝上已经诞生了很多第三方明星工具，比如小艾分析、好店铺、e 店宝、淘大奖等营销分析和统计软件、视频服务、试衣间、Nokia Widget、淘宝手机购物等应用。以"小艾分析"为例，这是一款第三方提供的数据统计类工具，共有超过 22 万淘宝卖家在使用；独立开发者李勇的作品"收藏有礼"，单日收入就达 8.4 万元。

淘宝推出开放平台，正是要把淘宝网的商品、用户、交易、物流等一系列电子商务基础服务，像水、电、煤一样输送给有需要的消费者、商家、开发者、社区媒体和各行各业。这正是"大淘宝"战略的精髓，其实质就是坚持平台开放。为推动"大淘宝"战略，2011 年已定位为淘宝开放年，淘宝将拿出 3 亿元扶持资金帮助开发者成长，淘宝将在卖家业务、买家业务、无线、物流等领域全面深度开放，引入第三方开发者、企业、服务商，共同推进电子商务生态圈高速健康发展。在原有 PC 端卖家类应用开放的基础上，第三方业务向买家和移动领域全面展开。到 2010 年年底，已开放 300 个 API，每天调用量 7 亿次，注册合作伙伴11 万人，上线运营应用 3 万，使用应用卖家 100 万，卖家收入 1 650 万。淘宝将在未来 3 年投入 3 亿元，用来扶持第三方伙伴的发展。如今，淘宝已成为拥有 3.7 亿注册用户、数百万商家、单日峰值交易 19.5 亿的庞大的零售商圈，并改变了社会主流生活方式。

可以看出，淘宝平台的开放是从 IT 类卖家服务领域切入的，然后延伸到卖家服务的领域，再向买家领域拓展；另外，淘宝平台则是从 PC 端的开放向无线开放拓展。

淘宝开放平台发展 3 年来，真正地给卖家和买家创造了价值，也使淘宝的服务更加完善，平台更有吸引力。以唐狮服装官方旗舰店为例，接入淘宝开放平台之前，每天的订单处理能力在 600 单左右，接入后达到 1 500 单以上；接入后工作人员由 4 人缩减到 1 人；因发货不及时的退货率由原来的 15%降低到不足 0.1%，客户满意度大大提升。

总结淘宝开放平台的成功经验，概括起来主要是：要有开放的胸怀，保持平台开放的公平性、原则性；向合作伙伴开放用户数据、用户关系、流量等核心价值；合作共赢，让合作伙伴不断成长；始终坚持客户第一的观念，并落到实处；保证 API 调用数据的成功率、稳定性和安全性。

案例 3：Facebook——开放平台的力量

哈佛极客马克·扎克伯格创建的 Facebook，在创立 3 年后，于 2007 年 5 月 24 日，推出全球第一个 SNS 开放平台——Facebook 开放平台。Facebook 完全停止了应用程序开发，把自己的 API（应用程序接口）向公司之外的第三方软件开发者开放，允许第三方开发者将开发的产品和应用在 Facebook 平台上推广，几乎所有的应用服务都由软件开发公司提供。Facebook connect 让任何网站都能挖掘 Facebook 上的用户和好友关系数据，并把用户的活动反馈到 Facebook 上；Facebook 可以让开发者利用它的平台开发自己的应用，Facebook 提供开放的接口，第三方可以读取 Facebook 的用户及好友等信息，再利用这些信息开发游戏工具等各种应用。Facebook 将自己变成一个透明的商城，而开发者就是商城里的商户。第三方开发者通过在 Facebook 开放平台上开发和运营自己的应用获得了收益，许多优秀的应用开发者甚至实现了较大的盈利，如"宠物社会"应用开发者 Playfish 公司、"Texas HoldEM Poker"应用开发者 Zynga 公司等。

自 2007 年 5 月，Facebook 宣布开放平台后，吸引了大量开发者，

Facebook 平台聚集了很多优秀的第三方工具，极大扩展了 Facebook 的功能和应用，给 Facebook 带来了巨大的成功，促进用户人数飞速增长。2008 年，开放一年后的 Facebook 就已经拥有了 8 000 万用户和超过 150 亿美元的市值。而今，Facebook 用户超过 6 亿户，估计市值近 1 000 亿美元，已发展成为全球流量第一的互联网企业。截止到 2010 年年底，已有超过 100 万的开发者在 Facebook 平台上开发出 50 多万个第三方应用。

对于开放平台，马克曾经说："Facebook 不再是一个.com 的网站，而是对外输出的 IT 系统和平台。"这句话，概括了互联网企业的未来方向。

Facebook 作为最早制定了平台标准的网站，Facebook 的平台化思维俨然成为模范作用，而在 Facebook 上，第三方开发者也有成长为巨头的机会。Zynga 北京总经理田行智表示，虽然都叫开放，但 Facebook 有很多值得借鉴的作用：Facebook 不但提供了各种 API 接口供第三方开发者使用，其底层技术也提供了对开发者的完全支持，把最有用的相关信息开放给开发者。另外，Facebook 还在网站里开放了大量展示第三方软件信息的空间，开发者可以在此向用户充分展示他们优秀的产品，并且提供给中小开发者流量分析等工具，帮助他们管理用户，改善应用。2011 年 4 月，Facebook 宣布开放数据中心，旨在能够促进整个行业的协作，从而开发最好的数据中心和服务器技术。

在 Facebook 开放平台上，开发者的技术成本相对较低，只要熟悉 HTML 就可以开发一款简单的应用。开发者可以用 Facebook 标记语言定制他们的应用程序的外观，Facebook 也借此改善了不同应用间因为外观不同而带来的不良用户体验。

目前，Facebook 上较为流行的应用包括顶级朋友（用户可以选择和显示他们最好的朋友）、涂鸦板（一个图形效果的"墙"）、我喜欢（一个社会化音乐发现和分享服务）、得克萨斯扑克、《宠物社会》、《边境小镇》、《黑帮战争》（Mafia Wars）和《咖啡世界》等 SNS 特征的网页游戏。这些应用都拥有千万级的用户，堪称运行于 Windows 平台上的一些通用软件。今天，我们无须再怀疑 Facebook 开放平台及其应用的价值了。

Facebook 和 Skype、微软、亚马逊、Digg、PhotoBucket、EA 等多家知名公司签署合作协议，让他们的应用软件能够运行在 Facebook 平台之上。iLike 提供的音乐软件在 Facebook 网站人气最旺。对于和 Facebook 合作的公司来说，这个平台是他们觊觎已久的触及用户的好阵地，许多企业甚至将开发 Facebook 应用程序作为头等大事，他们通过 Facebook 开放平台低成本或零成本进行营销推广，这大大降低了网络营销的投入和风险。

iLike 总裁 Hadi Partovi 早在 Facebook 平台酝酿之时就认定 Facebook 将重新定义网络的发展。他说："在计算机发展史上，曾出现了 PC、Windows、互联网，现在是 Facebook 平台"。Facebook 整合了两件事情：一个是技术，Facebook 同其他平台一样，提供给程序开发者设计自己软件的环境；二是口碑传播的潜力。一个软件完全可以通过口碑传播在整个社区流行起来，而这两方面结合产生的协同效应将会是巨大的。

开放平台能让第三方开发者开发应用已成为新一代网络平台必须具备的特征。这样的平台能满足那些有好的创意并使之实现，但无力推广或无法支付大量推广成本的开发者的需求。SNS 本身的优势在于它能聚集大量的黏性用户，SNS 开放平台是这些开发者的最佳选择之一。开放平台也因此而网聚了开发者的力量。

案例4：谷歌 Andriod——开放才是硬道理

受益于智能手机热销，移动终端行业正经历着前所未有的增长，尤其是谷歌 Android 的异军突起，让竞争对手望尘莫及。在 2010 年 10 月份美国的智能手机市场中，谷歌 Android 平台就已经超过了苹果 iPhone，成为最受美国用户青睐的平台。2011 年第一季度，Android 手机继续领跑智能手机市场，市场份额达到35%，而且 Android 智能手机出货量首度超过诺基亚 Symbian，成为全球第一大智能手机操作系统。Android 操作系统的火热，关键在于其坚持开放路线，打造开放平台。

Android 系统之所以在手机市场上如火如荼，引发一场又一场的销售风暴，赢得众多运营商、终端厂商、开发者的关注甚至纷纷跟进，除了自身丰富的硬件选择、无缝结合的谷歌应用等特点之外，最大的原因就是 Android 系统所采用的开源模式。换句话说，设备商与生产商可以免费使用软件的源代码进行开发应用。尽管 Android 系统的开源或许不等于完全开放，但这无疑可以使手机运营商在成本上面节省一笔开支。

早在 2007 年 11 月，谷歌就成立由终端和运营企业加入的开放手机联盟（Open Handset Alliance），共同开发名为 Android 的开放源代码的移动系统。众多企业的加盟，大大降低新型手机设备的研发成本。联盟成员包括摩托罗拉(Motorola)、HTC、SAMSUNG、LG、Intel、NVIDIA、SiRF、Skype、KUPA Map、高通、T-Mobile、MTK 以及中国移动在内的 34 家技术和无线应用的领军企业，这些领军企业通过开放手机联盟携手开发 Android，并基于 Android 平台开发手机的新型业务。正如谷歌前首席执行官埃里克·施密特说："我们的远景是，推出一个强大的操作平台，驱动成千上万种手机品牌。"

没有开放性的变革就不能真正称之为变革，Android 是一个完全整合的移动软件系统，包括一个操作系统、中间件、便于用户使用的界面以及各类应用，手机厂商和移动运营商可以自由定制。同时，Android 系统也是一个开放的平台，任何公司、个人开发者、爱好者都可以参与其中。对于技术工作者，Android 不仅是一个智能手机的系统，也可以作为学习嵌入式 Linux 系统的较完整的软件平台。开放性的平台有很多优点：应用程序可以方便地进入市场和终端，庞大的应用程序开发产销链条，为技术的创新积累了足够的物质基础，Android 是目前最流行的手机开发平台，依靠谷歌的强大开发和媒体资源，Android 成为众多手机厂商竞相追逐的对象。

谷歌推出的 Android 操作系统，其开放的理念受到开发者喜爱，众多国内外厂商纷纷加入 Android 阵营，上升势头异常凶猛。不但让摩托罗拉重新找到了春天，索尼爱立信也宣布加入 Android 阵营，也被看作打败 iPhone 的利器。如今，加入 Android 的厂商和运营商不断增多，如三星、HTC、海尔、华为、中兴、联想、魅族、酷派等众多企业已加入 Android 阵营。

Android 的开放让谷歌尝到了甜头，2010 年是 Android 手机发展的里程碑的一年。2010 年，Android 手机的增长超过 888.8%，市场份额达到 22.7%，在智能手机市场处于主导地位。

无论是 iPhone 还是 Android，丰富的应用商店都是最吸引用户的地方，这就催生了一股基于该平台的应用商店热潮，不仅谷歌自己推出了手机应用商店"Android Market"，其他搭载该系统的手机厂商也纷纷推出 Android 应用商店，比如摩托罗拉的"智件园"，甚至连亚马逊都推出了针对 Android 设备的应用商店。而在国内市场，除了优亿市场、机锋市场、安卓市场这 3 家最早的 Android 应用商店之外，据称华为、中兴等手机厂商也在开发各自的 Android 应用商店。

如此多的力量涌入 Android 应用商店，其中一个很重要的原因是谷歌一直秉持的"开放性"理念，与苹果 App Store 相对封闭的特点相比，Android 的开放对于众多开发者而言，无疑是拥有了一条更加宽阔和方便的通道。通过平台开放、实行谷歌和开发者利润分成的机制，Android Market 的发展非常迅速，Android 的应用软件也迅速地丰富起来。Android 的开源，也因此吸引了为数众多的开发者们加入到 Android 系统软件的开发中来。

Android 的开放性对开发者具有无可比拟的吸引力，开发人员可以通过 Android 开放平台开发应用程序并上载和销售，这也是谷歌开放 Android SDK 源代码的目的。如今 Android 在应用软件的数量和质量上取得长足进步，2011 年 4 月 15 日，谷歌的 Android 安装量已超过 30 亿次，环比增长 50%，应用软件超过 15 万。虽然与苹果 App Store

应用商店仍有不小的差距，我们相信，假以时日，一定会有长足发展。

7.5 开放平台的几个关键问题

由 Facebook 开放平台引发的开放浪潮，越来越受到终端厂商、运营商和服务提供商的热捧。在开放成为移动互联网的必然趋势下，比较分析 Facebook、苹果 App Store、淘宝等开放平台的成功经验，从中可以总结出开放平台要取得成功，实践中需要关注以下几个关键问题。

第一，开放平台应从将业务做大、做强做起，不能本末倒置。我们常看到一些企业一上来就以构建平台为目标，而不是从一个业务方向做起；或者把开放平台战略当成是业务成功的法宝，而不是专注于先把业务做大、做强，这是极大的错误。没有一个强劲的长尾业务所会聚的巨大资源，无论你如何开放都不会有一点吸引力，最终平台也随着业务一损俱损。走向平台的最佳路线图是从一个业务角度进入，通过市场细分、产品创新、注重客户体验和商业模式创新，聚集资源，做大业务，在合适的时机开放。正如 Facebook 所做的那样，开始不过是一个校内照片打分网站，逐步建立关系系统并进化为 SNS，走出校门聚合千万用户，最终才开放其巨大的用户关系资源。在苹果之前，包括诺基亚在内的一些手机厂商无数次试图打造应用商店模式，却铩羽而归。而苹果在很好地解决了市场、发布、收费等问题后，整个应用商店模式得以畅通。从某种程度上来说，苹果投入巨资打造了一个开放平台，通过应用商店模式把自己的高端用户资源与众多开发者共享，拯救了这一模式。

第二，不要试图一蹴而就，把开放平台作为一个战略产品加以投资，杀鸡取卵。由于功利主义心态盖过共享心态，与开发者争利，最终走向双双失败。在这一点上，于内需要平台自律，于外需要法制健全，而目前在国内，这两点普遍较为缺失。有些平台既当裁判员又当运动员，大肆抄袭开发者的创意，为业界所不齿。目前，我国一些互

143

联网公司平台开放还不能真正叫"开放"。利用自己的优势进行应用开发，并与第三方开发者竞争，希望赚钱的业务自己做，自己不做的应用让别人来做，可以说，现在我国任何一家互联网公司都没做到真正的开放。

第三，要开放对合作方和第三方开发者有价值的东西，同时处理好开放与商机的平衡。开放平台到底开放什么？理解这一点对开放平台建设具有重要意义。开放平台有三个层次，只有真正深层次地开放用户资源，才是最有价值的开放。对 Facebook 而言，这三个层次是展现层、接口层、数据层。对苹果而言，这三个层次是渠道、SDK（开发工具）、系统软硬件。

亚马逊等企业开放实践表明，一家公司要找到开放和商机之间的平衡十分重要，关键在于开放的内容与对象。按照价值获取的基本原则，开放度太大可能导致系统失控和不稳定；开放度不够又会导致吸引力不够、创新机会少，价值创新就会减弱。

有价值的开放，就是要开放你最深层的、有价值的资源。如果用户的关系数据是形成应用传播最重要的触及用户的资源，那么就将其开放，像 Facebook 做的那样；如果分销渠道是最重要的触及用户的资源，那么就将其开放，像苹果做的那样。非如此，无价值。

没有价值的东西，就是开放又有什么用呢？比如运营商参与到应用商店模式中，就没有利用到它既有的通信用户的巨大资源，因为通信用户和应用商店用户之间没有一个自然转化的渠道。运营商最有价值的资源在于通信业务和能力，如果能够深入探索对 VAS（增值服务）、Operator Billing（运营支付）等方面的开放，必将能够取得巨大成功。

第四，要以提高客户体验、满足客户长尾为目标，推进平台开放。开放平台的主要特点是引入长尾的应用满足长尾的需求。满足客户长尾需求是开放平台的一大目标。要做到这一点，首先就是开放的 API 要确实对开发者进行应用开发、提高应用体验有所帮助，否则 API 开放就没有价值。如淘宝营销工具的开放（如分销系统、页面广告、直通车等）对卖家进行产品销售十分有帮助，同时，也提高了淘宝平台的质量。百度的优势就在于对客户需求的精准把握，百度合作开放门槛很低，通过应用平台开放，提高用户搜索体验。

第五，要与合作伙伴共赢，打造共赢的生态链。开放的本质就是不要什么都自己做，而要通过开放吸引社会力量促进平台成长。平台成长意味着平台聚合能力的增强、用户的增加、流量的增长，有了用户和流量，就能为产业链各方带来盈利。当前，移动互联网平台开放吸引了众多参与者，只要各方共同努力，携手共建良好的共赢的生态链，平台开放就会成功。

当前，开放、共享成为一种共识，我们面临移动互联网发展的巨大机会，无论是终端厂商、服务提供商，还是电信运营商；无论在社区、电子商务，还是客户端、移动终端方面，都将有越来越多的平台开放。把握平台开放的精神实质，建立和增强自己的核心优势，构建一个健康良性的开放性生态系统将越来越重要，这将是未来互联网巨头竞争的决胜点。

2009年在中国，微软每创造1元收入，生态系统公司将创造出16.45元收入，我们非常注重生态链。

——微软大中华区董事长梁念坚

第8章
成功要素之六：构建合作共赢的产业生态系统

英国著名经济学家克里斯多夫说过，市场上只有产业链而没有企业，企业之间的竞争就是产业链与产业链之间的竞争。近几年来，生态系统成为社会普遍关注的热点。移动互联网改变了传统的产业生态环境，开放合作成为移动互联网的最大特点，对于进入移动互联网的电信运营商、互联网企业、终端厂商来说，要积极打造开放合作的移动互联网平台，以吸引更多的合作伙伴参与其中，共同构建合作共赢的产业生态系统，以迎接移动互联网时代的机遇和挑战。

8.1　产业生态系统的内涵及主要特征

1993年，美国著名经济学家詹姆斯·菲·穆尔（James.F.Moore）在《哈佛商业评论》上发表《新的竞争生态》一文中首次提出企业生态系统的概念，并在《竞争的衰亡：商业生态系统时代的领导与战略》（1996年）一书中，提出致力于企业共同进化的全新战略模式。他以生物学中的生态系统这一独特的视角来描述当今世界的企业活动，提出企业不应只看到单个的自身，更重要的是把自己当作企业生态系统的一个成员，该生态系统内还有生产者、供应商、竞争者和其他利益相关者等成员。他建议高层经理人员经常从顾客、市场、产品、过程、组织、风险承担者、政府与社会 7 个方面来考虑商业生态系统和自身所处的位置，从而创造出一种崭新的"共同进化"的企业竞争模式。

生态系统(eco-system)是一个生物学概念，是指在一个特定环境内，各种生物群体和环境之间，以及它们相互之间由于不断进行物质和能量的交换，通过物质流和能量流的连接而形成的统一整体，而且生态系统内各种生物之间以及和环境之间共同构成的一种动态平衡关系。生态系统是生态学上的功能单位和自然实体，强调生物和环境是不可分割的整体，以及各种组员在功能上的统一。

企业存在于环境之中，企业与环境相互关联、相互影响，共同构成统一的系统，而且是复杂、动态、开放的生态系统（见图 8-1）。

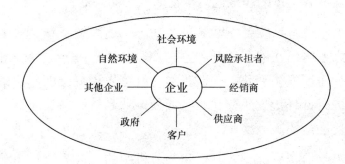

图 8-1　开放的企业生存环境

由图 8-1 可以看出，任何企业的生存和发展都必须面临经销商、供应商、客户、政府、社会环境、自然环境等，企业只有与它们构成和谐的关系，才能很好地发展。

产业生态系统是指在一定时间和空间范围内，某产业内的企业之间，产业与其外部环境之间通过相互作用、相互影响而形成的相互依存的动态平衡系统。移动互联网产业生态系统是指在一定时间和空间内由相关移动互联网产业链各方企业、消费者和市场与其所在的环境组成的整体系统。良好的产业生态系统要求价值链各方相互合作、目标一致、风险共担、利益共享，共同构建一个有利于快速、有效地推动产业发展的整体，任何一方不予合作或合作积极性不高，都将对产业健康发展产生影响，甚至导致产业发展的滞后或失败。因此，构建一个和谐共赢的产业生态系统至关重要。移动互联网产业生态系统成员主要包括电信运营商、终端供应商、内容提供商、软件服务商、服务提供商、互联网公司、消费者、政府，等等，它们共同组成一个产业生态系统。良好的移动互联网产业生态系统具有以下特征。

(1) 产业生态系统各主体定位和分工明确，形成具有一定结构和功能的有序体系。社会化分工越来越细决定了产业生态系统各个主体具有不同的优势，为共同推动产业发展，形成各成员主体之间以及与外部环境之间的相互作用的有序结构体系。产业生态系统要求发挥每个成员的核心优势，形成相互合作、优势互补、分工明确的整体，从而更好地发挥各主体的积极性，推动产业协同发展。

(2) 产业生态系统是不断演进的动态平衡系统。在产业生态体系中，各产业主体相互依存、相互竞争、优胜劣汰，使产业组织的数量、规模、类型不断发生变化；同时，经济社会发展变化使产业系统赖以生存发展的外部环境发生变化，从而使产业系统必须适应这种变化而达到新的良性循环。

(3) 产业生态系统是具有自我调节机制的开放系统。当前已进入开放合作的时代，产业生态系统要求坚持开放性原则，广泛与产业链上下游各环节的企业合作，同时，通过制定游戏规则，引入竞争机制、市场调节机制和柔性机制，不断优化产业生态系统，实行产业生态系统良性发展。

(4) 产业生态系统各主体都能在合作中获得相应合理的回报。良好的产业生态系统必然使各参与主体在合作中取得相应合理的回报，否则，难以形成良好的产业生态系统。如中国电信CDMA产业联盟中，终端厂商从销售终端中获利，芯片厂商获得专利费，SP/CP靠卖内容和服务获利，代理商靠销售终端获得代理佣金，中国电信靠吸引用户及流量费及分成等获利。

总之，建立开放的移动互联网产业生态系统是确保移动互联网业务得到持续健康发展的关键，在移动互联网时代，我国电信企业只有坚持"开放、合作、共赢、创新"的发展理念，积极发挥合作伙伴在产业链中的作用，推进产业生态系统建设，才能获得更好更快的发展，才能实现共同繁荣、共同发展。

8.2　取胜于建立良好的产业生态系统

如今，任何企业都不可能拥有企业经营的所有资源，必须与外部企业合作，只有建立良好的产业生态系统，让产业链各方合作共赢，才能共同做大市场，做大产业，实现共同发展、共同繁荣。如今，生态系统建设越来越受到企业界的重视。微软大中华区董事长梁念坚就曾经引用 IDC 的一组数据来说明微软与软件生态系统的共赢性，"2009 年在中国，微软每创造 1 元收入，生态系统公司将创造出 16.45 元收入，我们非常注重生态链"。诺基亚与微软的结盟，则被视为试图打造苹果、安卓之外的第三大移动生态系统。"生态系统"建设是市场竞争发展的必然结果。

互联网的迅猛发展，基于互联网领域的社交、搜索、电子商务等核心应用，催生了腾讯、百度和阿里巴巴这些"平台型企业"。阿里巴巴依托电子商务平台的强大力量，连接起中小企业、自主创业者和消费者，打造生态型企业商务供应链。其中庞大的用户群和平台优势是企业构建良好生态系统的基础。淘宝网如今成为我国电子商务的代名词，2010 年淘宝网交易额突破 4 000 亿元，成为全球第一大互联网交易网站。淘宝网成功的一个重要原因在于构建了良好的电子商务生态系统。马云有一句名言："淘宝不只是一个交易网站，而是一个电子商务生态圈的符号，无论线上线下，无论 PC 互联网还是移动互联网平台，只要人们想到购物和交易，淘宝将无处不在"。淘宝网的商业生态系统对外界是开放的，通过合作接纳和更新系统成员，不断扩大合作边界，淘宝网拥有了众多的合作伙伴，包括各大银行、各地的物流快递公司、卖家和买家，这些合作伙伴相应地为淘宝专门开辟了特色服务，比如工商银行为淘宝开展了一卡通业务，专门为淘宝的用户发银行卡；宅急送成立了针对淘宝的快递业务，对淘宝上的卖家收取更为低廉的服务费；从卖家来看，有的只是网上开店，有的是网上网下相结合发展，有的是代理其他厂商的商品，有的正在试图建立自己的品牌等。2010 年淘宝网注册会员达 3.7 亿，在线商品数达到 8 亿。买家通过淘宝能方便地买到想要的商品；卖家能通过淘宝平台开展丰富多样的商品销售。正是由于淘宝网构建了强大的电子商务平台，吸引了庞大的客户群，吸引了众多的外部合作伙伴，而且生态系统各方能在合作中受益，从而使淘宝网发展成为全球第三大互联网交易平台。阿里巴巴集团在内部围绕淘宝网建立了自己的生态系统，如支付工具支付宝、提供即时通信工具的阿里软件、提供营销推广交易的平台阿里妈妈，等等，可以说正是淘宝网开放的平台，使得阿里巴巴不断发展壮大。

2010 年 5 月，谷歌联合英特尔、索尼、罗技、百思买、DISH Network、Adobe 等企业推出谷歌 TV，谷歌 TV 代表智能电视的发展方向，市场前景广阔。谷歌 TV 的成功推出与谷歌打造良好的产业生态系统密不可分。

谷歌整合外部众多厂商的力量，他们之间的分工越加明确，而且参与其中的每个企业都能找到自己的切入点。谷歌负责提供 Android 平台、Chrome 网络浏览器和搜索技术，英特尔提供专为电视定做的 CE4100 芯片，Adobe Flash Player 10.1 将被直接集成到 Chrome 浏览器，使观众得以体验含有丰富的 Flash 内容的海量网页；DISH Network 可以优化体验，实现在电视、数字视频录像机与互联网之间进行统一的搜索，轻松查找相关内容并管理自己的电视观看体验；罗技会为它提供一个兼具键盘和遥控功能的控制器，或者直接将智能手机转换成遥控器。最后，索尼负责把所有东西组装成一台电视，再交由百思买销售出去。

谷歌 TV 产业生态系统除了参与各方明确分工外，而且每个企业都能在合作中获利，只是多少的问题，谷歌自己并不会向内容提供商收取任何平台费用，而谷歌无法借助谷歌 TV 软件的销售直接获利，但终端用户使用这些软件将使谷歌的搜索引擎从中受益，谷歌旗下 YouTube 视频网站的点击率也会增加，这都将帮助谷歌获得更多广告收入。

总之，建立开放的产业生态系统是进入移动互联网的企业生存和发展的关键。面临移动互联网巨大市场机遇，构建良好的移动互联网产业生态系统是重中之重，这也是适应移动互联网开放平台这一趋势的必然选择。

8.3 打造良好的产业生态系统的主要原则

当今世界的竞争，不只是产品之间的竞争，更多的是生态系统之间的竞争，如今，越来越多的企业认识到打造良好的产业生态系统的重要性和紧迫性。打造良好的产业生态系统是推进企业持续发展的一项重要内容，越来越受到企业界的广泛重视。为更好地推进产业生态系统建设，实践中应遵循以下几个原则。

（1）多样性原则。与自然生态系统一样，产业生态系统要良性发展或健康运营，首要原则是存在着物种多样性。哈佛教授马尔科·扬西蒂认为，产业生态系统中成员的多样性，是确保生态系统健康的重要保证。首先多样性对于企业应对不确定性环境起到了缓冲作用；其次，多样性有利于产业生态系统价值的创造；最后，多样性是产业生态系统实现自组织的先决条件。多样性原则要求企业在打造产业生态系统时积极与产业链各环节的企业合作，聚集这些合作伙伴，共同实现产业的繁荣。如苹果公司不管是 Mac 电脑还是 iPhone，苹果推出的优质产品其实是来自全世界多家科技公司。LG 液晶面板用于装配苹果电脑；苹果将低利润产品的生产工作外包给富士康等多家代工公司；苹果每年从三星购买数量庞大的记忆体，用于音乐播放器等产品；苹果中央处理器来源于 Intel；iPhone 3GS 的 Wi-Fi 和蓝牙使用 Broadcom 晶片；等等。百度通过开放地图 API，与旅游、酒店、房产、餐饮、团购、LBS 等各个领域超过万家企业开展了合作，并且百度地图已经延伸到了手机、电视、机顶盒、车载设备等各式终端。随着三星、海尔、康佳、华数等企业以及艺龙网、安居客、街旁、酷讯旅游等主流互联网企业的加入，百度地图的合作阵营更加多样化，良好的产业生态系统正在形成。

（2）开放性原则。移动互联网是一个开放的领域，单打独斗、什么都要自己做已经成为过去，企业要更好地拓展市场，应采取更加开放的策略，通过优势互补实现与产业链上下游企业的多方合作，要更务实地推进开放平台建设，共同做大产业链规模，这是共赢之道，也是移动互联网的游戏规则。苹果 App Store 采取开放策略，积聚大量第三方开发者，引入超过 40 万个应用程序，满足客户长尾需求，从而使苹果雄霸智能手机市场；如今，我国互联网企业走上了开放的道路，淘宝、新浪、腾讯、当当、京东商城、开心网、人人网、360、百度等纷纷加入开放的行列，可以说几乎所有的互联网企业都参与到了开放的大潮中，开放成为移动互联网企业持续发展的重要特征。

（3）系统性原则。所谓系统，是指由相互联系、相互作用的若干要素，以一定的组织结构构成的具有一定整体功能的有机整体。开放平台的建设是一项系统工程，从产业生态系统来看，它包括运营企业、合作伙伴及第三方开发者，从开放平台建设来看又涉及平台开放标准、合作模式、合作分成、合作伙伴选择、商业模式、目标市场定位、市场推广以及能力开放等内容，它们共同构成了开放平台的有机整体，只有各个要素相互协同一致，相互促进，才能更好地推进开放平台建设，促进业务持续健康发展。沃尔玛成为全球最大的零售商，关键在于构建和谐共生的商业生态系统，沃尔玛与其供应商、客户、政府、员工等共同构成了有机的商业生态系统的整体。2011年3月中国电信率先成立天翼电子商务公司，意在大力拓展电子商务，积极推进企业转型。中国电信电子商务要做好关键在于打造电子商务生态系统，要与银行、物流公司、商家、客户等建立一个有机的整体，而且要相互支持，相互促进。因此，中国电信应树立系统和开放的发展理念，以打造电子商务平台为目标，加强与外部合作伙伴的合作，实现全面共赢，创新盈利模式，实现电子商务快速、全面的发展。

（4）和谐性原则。和谐是当今社会经济发展中的主旋律，社会要和谐，企业发展要和谐，生态系统建设也要和谐。加强产业链合作，推动产业生态系统建设已成为企业界达成的广泛共识。没有和谐，就不可能有发展，最终损失的不仅是广大消费者利益，而且企业自身损失更大。因此，打造良好的产业生态系统，坚持和谐发展十分重要。和谐主要表现在利益分配比较均衡；能发挥各价值链主体的优势，分工明确、合理；服从产业发展大局，相互支持，相互配合；勇担社会责任，对利益相关者负责；不搞恶性竞争，维护消费者利益，等等。总之，和谐是建立良好产业生态系统的基础和保障。3Q大战、阿里巴巴虚假供应商、百度文库涉嫌侵权、双汇添加瘦肉精等非常规纠纷是企业打造良好生态系统中不和谐的一面，这些对企业长远发展和企业在消费者中的形象造成很大的影响。因此，在这些重大、恶性的争议事件爆发之际，我们更应该呼唤"和谐生态环境"。

（5）利益共享原则。产业生态系统能否健康高效运行的关键是要实现利益共享，要让参与价值链的各方在合作中充分获得相应的利益。尤其在产业链形成和发展阶段为提高价值链各方积极性，采取积极的利益共享原则更有利于业务的健康发展，只有这样，生态系统各方才会积极参与其中。同时要实行风险共担，从而形成真正以利益为纽带的产业共同体。如淘宝建立的电子商务生态系统，卖家、买家、物流公司、银行等都能在生态系统中获得相应的利益，卖家能充分利用淘宝电子商务平台开"网店"，进行产品的销售和推广，获得利益；买家在淘宝上购买商品因为价格低、购买方便、送货及时而获益；物流公司因送货上门而获得相应的配送费；淘宝收入主要来源于广告收入、会员费以及交易分成等。可以看出，淘宝生态系统的各个合作伙伴分工明确，各有所得，从而使生态系统更加健康、更加和谐。

8.4　创新合作模式，推进移动互联网产业生态建设

移动互联网颠覆了传统电信基于 SP 管理的增值业务产业结构，也打破了传统互联网基于功能网站的条块分割模式，正在创造出全新的商业模式。随着移动互联网产品竞争日益激烈，价值链不断复杂化，价值链各环节的分工日趋专业化，合作、开放已不仅仅只是一种发展潮流，而是日益成为价值链各方充分整合资源、强化自身优势、逐步树立竞争壁垒的一种有效手段。积极推进合作模式创新，一方面能有效聚集产业资源，开拓用户市场，满足用户长尾需求；另一方面可以提升合作实效、降低合作成本、提高合作效率，成为打造良好产业生态系统的关键。

相对于传统互联网和传统电信领域，移动互联网的合作模式正在发生巨大的变化，具体表现在以下几个方面。

（1）合作的主体或者对象在发生变化。不同于以前的合作多在有垄断优势的中大型企业之间展开，中小企业、小团队甚至个人开发者成为移动互联网产业链中越来越不可忽视的角色，一个小应用也能在市场上掀起波澜并聚集大量用户，比如 2010 年以来一直很热的一款小游戏《愤怒的小鸟》。此外，由于苹果等颠覆性商业模式的出现和大获成功，终端厂商、IT 厂商等过去 PC 互联网时代通常居产业链上游的企业也纷纷向中下游延伸，成为移动互联网价值链中越来越重要的角色。

（2）合作的需求也在发生变化。由于移动互联网市场变化很快，而大批移动互联网公司尚处于起步阶段，因此特别关注于快速探索与尝试及其高效的市场效果反馈，对合作的时效性要求高，强调快速市

154

场验证，但同时又非常注重降低合作成本，希望以尽量低的成本获取可全网运营的资源。

（3）合作的形式也在发生变化。由于移动互联网的市场机会很多，而且各种形式的开发平台也很多，因此参与者大多也抱着开放的心态，倾向于广泛合作而非排他性合作；极其注重当前的合作实效，而非战略、品牌等宏观层面的长期合作收益。

开放合作是移动互联网发展的主流，也是构建良好的生态系统的重要手段。目前，在移动互联网领域，合作模式主要分为以下几类。

第一类也是最主要的一类就是平台式合作模式，主要是在某些领域中拥有规模性或者垄断性资源优势的企业，针对中小应用开发者提供的开放平台，多以 API 或 APP 调用形式存在，降低加入门槛；同时辅助以相应的应用推广平台，帮助应用开发者可以更快地推广自己的应用，从而广泛吸引开发者加入合作。谷歌的 Android 开放平台、苹果的应用商店、腾讯的 QQ 开放平台、淘宝开放平台（Taobao Open Platform，TOP）、百度的框计算开放平台等都属于此类。以淘宝的 TOP 开放平台为例，其依托母体淘宝网每日超过 10 亿元的交易额，为各类合作伙伴提供了大量的商业机会。TOP 发布于 2009 年 6 月 22 日，目前对外开放的 API 已超过 300 个，为合作伙伴提供 10 类以上的合作形式，包括但不限于商家系统、卖家应用、买家应用、淘宝客应用等，开放形式比较自由，不限语言、不限平台、不限使用场所，涵盖淘宝核心交易和各项垂直业务的主要流程。同时，淘宝也承诺会通过应用销售分成、淘宝客成交抽佣、淘宝客工具分成、P4P 广告分成甚至激励基金等多样化的方式帮助合作伙伴实现收入增长。截至 2011 年 1 月，API 调用量已超过 7 亿/日，注册合作伙伴 11 万并保持增长趋势，其目标是成为国内开放规模最大，开放程度最深的开放平台。

第二类是资源互换式的合作模式，即合作双方站在对等的角度，各自拿出自己的优势资源，商定在一段时间内彼此资源交换，从而达到资源互补、合作共赢的效果。例如移动应用开发商和终端厂商合作，借助终端预置，确保用户拿到手机就可以使用应用，从而迅速扩大用户覆盖，而终端厂商预置受欢迎的应用，也可以提高终端对用户的吸引力，从而扩大销量，可谓是资源互换实现双赢的最佳选择。人人网与诺基亚达成手机内置 SNS 战略合作协议，三大运营商与腾讯手机 QQ 进行定制终端预置合作，华为终端有限公司宣布与腾讯达成战略合作，推出深度融合腾讯手机应用平台 QQService 的华为智能手机终端产品 HiQQ……相关案例不胜枚举。又比如，淘宝与金山、瑞星等杀毒公司达成战略合作，围绕钓鱼网站、网购木马等网购威胁展开深入合作。 而淘宝之所以选择专业杀毒公司作为合作伙伴，正是因为支付安全问题始终是阻碍电子商务发展的最大"瓶颈"，与专业公司的合作一方面可以提高安全能力，另一方面也能提升在公众心目中的公信力，而杀毒网站也看重淘宝背后巨大的潜在用户规模，因而形成了资源互换式的合作。

第三类是跨界合作模式。由于拥有实时、随身等特点，移动互联网不再只是虚拟经济定位，而是越来越多地表现出与实体经济紧密结合的特点，因此也出现了移动互联网与金融业、商务行业、制造业、服务业等传统行业的跨界合作，在促进传统行业产业升级的同时，也催生了新的商业模式，提高了行业效率。一个典型的代表就是移动支付业务，特别是非接触手机支付方式的引入，将移动支付的应用领域从远程支付扩展到现场支付，打破了原先"金融机构侧重于现场支付、第三方支付企业侧重于远程支付"分领域而立的市场格局，迫使电信运营商、金融服务商、消费商户等形成了跨产业链的合作格局。以日本运营商 NTT DoCoMo 为例，正是通过多轮资本合作方式，与银行、信用卡公司等建立了紧密合作关系，其手机支付也获得了良好的发展，2002 年推出手机支付业务后仅 4 年时间用户数已经超过 5 000 万，目前在手机用户中的渗透率已经达到 50%左右。其手机支付不仅仅是一项电子货币服务，还是信用卡（即手机支付金额在一定额度下，可以通过后付费方式偿还）、电子票据（登机或者进入影院的电影票）、合作商家的会员折扣卡及电子钥匙（拥有该 SIM 卡的手机可以作为车辆、住所、指定门禁等电子钥匙），已经广泛地渗入实体生活的方方面面。

加强与合作伙伴合作，与合作伙伴共赢，是打造良好产业生态系统的关键。淘宝、阿里巴巴、苹果、谷歌、360 等的成功在于坚持合作共赢，通过创新合作模式，建立了良好的产业生态链，从而帮助企业走向辉煌。在移动互联网时代，合作更为重要，没有合作模式的创新，难以立足市场。那如何推进合作模式创新呢？实践中可以从以下几方面着手。

（1）强化企业核心能力建设，不断提高聚合产业链上下游合作伙伴的能力。企业核心竞争力是指企业独特的、具有竞争对手难以模仿的核心能力。对于电信运营商应以扩大用户规模、加强平台建设作为重点，重点强化业务网络能力、技术创新能力、市场拓展能力和平台运营能力；对于终端厂商，重点强化智能终端体验能力、"终端+应用"的集成能力；对于互联网公司，重点强化业务体验能力、技术创新能力和做强开放平台的能力；对于 SP/CP 等内容提供商强化专注能力，要做精、做强。只有建立在拥有企业核心能力的基础上的合作才能长久，也更为有效，打造良好的产业生态系统才有保障。

（2）有效选择合作伙伴。有效选择合作伙伴是生态建设的重要内容，做好合作伙伴选择要从以下几方面考虑。

① 做好合作伙伴的需求分析。对合作伙伴为什么要与你合作进行调研，包括合作伙伴的合作目的、有什么优势、缺什么及合作的诚意等，只有双方互有需求，优势互补，合作才能成功，所以合作伙伴需求分析十分重要。如嘀咕网与商家合作，商家通过与嘀咕网合作能提高品牌影响力、促进产品销售；嘀咕网离开商家，LBS 就毫无价值。

② 制定合作伙伴选择标准。也就是说什么样的企业可以合作，什么样的企业不能合作。标准的制定一方面需要合作伙伴诚实守信，遵循国家法规，合法经营；另一方面，要与企业业务发展战略相吻合，要处理好与开放的关系。原则上只要合法经营、诚实守信、优势互补、真心诚意的合作伙伴都可以合作。

③ 制定合作伙伴管理办法，加强合作伙伴的审核，对不符合合作条件的企业或开发者坚决不予合作。如苹果加强 App Store 应用的审查，如对有可能影响未成年人的应用严格把关。

（3）坚持以开放姿态，广泛开展与合作伙伴的合作。开放是移动互联网的精髓所在，开放改变的不仅是平台本身，还能营造互联网生态。合作模式创新必须坚持开放的原则，不能什么都自己做。开放要以构建良好的产业链为中心，通过 API 能力开放、战略联盟合作等形式，同产业链上下游企业广泛合作，实现共同繁荣，共同成长。苹果iPhone 智能终端就是与 LG、三星、英特尔、Broadcom、富士康等合作完成的，App Store 则是通过 API 开放聚集众多第三方开发者而会聚丰富的应用，苹果通过开放创造了苹果神话。

（4）实行积极的分成模式，提高合作伙伴的积极性和忠诚度。移动互联网盈利模式主要包括"免费+收费"+"广告收入"+"平台交易分成"等模式，盈利模式呈现多元化的态势，要打造良好的产业生态链，就必须采取积极的合作分成模式，对优质的合作伙伴可以采取更加让利的分成策略，这样做旨在调动合作伙伴的积极性和主动性。如淘宝为了扶持合作者，调动开发者积极性，形成一个巨大的商业生态圈，将原有的五五分成比例进一步向合作者倾斜，改为 3:7 分成，特别优质的合作伙伴者还能拿到整个收益的 80%，目的是让开发者赚到更多钱。

（5）针对不同合作伙伴采取不同的合作策略。按照合作伙伴影响力进行分类，可以分为强势合作伙伴、对等型合作伙伴和弱势合作伙伴。按照合作意愿及合作伙伴影响力建立二维矩阵（见图 8-2），可以看出针对不同类型合作伙伴应采取差异化策略，如针对强势积极型合作伙伴，宜采取战略联盟合作方式，通过签订战略协议，建立长期的合作关系，在资源互换、合作方式、合作内容、合作利益共享、合作责任等方面开展全方位、深层次合作；对弱势积极型合作伙伴（主要是中小企业及开发者）应采取更加开放的策略，吸引他们为平台开发更多的应用。

图 8-2　不同类型合作伙伴差异化合作策略

8.5　生态系统与平台经营完美结合

移动互联网的机会不胜枚举，但平台将是贯穿始终的主线。从操作系统、浏览器到应用商店，平台正在变得广泛而重要。所谓平台，实质是信息的增值通道，谁把握了这个通道，谁就掌握了通往移动互联网财富之路的话语权。中国移动互联网正从以运营商主导的时代向内容与应用为王的时代过渡，在移动互联网产业中，最为关键的就是平台运营商。眼下，围绕着方寸间的手机屏幕，平台之下迎来了许多争食者。其中，运营商、谷歌、苹果和手机浏览器厂商分别代表了不同的平台运营的理念。而在它们中间，谁才能够代表移动平台的未来呢？移动互联网将由谁主宰虽还未成定数，但各方都在试图摸索出一条能够控制住未来移动互联网最大财源的通道，这其中平台无疑已成为了兵家必争之地。

平台做得好不好，关键在于平台经营。如何做好平台经营？平台经营涉及到哪些内容？平台经营与生态系统建设关系怎样？我们知道终端其实也是平台，如苹果 iPhone 手机深受广大用户欢迎，在于苹果对于平台经营精髓的深刻把握。不仅体现在 iPhone 手机外观、良好的触摸技术和精湛的设计理念上，更主要的是整合价值链、打造 iPhone 手机生态系统的能力。iPhone 液晶显示面板是由 LG 生产的，终端产品是外包给富士康等多家代工公司生产的，处理器架构设计是由 ARM 提供的，用于苹果 iPhone 与用户的声音和高速移动网络连接的 Baseband chips 是由 Infineon 生产销售的，iPhone 手机 App Store 上超过 40 万个应用是由第三方开发者提供的等，苹果公司通过平台经营，有效整合价值链各方，让各方都能获益，从而打造良好的产业生态系统，实现苹果的繁荣。

可以看出，平台经营和生态系统建设殊途同归。生态系统建设是平台经营的重要内容，没有好的生态系统，平台经营难以成功，因此，生态系统建设是实现平台价值的最有效手段；打造有价值的开放平台的本质就是建立良好的生态系统，两者目标一致，互为联系，共同目标是提升平台价值，实现企业持续健康地发展。当然，平台经营的内容更加宽泛，除了包括生态建设这一重要内容外，还包括战略定位、目标市场选择、市场营销、品牌推广、渠道建设、产品创新等。

再比如说，中国电信大力发展天翼视讯业务，在上海成立天翼视讯传媒公司，如何做大、做强中国电信天翼视讯业务呢？我们从平台经营和生态建设加以分析。我们知道中国电信不制作内容，而且在内容制作、内容经营等方面缺乏经验，并受到政策监管和审核。因此，视讯内容就必须依赖外部合作伙伴，如何聚集内容合作伙伴、打造天翼视讯生态系统成为天翼视讯成功的关键。只有为广大用户提供具有差异化的内容服务，天翼视讯业务才能获得更好的发展。为此，中国电信天翼视讯传媒公司加强内容引入，积极与牌照方、央视国际、CNTV、激动网、优酷、百视通、SMC、华数、视讯中国等 30 多家合作伙伴合作，从而为客户提供良好的视讯内容服务和客户体验。目前，天翼视讯互联网业务有 6.9 万个节目内容，直播频道达 113 个，总时长超 2.8 万小时。通过内容引入和推进生态系统建设，提高了天翼视讯业务知名度，天翼视讯业务正呈现快速的发展势头。

天翼视讯传媒公司充分认识到只有做大业务才能最终做强平台。在此基础上，强化天翼视讯平台经营才有了坚实的基础。内容的引入和生态系统建设最终是要打造具有行业影响力的中国电信天翼视讯平台，成为全国最大的互联网视讯平台服务提供商。在平台经营上除了内容引入，加强合作，推进生态系统建设以外，中国电信天翼视讯传媒公司还在品牌经营、设立品牌专区、开展事件营销等方面积极探索，如今，天翼视讯用户呈现快速的发展势头，在行业中确立了明显的优势，提高了中国电信天翼视讯的影响力。这反过来，提高了中国电信天翼视讯平台的聚合力，对合作伙伴越来越有吸引力，中国电信也将聚合更多的合作伙伴，丰富了天翼视讯的内容，从而形成了天翼视讯发展的良性循环。

平台经营和生态系统建设是移动互联网发展的趋势，也越来越受到众多传统企业和互联网企业的青睐，如阿里巴巴、淘宝、苹果、谷歌、亚马逊、星巴克、波音公司等。那平台经营和生态系统建设如何实现完美结合呢？我们认为，应从以下几方面进行考虑。

（1）明确平台经营和生态建设目标是一致的，是统一的。它们的共同目标就是做大做强平台，实现互利共赢，共同繁荣，从而实现企业业务持续发展。

（2）更加强化平台经营和生态系统建设的运营过程的有机统一，实现高效运营。提升平台价值和打造良好的产业生态系统目标的实现有赖于高效的运营管理。过程往往比结果更为重要。平台经营的运营过程和生态建设的运营过程在实践中是有机统一的，因为平台经营中最重要的内容是企业间合作、内容运营、盈利模式、API 开放管理、合作管理等，这些正是生态系统建设的内容。因此，在运营过程中，强化两者的有机统一是必需的。

（3）无论是平台经营还是生态系统建设，要从做业务开始，专注于把业务做大做强。否则业务做不好，平台经营和生态系统建设只能是空中楼阁。因此，提高客户感知、做大业务规模、提高流量、提高业务的影响力是打造生态系统和推进平台经营的基础，这需要运营企业在客户体验、商业模式和盈利模式上进行创新。

平台为进入互联网的企业包括电信运营商创造了无限的机会，没有广阔的平台空间，生态系统建设就没有很好的土壤，企业永远无法做到真正的强大。在移动互联网时代，企业要永续经营，成功转型，生态系统建设、平台经营乃至盈利模式创新将是企业市场制胜不可或缺的法宝。

移动互联网市场广阔。但是移动互联网的推广应用必须找到规模化盈利模式，当前移动互联网使用多元，应用分散，能否在分散的市场找到大规模的盈利点是挑战。

——新浪 CEO 曹国伟

第 9 章
成功要素之七：多元化的盈利模式

在业内，更多人习惯将 iPhone 的出现作为移动互联网发展的标志，如今 iPhone 已经形成了一个完整的移动互联网产业链：苹果提供终端，APP 提供应用，Android 提供系统，内容商纷纷加盟。随着 Wi-Fi 的普及、3G 网速的提升、3G 用户的快速增长及资费越来越便宜，移动互联网的爆发就在眼前。

截止到 2011 年 6 月，我国手机用户突破 9 亿户，达到 9.2 亿户，其中 3G 用户达到 8 051 万户，庞大的手机市场及 3G 井喷式的增长，反映了移动互联网在中国巨大的市场前景。作为一个新兴的移动互联网市场，目前还没有形成稳定的盈利模式。移动互联网要持续健康地发展，就必须找到适应移动互联发展的可持续的盈利模式。因此，积极探索移动互联网盈利模式、推进盈利模式创新关系到移动互联网产业的发展，关系到进入移动互联网企业发展的成败。移动互联网盈利模式创新刻不容缓。

9.1 影响移动互联网盈利模式的主要因素

移动互联网的快速发展将改变人们的工作、生活和学习方式，移动互联网巨大的市场前景吸引了电信运营商、终端厂商、互联网公司等众多企业的纷纷进入，移动互联网呈现蓬勃发展之势。尽管移动互联网市场前景巨大，但盈利才是各方参与者的最终目的。移动互联网的未来发展能否持续，关键取决于能否建立成功的盈利模式。为探寻成功的移动互联网盈利模式，把握影响移动互联网盈利模式的关键因素十分重要。概括起来，影响移动互联网盈利模式的因素主要有以下几点。

1．用户规模和流量大小

移动互联网盈利模式能否形成，前提是取决于能不能形成庞大的用户规模和足够高的业务流量。无规模、无流量，难有盈利模式。为什么呢？

先来看看腾讯，腾讯是我国市值最大的互联网公司，其成功在于通过免费扩大 QQ 用户规模。如今腾讯 QQ 注册用户超过 10 亿户，活跃用户超过 6.5 亿户，腾讯成为中国最大的即时通信服务平台，甚至现在很多人已经把 QQ 号码作为与电话号码、电子邮箱等并列的重要联系方式之一。由于腾讯在客户端渠道的垄断性地位，为腾讯拓展多元化的盈利渠道创造了巨大的平台。横向拓展一个新的盈利阵地，无需太多创新，无需太多市场推广投入，仅是凭借客户渠道的垄断性优势，就能获得令竞争对手羡慕不已的丰厚回报。目前，腾讯的主要盈利分为 3 部分，即互联网增值服务、移动及通信增值服务和网络广告。2010 年腾讯实现收入 196.46 亿元，较上年增长 57.93%，其中互联网增值服务收入达到 154.8 亿元，同比增长 62.45%；移动及电信增值服务收入达到 27.16 亿元，同比增长 42.6%；网络广告收入达到 13.7 亿元，同比增长 42.6%。

我们再分析一下优酷，经过 2008 年和 2009 年市场重新洗礼，优酷成为我国第一大网络视频公司，2010 年优酷市场占有率达到 21.2%，流量和用户继续保持快速增长，用户访问量是行业第二的 2 倍，用户规模的形成和流量的持续增长为优酷健康发展奠定了坚实的基础。如今，优酷市值超过 80 亿美元，虽然目前优酷仍不盈利，主要是由于正版内容和带宽成本过高，以及前向用户付费习惯尚未形成，导致盈利模式单一，优酷目前的收入主要是来自广告，向第三方再授权独家内容等其他业务收入只占 7% 左右，收费服务目前还处在探索阶段。随着优酷积极加大在内容、视频搜索、自制剧等方面的投入以及以差异化内容推进付费视频业务发展，可以预见，优酷盈利模式更趋多元化，实现盈利指日可待。

我国电信运营商在新业务发展上，长期以来存在急功近利的思想，总是希望当年投入当年就有产出，既考核用户规模又考核收入，这种不利于新业务成长的考核机制助长了一些地区电信企业玩数字游戏，出现新业务不成熟就匆忙投入商用，为完成指标只能全员营销，一味地依赖捆绑，导致一些新业务发展后劲不足。因此，我们建议电信运营商在面临移动互联巨大市场机遇时，要聚焦业务发展重点，通过培育市场，以做大规模、做大流量为首要目标，只有规模和流量做大了，业务平台就自然形成，盈利模式就会形成。

2. 用户消费习惯

互联网自产生以来就存在着免费和分享两大优势，广大网民早已习惯免费服务模式及分享带来的乐趣，但目前这两大优势正面临着严峻的考验，互联网影视及音乐的"免费时代"或将终结，"付费时代"即将来临。很多互联网企业为用户提供很好的内容却向用户收不到任何费用，影响了企业的发展，因此，前向用户付费意愿怎样也是影响移动互联网盈利模式的主要因素。

首先来了解一下人们在什么情况下会主动或愿意付费，概括起来主要有以下几种情况。

（1）早已习惯了、默许了要收费的产品或服务，这样的情况下往往同时有着成熟完善的收费渠道，收费也是比较现实的，也不会遭遇用户的反对。比如打电话要付费、手机要付费、上网要付费。但是对于从来不用付费或已经不再付费的事情再反过头来收费，用户心里一定不舒服。比如，本来路边是随便停车的，车子也每天都在这里停了好几个月了，今天突然发现自己的车子旁边站着个停车管理员，要收10元钱，人们一定觉得不公平。

（2）从来没有的、创新的，对客户真正有价值且能改变他们生活的产品。比如电话、大哥大、黑莓、iPhone、iPad 及 App Store 上丰富的应用，我们愿意抢先地尝试付费以获得便利，并且显示自己的与众不同。

（3）与当前市场上已有的产品或服务存在明显差异化，能够大量节省成本、提高用户工作效率和生活品质。比如国外的 Skype 能拨打固定电话，或者像国内的 IP 电话，再比如淘宝购物十分方便，而且价格便宜。

（4）定制化的服务。从互联网的盈利模式可以很明显地看出，只有跟用户本身结合得最为密切的产品和服务才可能收费，比如虚拟物品（QQ 上面的装饰和个人空间）、游戏和电子商务的支付环节。其他的众多网站虽然给人们带来了很多方便，省了很多钱，甚至改变了人们的生活方式，但人们却不会付费，因为这部分互联网的"眼球经济"属性，使它的价值来自于流量和点击，而不是针对某个用户的"价值"。

（5）不可或缺的，没办法的时候为唯一的解决办法而付费。比如120 的车费、救援的拖车费、信用卡透支的手续费等。

培养用户付费习惯和使用习惯是影响移动互联网发展的关键因素。在移动互联网时代，培养用户使用和付费习惯从以下几方面着手：一是要为用户提供差异化、具有吸引力的产品或服务。二是移动互联网发展需要网络、终端走向成熟。要为用户提供好的上网体验，要加快 3G 发展，进一步推广和普及智能手机。三是适当降低资费，通过捆绑或包月形式降低印象价格。惟有如此，用户的使用和付费习惯才能逐步形成，才会逐步从传统互联网向移动互联网转移，企业也因此探索出前向收费服务渠道，丰富和完善了企业的盈利模式。

3．产品和服务的创新

进入移动互联网的企业，能不能形成好的盈利模式，从而实现盈利，从本质上来说，最终取决于能否为市场、用户提供具有吸引力、创新的、差异化的产品或服务。互联网前向收费一定存在，但是前向收费一定要有能吸引用户愿意为之付费的产品。同时，好的产品能为企业带来巨大的流量，有了流量就能通过后向收取广告等方式获取赚钱的机会。因此，如何为用户提供好的产品和服务至关重要。

移动互联网应用具有明显的长尾特征，无限的长尾市场是一片蓝海，而长尾的头部则是充满竞争的"红海"。我们都知道《愤怒的小鸟》这一游戏，自从 2009 年 12 月《愤怒的小鸟》登录苹果 iOS 平台后，仅用了 1 年多的时间，就成为风靡全球的一款软件。据统计，《愤怒的小鸟》在苹果 App Store 累计付费下载 1 300 万次，产生超过 800 万美元的收入；在 Android 平台上虽然是免费下载，但是广告收入每月超过 100 万美元。现在，人们每天花在这款游戏上的时间共计两亿分钟，而开发《愤怒的小鸟》的 Rovio 公司付出的研发费用仅仅为 10 万美元。可以看出，好的应用和产品能为企业带来滚滚财源。

我们再看看苹果公司，iPhone+App Store 创新，为用户提供了丰富的应用，从而创造了"终端+应用"的商业模式，有效促进了 iPhone 终端的销售，截止到 2011 年 1 月，苹果公司 iPhone 销售量突破 8 000 万部。苹果的成功就是终端产品做到极致及应用模式的创新。IPTV 是交互式网络服务，近几年来，随着三网融合的推进及 IPTV 合作模式的创新，IPTV 通过应用和服务创新，推出点播、直播、回看以及影视、娱乐、购物、卡拉 OK 等丰富内容，很好地满足了用户需求，如上海 IPTV 发展采取每月使用 8 次免月租费的策略，带动了用户的增长，2010 年年底，上海 IPTV 用户达到 130 万户，规模的形成为 IPTV 多元化的盈利模式创造了条件，如今 IPTV 通过前向+后向收费模式，收入呈现快速的增长势头。

近几年来，我国互联网企业掀起上市的热潮，从准备上市及已经上市的土豆网、优酷、阿里巴巴、人人网、奇虎 360、开心网、京东商城、世纪佳缘、凡客诚品、凤凰网、56 网等互联网公司，它们之所以能获得资本市场的青睐，一个共同的特点就是专注于互联网的某一业务方向，并通过创新实行差异化，在市场中确立优势，受到用户欢迎。

没有好的产品，再好的盈利模式设计也无济于事。好的业务关键要做好产品创新。在业务创新方面，互联网有着无可比拟的优势，我们要充分运用企业掌握的海量用户数据，深入洞察客户需求，在运营中推进产品创新。在实际中往往创新产品和应用由于缺乏可靠的盈利模式失去可持续发展的能力，因此，将互联网的创新能力和移动网的盈利模式有效结合起来，将会是一个良性的发展模式。

4．市场竞争状况

在比较封闭的市场环境中，由于竞争并不明显，用户缺乏可供选择的替代性产品，这时企业的盈利模式设计往往比较简单。如传统移动增值业务，一般为一次性订购，产品形态也很单一，没有差异化的产品和定价策略。

在开放的移动互联网市场环境下，由于业务提供者众多，各种低价、免费产品大量地涌现，企业固有的粗放式的盈利模式难以适应新的市场环境的需要，需要盈利模式的创新。

移动互联网时代，模仿跟进是普遍的市场行为，一旦某一企业进入某一市场取得巨大的成功，就会有众多的企业模仿跟进，如苹果 App Store 的成功，一下子吸引了来自手机制造商、电信运营商、互联网企业的进入，纷纷推出应用商店；再如 Facebook 的成功，一下子冒出了开心网等众多社交网站；又比如微博迅猛发展，吸引了新浪、腾讯、搜虎等众多企业的加入。不仅在业务上模仿，在盈利模式上也学习和借鉴领先企业的做法，如"终端+应用"的商业模式就是借鉴苹果模式的普遍做法；广告也成为众多企业盈利的主要来源。

市场竞争有利于推进业务创新，有利于鼓励企业进行盈利模式的

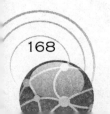

创新。只有创新才能在开放的市场环境下获得更好更快的发展。虽然移动互联网盈利模式框架比较清晰，不外乎前向+后向的收费模式，不外乎广告、电子商务、游戏、增值业务等模式，不外乎免费+收费的模式，等等，但不同的企业在盈利模式创新上可能不一样。如网络视频企业酷 6、优酷、土豆等企业收入的 80%以上来源于广告收入；而腾讯收入则 70%来源于互联网增值服务收入，而网络广告收入只占 7%。因此，市场竞争有利于企业根据自身发展状况和优劣势构建差异化的盈利模式。

9.2 移动互联网盈利模式现状

移动互联网巨大市场吸引了来自产业链各方的纷纷进入，手机制造商如苹果、诺基亚、摩托罗拉、LG、三星、联想、海信等，设备商如华为、中兴等，互联网公司如腾讯、阿里巴巴、百度、奇虎 360 等，电信运营商如软银、中国电信、中国移动、中国联通、韩国 SKT 等，这些企业在移动互联网上纷纷布局。移动互联网的未来，关键取决于能否建立有效的盈利模式。传统互联网基于互联网广告、电子商务、网络游戏、电信增值业务等模式迅猛发展。移动互联网呢？下面就来看看具有代表性的企业进入移动互联网的盈利模式现状。

1．苹果公司

苹果公司依靠其一贯的时尚新颖的产品设计，不断创新的商业模式，开发出的 iTunes、iPod、iPhone、Apple Store、iPad 一次次让业界与用户惊羡不已。通过对 iTunes、iPod、iPhone、App Store、iPad 盈利模式的分析，总结发现苹果公司盈利模式的核心主要有以下两点。

一是通过终端获取利润：直接销售终端获得利润，或者通过与运营商签定协议，在终端销售帮助运营商获得和绑定用户的基础上，得到运营商的收入分成。

二是基于终端提供长期持续的内容服务，包括影音娱乐、应用软件、互联网应用等多种在线服务，获得一部分分成收入。如 App Store 应用实行与开发者 3:7 分成。

可以看出，苹果公司基于"把终端作为交付渠道，以内容、应用服务为核心"竞争策略，使之在进入移动互联网市场大获全胜，公司盈利和市值持续攀升。

2．诺基亚

2007 年，诺基亚宣布向移动互联网企业转型，并于同年 8 月发布互联网品牌——Ovi。虽然长期以来诺基亚在移动终端占居全球第一的位置，但近年来由于苹果和谷歌发展迅猛，Symbian 系统日益老旧，苹果的 iPhone 和谷歌的 Android 在智能手机上遥遥领先，诺基亚在智能手机市场地位岌岌可危，其利润、市场份额、股价持续下滑。为扭转目前颓势，2011 年 2 月 11 日，诺基亚宣布与微软达成广泛战略合作关系，并将 Windows Phone 作为其主要的智能手机操作系统。诺基亚加快了向移动互联网转型的步伐，以争取市场的主动。从诺基亚盈利模式来看主要体现在以下几个方面。

（1）通过推进生态系统建设，保持在手机终端市场的地位。生态系统包括开发者、合作伙伴、电信运营商等，诺基亚通过与微软的结盟，推进终端生态系统建设，为客户提供无与伦比的客户体验。

（2）手机终端销售仍是诺基亚主要收入来源。尽管近年来诺基亚终端盈利能力下降，如今，诺基亚加速向移动互联网企业转型步伐，通过采取与微软战略合作等一系列举措以挽回终端的颓势，开发新的收入来源，拓展新的市场。

（3）移动互联网转型成功的关键在于应用和服务。软件和服务是智能手机提高利润的重要砝码。诺基亚业务集中在软件和服务领域。诺基亚于 2007 年提出 Ovi 概念，通过软件商城、音乐、地图、邮件及 N-Gage 移动游戏平台等五大业务来全面支持诺基亚向移动互联网转型。对于 Ovi，诺基亚可谓投入了无数的心血，不仅提供了针对所有用户的网上商城，还对服务进行了细分。同时，实现诺基亚内容和应用商店与微软 Marketplace 应用商店的整合，旨在为用户提供更多的惊人体验。

从目前诺基亚发展来看，诺基亚与微软联盟意在抗击苹果和谷歌，终端与互联网应用更加紧密的结合将更加深化。

3．谷歌

美国互联网搜索引擎巨头谷歌，2011 年第一季度实现营收 85.8 亿美元，同比增长 27%。谷歌的盈利模式比较全面、灵活，"以免费服务汇聚人气，以流量带动广告收入"是其盈利模式的核心。

第一，以免费服务会聚人气。谷歌充分迎合当前互联网开放、共享的发展趋势，积极提供免费服务，实施开源战略，并期望借此聚集人气。首先谷歌免费向硬件制造商提供操作系统，并承诺不向第三方软件开发商收取分成，其开源的操作系统让手机成本极大地降低；其次，谷歌需要为用户提供随时随地上网的便利，将自身的互联网服务优势带到移动设备上来，通过开源战略，可有效整合多种品牌的终端产品，进而为搜索广告业务在移动领域盈利打下坚实的基础。此外，谷歌还通过为用户提供免费的谷歌搜索、邮箱、地图等服务，掌握用户的数据信息，建立精准的用户数据库，为广告主提供精准的广告传播路径。

第二，通过流量带动广告收入。目前，谷歌已经成长为全球最大的互联网在线广告商。2011 年第一季度谷歌广告收入达到 81.5 亿元，占总营收的比例超过 90%，占全球在线广告收入的比例超过 50%，广告收入是谷歌收入的主要来源。

第三，通过应用分成获取收入。谷歌的 Android 采取开放的策略，两年多来，Android 创造了一个吸引应用软件开发者、服务提供商和硬件生产商的平台。谷歌的 Android 对终端厂商和第三方开发者采取免费开放，从操作系统本身谷歌不能获得任何盈利。谷歌旨在以 Android 平台提供应用商店，通过向用户提供互联网应用服务实行三七分成来获取盈利。

谷歌盈利模式十分清晰，通过开放平台、免费服务聚集人气，做大流量，以流量带动广告收入，并通过与第三方开发者进行收入分成，最终实现收入持续增长。

4．奇虎360

360安全卫士是我国最受欢迎的安全防毒软件，拥有3亿多用户和60%以上的市场份额，360浏览器已经进入我国浏览器市场三甲行列。

2011年3月30日，奇虎360成功在美国上市，其成功通过向用户实行永久免费抢占安全客户端市场，占领互联网入口，增加用户流量，并在此基础上推出互联网增值服务。360的收入主要来源于以下4个方面。

（1）网站导航广告收入。奇虎360通过网站导航带来流量，提高广告价值。导航网站是每一个网址接入口，其实也是一个广告位，可以向第三方广告主收取广告费。

（2）第三方软件推广收入。360向用户推广安全软件如"软件管家"，当用户点击安装这款软件时，软件供应商需要向360支付佣金，每次从几分钱到几角钱不等。

（3）互联网增值服务收入。360通过开放合作，聚集了大量互联网增值应用，如游戏等，只要用户通过360浏览器使用互联网增值应用，360就可获得开发商的收益分成。

（4）其他收入。如360向用户提供远程技术支持等互联网安全服务；360提供充值服务，如用户通过360充值，360就要和银行进行收益分摊；团购分成收入等；向企业客户提供IT外包和系统集成服务的收入。

可以看出，360盈利模式呈现多元化，其盈利模式取得成功，很大程度上取决于保持和增加安全产品和服务的用户规模。奇虎的用户数量是影响广告客户付费、增值服务发展潜力的主要因素。奇虎360在互联网安全市场及浏览器市场确立的优势地位，为其持续增加收入、

实现盈利创造了坚实的基础。

5．电信运营商

如今，电信运营商向互联网企业学习，走出"围墙花园"，采取更加开放的态度面向合作伙伴，努力实现共赢。3G 时代对于我国电信企业来说，需要具备互联网企业的运营思维，构造一个"没有围墙的花园"——开放、合作、创新。

电信运营商与互联网企业如谷歌盈利模式的最大不同在于：电信运营商一贯采用"前向"盈利模式，即向用户收费，如流量费、包月月租费、用户按次/时间收费等，在"后向"盈利模式上要向谷歌等互联网企业学习。谷歌坚持采用"后向"盈利模式，广告为其主要收入来源，搜索、Android 操作系统对用户实行免费。

近年来，包括 Vodafone、Orange、Telefonica 等在内的欧美运营商纷纷推出移动广告业务以应对谷歌等企业的竞争。未来广告将成为移动互联网盈利的主要来源。

苹果"终端+服务"模式的成功，吸引了我国电信三大电信运营商积极进入，中国移动、中国电信、中国联通纷纷推出 MM 应用商城、天翼空间和沃商城，采取开放平台的策略，如今，电信运营商应用商店发展初见成效。截止到 2011 年 3 月，中国移动 MM 应用商城全国累计注册用户数已经超过 3 900 万人，注册开发者达 110 万人，提供各类手机应用 5 万件，累计下载量 1.25 亿次，是我国成长最快的手机应用商店，单从下载量看，已经是中文应用商店的第一品牌。

此外，我国电信运营商重点发展游戏、视讯、音乐、阅读、移动支付、LBS 等业务，通过合作创新和差异化运营，为客户提供好的应用，并积极探索"前向+后向"、"免费+收费"的收费模式。

由于目前我国电信运营商移动互联网业务发展缺乏规模，盈利模式尚不成熟，我国电信运营商要增加移动互联网收入规模，实现盈利模式多元化，当务之急是加快移动互联网业务发展，扩大用户规模，开展流量经营，会聚流量。

9.3　移动互联网盈利模式分类

在技术与市场双重驱动下，移动互联网保持强劲的发展势头。从盈利模式的本质来看，只有移动互联网业务为客户所接受，客户愿意花钱，企业就可以源源不断地获得利润。目前移动互联网产业链已经形成，商业模式也初步建立，市场环境正日趋规范和完善。从前面介绍的一些代表性企业的盈利模式来看，移动互联网盈利模式方向基本是清晰的，从收入来源方向来看，主要是前向和后向，但在不同的企业表现具有明显的差异性。概括起来，移动互联网的盈利模式主要分为 6 大类，这也是进入移动互联网的企业在设计盈利模式上可以借鉴的。

1. 交叉补贴模式

现实生活中，交叉补贴形式名目繁多。饭店里通常以昂贵的酒、饮料补贴便宜的饭菜；"穷人少缴税或不缴税、富人多缴税"的累进税制也是交叉补贴的一种；谷歌对用户搜索实行免费，带来巨大的流量，从而向广告商收取广告费；苹果的"终端+应用"也是交叉补贴的模式，以占收入比重只有 1%的 App Store 促进 iPhone 的销售量快速增长；"你用我的服务，手机我免费提供"、"预存话费送手机"活动已经是国内外电信运营商的成熟做法等，交叉补贴模式十分常见，在互联网经济也同样适用。

交叉补贴模式是一种以某一基础性产品实行免费或低价带动相关产品的销售量的增长，而相关产品则实行收费的一种模式。吉列的"剃刀和刀片"的模式就是传统行业的交叉补贴模式的典型案例。

随着互联网技术成本的直线下降，免费日益成为标准而非离经叛道，因为互联网的一切都与规模有关；所以只有想尽办法吸引到更多的用户，以节约资源，将成本分摊到日趋庞大的用户群之上；其实聚集用户的同时业务本身的广告价值也会日渐呈现。

之前的交叉补贴模式，都是作用于消费者的求廉心理，但在现实的网络产品市场上，便宜与免费之间却有着天壤之别。"差不多免费"和"零"之间存在着巨大的心理差距，一次微小的收费也会招致失败。

互联网环境下，免费与否往往会造成广阔市场与空无市场之间的巨大差异。先看些例子，从电子邮箱看起，收费邮箱断送了263，免费邮箱推动了163和yahoo当时的扩展；2002年腾讯的收费注册催生了随后IM市场群雄逐鹿的局面，随后被迫重新免费；淘宝的全面免费迅速挤占了易趣的市场份额。其实上面的这些例子都是面向个人的网络产品，也只有个人用户才会对产品的免费与否产生更强烈的敏感。

生活中付费人群给不付费人群提供补贴也是交叉补贴模式的一种，如俱乐部对女士免费或孩子免费；用付费产品来补贴免费产品也是交叉补贴的形式，这就是"免费+收费"的盈利模式，如网站通常遵循5%法则，即5%的用户支撑起其他所有用户，其他95%的用户的成本几乎为零。App Store的应用盈利模式就是实行"免费+收费"的模式，这也是交叉补贴模式的一种。还有一种情况就是用日后付费来补贴当前免费的交叉补贴模式，如电信运营商推出赠送手机必须使用移动通信两年以上的服务就是一个经典的长期交叉补贴的形式，这一形式在实际中普遍存在。

"终端+应用"、"免费+收费"的盈利模式是移动互联网交叉补贴模式中最常见的模式，在运营企业得到广泛应用。

2．内容付费模式

智能手机、iPad和电子阅读器在内的移动互联网接入终端正在给人们访问互联网的方式带来革命性的变化。内容付费有望成为一种新的盈利模式，这种模式是指用户为使用应用和内容而付费。

默多克早在2009年就启动内容付费策略，默多克说："我们需要加大宣传力度，使消费者明白，高质量的新闻不是免费午餐，优秀的新闻内容是高价商品。"而且默多克新闻集团与苹果合作，打造了电子付费报纸，截止到2010年12月，英国的《伦敦时报》和《星期日泰晤士报》内容付费订阅用户超过 10 万户，其中只有一半的用户愿意二次订阅。默多克坚信，内容付费和广告将是未来主要的盈利模式。

自苹果在 2008 年推出iPhone应用程序商店以来，各种应用软件商店数量激增，移动应用更加丰富，移动游戏、听写工具等应用都可以在网店购买。尽管其中部分是免费的，但大部分则是付费的，费用基本上不超过 1 美元。2011 年 7 月，苹果应用商店上线消费者累计下载了超过 150 多亿次的 iPhone 应用程序，这些软件的开发者，不论报纸出版商还是自由职业者，都可以从苹果公司获得 70%的市场销售收入。

长期以来，广大网民早已习惯免费服务模式及分享带来的乐趣，网民的付费习惯还没有培养起来，而且还没有付费收看网络视频的意愿，用户的使用习惯对付费时代的移动互联网是一个至关重要的挑战。虽然内容付费是趋势，但是就目前中国互联网领域来说，无论是新闻媒体、电子邮件、即时通信，甚至是杀毒软件等，均是免费模式占据主导地位。目前用户对内容付费的意愿还比较低，影响了内容付费模式的推广和普及。

从发展趋势来看，移动互联网影视、音乐、游戏等的"免费时代"或将终结，"付费时代"即将来临。当前培养用户的付费习惯和使用习惯是建立内容付费模式的关键，这取决于企业能否为用户提供差异化、对用户有吸引力的内容。我们相信，随着移动互联网的快速普及和发展、用户免费消费习惯的改变及内容服务的创新，内容付费这种盈利模式将逐步变为现实，成为移动互联网重要的盈利模式。

3．前向+后向模式

商业模式虽说是讲究"如何赚钱，如何盈利"，但是在目前国内的网络环境下，要向个人用户收费还为时尚早。寻找一个付费的第三方是目前最普遍也是最有效的盈利模式。王建国先生在其《IP 理论：网状经济时代的全新商业模式》一书中，也在传递一个第三方的概念。

谷歌盈利模式面向用户实行免费，而对第三方广告主则收取广告收入，这种模式涉及最终用户、谷歌和第三方广告主三方市场，这种

模式称为"前向+后向"的收费模式，又称为三方市场模式，经济学家把这种模式又称为"双边市场"模式。中国电信推出的号码百事通盈利模式就是采用这种模式，面对广大用户只收取低廉的电话费或免电话费，其收入来源主要来自于合作伙伴提供的广告费等收入。

从收入来源方向来看，有两个方向，一种是前向收费，前向收费是向使用者直接收费，如移动互联网前向收费是指内容服务产品收费，由用户买单，信息产品要收费，就必须着重打造内容的差异性、私属性、个性化，要能为用户带来价值，同时收费方式必须灵活、多元，以满足用户的不同需求，比如包月套餐、按时长或流量收费、按次收费、会员制等，且各种收费方式应能灵活组合；另一种是后向收费，主要就是广告费、平台占用费、供应商分成等，用户不用付钱，企业付钱替他买单。中国移动互联网长期规模收入还是后向收费即广告模式。前向收费一定存在，但是前向收费一定要有能吸引用户愿意为之付出的产品。但是不管是长期稳定的规模化收入还是靠后向收费，广告经营一定要坚持一个原则，就是不影响客户使用业务的体验。

广播是免费听的，电视只收取低廉的月租费，报纸和杂志售价远远低于采编、印刷和分销成本，而他们的收入主要是来自广告商。中国电信推出的 IPTV 业务也是实行"前向+后向"的收费模式，前向针对 IPTV 用户收取一定的月租费，或部分影视内容、部分增值业务实行向用户收取较低的费用，部分内容或增值业务实行免费，后向主要是收取广告费以及平台占用费等，目前 IPTV 这一模式是比较成功的，通过实行这一模式旨在吸引更多的用户安装和使用 IPTV 业务。

由于互联网免费习惯的长期形成，后向收入模式是今后移动互联网收入的主要来源。如 360 对用户实行永久免费，其收入主要来源于供应商分成、广告收入等后向收入。

4．平台分成模式

生活中，很多企业经营着平台，如电信运营商开展手机视讯业务，运营商搭建了视讯平台，内容由合作伙伴提供，运营商直接向广告商、用户收费，并按照有利于提升平台价值的分成比例支付给内容提供商，这种模式称为平台分成模式。

移动互联网时代，平台是未来发展趋势。各种平台不断增多，如阿里巴巴、京东商城、当当网及亚马逊等打造的电子商务平台，电信运营商打造的手机阅读、手机游戏、手机视讯及 IPTV 等业务平台，携程打造的旅游交易平台，我国三大电信运营商打造的 MM 应用商城、天翼空间及沃商城及苹果 App Store 等手机应用商店平台，等等。它们都有一个共同特点就是平台提供者本身不经营相应的产品和服务，而是由合作方或第三方提供，平台提供者直接向广告商和用户收费，然后再与第三方分成，实现共赢。如 App Store 应用商店和开发者分成是苹果公司收入来源之一。

平台分成模式收入主要包括以下几类。

（1）合作方进入平台，需要向平台提供者支付平台占用费，这主要是设计进入门槛，一些企业或开发者为扩大销售、提高企业品牌效应，也愿意支付这笔费用。

（2）会员费。如阿里巴巴对国内外供应商和诚信通会员收取会员费，苹果公司针对第三方开发者收取 99 美元的会员费，以及人们常见的会所、大卖场等办张会员卡要收取一定的会员费，等等。

（3）交易额佣金。按照交易额向卖方收取一定比例的中介费用，这在电子商务交易平台较为常见。

（4）广告费用。当第三方或卖家希望自己的商品能够为更多的消费者所关注时，可购买平台提供者提供的广告服务，如广告位广告、搜索广告、贴片广告等。广告费用多少与平台用户规模、交易量和人气关系密切。

（5）向用户收取的费用。如电子商务用户要支付商品的货款，使用苹果 App Store 上的付费应用需要支付费用，点播 IPTV 上的付费影视大片，需要支付点播费用，等等。

平台分成模式分成是否合理对打造平台、提升平台价值、构建良好的生态系统具有重要意义。分成比例需要与合作方或第三方进行洽谈确定，为使平台良性发展，分成比例一般采用向合作方倾斜的政策。当平台做到很大、很有规模、很有影响力时，平台提供者在合作分成等谈判上拥有更多的话语权。

5. 广告模式

无论是雅虎、新浪的"门户模式"，还是谷歌、百度的"搜索模式"，都是广告模式的体现，尽管这种广告模式形式不一，可能是展示广告，也可能是关键字广告，也可能是贴片广告，等等。正如 10 年前，人们无法预测会出现谷歌的关键字广告形式一样，移动广告未来具有广阔的市场前景。

从目前互联网企业盈利模式来看，广告仍是盈利的主要来源。Facebook 在 2010 年的营收达到 18.6 亿美元，较 2009 年增长 1.32 倍，这其中绝大多数来自广告收入。而国外知名的视频网站 YouTube 结束连续多年亏损的局面，于 2009 年接近盈利阶段，其盈利模式主要靠广告视频。YouTube 允许广告主购买关键词，并在搜索页面列出广告视频。国内网络视频网站优酷、土豆其收入来源主要是广告收入，广告收入占其总收入的比例超过 90%。

在移动互联网中，免费品是内容、服务、软件等；免费对象是所有人。基于互联网的广告模式正引起很多人的注意，包括雅虎按页面浏览量付费的横幅广告、谷歌按点击率付费的文本广告、Amazon 按交易付费的"会员广告"、谷歌按搜索关键词的搜索广告。广告仍将是移动互联网主要的盈利模式。

移动广告实际上就是一种互动式的网络广告，它由移动通信网承载，具有网络媒体的一切特征，同时比互联网更具优势，因为移动性使用户能够随时随地接受信息。由于移动互联网手机与用户存在唯一性特征，通过一定的号码识别技术可实现信息的准确推送，因此，基于手机媒体的移动广告一般可实现更高的精准投放。此外，移动互联网广告形式还有短信推送、常规的文字链接即 banner 广告、手机视频广告、定位广告等。

广告模式是一种不可避免的趋势，但目前移动互联网的广告环境却被垃圾短信广告、涉黄内容等所扰乱。基于移动互联网的广告要想受到用户欢迎，必须用无线营销快速、互动、即时沟通模式，取代单向、压迫式的广告传播：必须基于用户的长期习惯和爱好，分析出最适合该用户的精准广告，而不再是广而告之。在手机小小的屏幕上，广告的内容和形式与其他广告媒介也有所不同。手机适合做促销广告，而不是电视媒体的形象广告、互联网的介绍广告，比如用户可以凭手机短信、二维码购买打折商品，还可以用手机在 WAP 网站下载各类消费的优惠券等。此外，与其他传统广告媒介相比，移动互联网广告的独特之处在于其与传统的终端营销相结合，将能够发挥更大的优势，比如对于潜在用户，通过位置服务，向正在走向一家大型购物商城的用户的手机发送电子优惠券，从而实现有效的终端拦截。

在 Mobile Web2.0 浪潮的推动下，互联网业务正在向移动互联网转移，而作为互联网繁荣的根本盈利模式，广告无疑将掀起移动互联网商业模式的全新变革，带领移动互联网业务走向繁荣。

6．劳动交换模式

劳动交换模式是网络经济在互联网市场盈利模式方面的突出体现。通过在 Digg 网站上的故事评分、雅虎问答上的投票，使用谷歌的411 免费语音本地搜索服务，你只需通过验证程序，就能得到免费资讯内容。每次你用谷歌网站来搜索时，都在帮助谷歌公司提高精准定位广告的系统运算法则，提高了谷歌信息的准确度。你在使用某项服务的时候又创造了富有价值的成果，或者提高了某个网站的服务，或者创造了对别人有用的信息，其实你在得到某项免费服务的同时也在和别人进行劳动交换。

在劳动交换模式中，用户并不需要为自己所享用的服务支付任何费用，但其参与的活动（如有关对商品使用的评论、内容收集、信息整理等）却有可能产生积极的网络外部性，从而以其他多种创造性途径为服务提供者做出贡献，如不断丰富和提高数据和信息的质量、帮助产品改善服务质量等，上述贡献的结果通常可带来产品价值的进一步提升，从而实现产品提供者和使用者之间的互惠共赢。进而产品提供者可利用上述劳动交换过程中用户所产生的价值转而采用诸如广告、交叉补贴等其他盈利方法，实现最终的盈利。

移动互联网中关于劳动交换模式也比比皆是。如 YouTube、土豆网等视频网站为丰富视频内容，积极打造 UGC（用户创造内容）平台，用户可以通过互动方式上传内容，用户创造内容将是未来互联网传播的主导力量。再如用户在旅游景点拍照上传与朋友分享，同时也上传了其所在的地理位置，从而帮助更多的潜在游客了解其周边的景色；大众点评网是一个典型的 UGC 移动网站，用户可以对使用过的餐馆、娱乐场所进行点评、提供相关用餐资讯，这些信息对其他用户挑选餐馆有着很好的参考价值。在大量用户点评的基础上，大众点评网深入挖掘自身的营销和渠道优势，推出了点评卡等多种服务，用户凭此卡在其联盟店享受一定的折扣优惠，这实际上是一种劳动交换。可以看出，点评的用户越多，对提高相应网站或服务的价值、品牌的作用就越大。

总之，盈利模式是企业商业模式的本质问题。以上介绍了 6 大类盈利模式，对进入移动互联网企业进行盈利模式策划具有重要意义。在复杂的移动互联网市场环境下，移动互联网盈利模式都是上述诸多盈利模式的有效融合，如日本 Mixi 公司，其收入主要来自内容付费收入、会员费以及广告收入；阿里巴巴收入主要来自销售佣金、会员费、广告收入及增值业务收入等。随着移动互联网市场环境不断发展和完善，必将催生更多的创新型盈利模式。

9.4　移动互联网重点应用盈利模式

前面介绍了常见的移动互联网盈利模式，但到具体业务时，体现在各业务盈利模式具有明显的差异性。如今，移动互联网发展迅猛，移动互联网产业链初步形成，其盈利模式就成为时下业界探讨的焦点话题。由于移动互联网应用具有明显的长尾特征，本书不可能介绍所有业务的盈利模式，这里重点探讨市场前景看好的 12 大移动互联网业务的盈利模式。

1. 应用商店

自苹果推出 App Store 应用商店以来，应用商店成为业界效仿的热点，涌现出中国电信、中国移动、中国联通、诺基亚、三星、LG、联想、宇龙酷派、中兴、华为、摩托罗拉等众多"追随者"。从应用商店盈利模式来看，主要是通过搭建一个开放的应用开发平台，让具有创意的编程技术人员去开发各种适应手机上的应用，然后放到这个平台上进行销售，开发者从每一次用户下载中得到分成。如果开发的应用软件被大量下载，那么开发者就可能成为富翁。

苹果 App Store 就是采取这一模式，大部分应用收费，部分应用实行免费，收费由开发者和平台提供者进行分成，苹果分成比例为 3:7，同时，通过应用内置广告，收取广告费，并与开发者共享。对于终端厂商应用商店更直接的目的还是通过丰富的应用吸引用户，提高用户的黏着度，最终通过销售终端获利。

2. 手机游戏

手机已成为娱乐工具，简单有趣、符合碎片化消费特点的手机游戏，将会大受追捧。《愤怒的小鸟》、《植物大战僵尸》、《会说话的汤姆猫》风行全球就是明证。

通过手机终端实现随时随地的游戏与娱乐，这也是移动互联网新的盈利增长点。盈利点主要是点卡销售、下载包月消费、销售道具和增值服务、内嵌广告、合作分成、比赛赞助、衍生产品销售等。

3. 移动搜索

移动搜索在移动互联网领域的潜力非常巨大，将成为移动互联网杀手级应用。移动互联网时代对信息获取要求更为精准、更智能，你

不可能像 PC 那样，花大量时间在百度和谷歌上查找信息，移动搜索必须做到智能化提取、筛选和展现搜索结果，并随时记录、分析用户的搜索需求和使用习惯。

移动搜索的盈利模式与传统互联网搜索类似，主要通过向广告主收费，为广大中小企业或品牌企业进行各种形式的营销与推广。

4．手机物联网

在移动互联网时代，一切皆有可能！用户可以随时随地通过手机控制家用电器，到家前打开空调、热水器。家庭安防可以让你更安心，一旦有人侵入住宅或盗窃汽车等物品，手机就会第一时间接到报警，并通过移动互联网找到目标。用户还可以用手机的识别码或植入芯片，完成购物、信息查询、真假鉴别和物品定位等。

目前手机物联网正处于发展起步阶段，具有广阔的市场前景。从盈利模式来看，主要有：对企业用户可以提供全套融合移动互联网元素的物联网解决方案（如车联网），用户直接付费；对于个人用户可以签定合作协议，用户免费接受服务，运营商将用户数据分析后卖给商家，商家再根据用户的行为和喜好提供更精确的营销推广。

5．手机广告

手机广告的盈利模式与传统移动增值业务有着根本的差异：利润来自前端的广告主而非终端用户。手机广告将打破互联网广告靠 PageView 和点击率付费的模式，并通过手机用户深度参与，直接促进广告产品的营销。未来，不管是运营方、广告主还是用户，都将是一个多赢的局面。

6．移动微博

通过手机与互联网相结合的移动微博发展迅猛，也是移动互联网发展速度最快的产品，将成为移动互联网杀手级应用。

移动微博的盈利模式基本是广告和娱乐收费等。可以通过移动微博与电子商务、SNS 等业务结合，打造微博电子商务平台，发展无线增值服务，市场前景广阔，同时也创造了新的收入来源。

7. 社会化阅读

社会化阅读强调以读者为中心，强调分享、互动、传播和社交，比如你有一本好书或杂志，可以推荐给自己的好友，你可以把自己写的书签、评论与好友共享或讨论，还可以将阅读到的内容在微博上进行转发，让阅读可以产生"头脑风暴"的价值。社会化阅读的内容也是个性化的，比如，你喜欢娱乐内容，就可以个性化定制，将报纸、杂志、新闻资讯、关注话题等所有信息都聚合到一起，可以实时"出版"、自动生成内容、更加个性化。

社会化阅读的盈利模式主要包括从应用的销售中提成，当用户达到规模化发展时，实现流量转变为现金流，也可以采用植入广告的模式实现盈利。

8. LBS 位置服务

位置服务兴起于美国 Foursquare。随着随身电子产品日益普及，人们的移动性在日益增加，对位置信息的需求也日益高涨，市场对移动定位服务需求将快速增加。如今位置服务成为市场追捧的热点，位置服务其实就是 LBS+SNS，在我国还处于探索阶段。位置服务主要是在社交平台的基础上，搭建一个商家与用户的桥梁，一方面在 LBS 平台上推广商家的信息，用户在签到时可获得一定的优惠或某个特别的虚拟奖励。

当用户达到一定规模时，LBS 位置服务以广告推广获得广告收益，可以通过跟商家分成，商铺地图标示、大型签到活动冠名权拍卖等收费。签到只是 LBS 位置服务的基础功能，LBS 位置服务与团购、电子商务、SNS、游戏等结合，发展空间更大，也会带来更多新的盈利点。

9. 移动视频

移动视频也是广大用户比较欢迎的业务，截止到 2011 年 6 月，我国手机视频用户数超过 3 500 万，增长迅猛。随着 3G 网络不断优化、

iPhone 及 iPad 等智能终端的推出，我国各大视频网站、电信运营商等纷纷进入 3G 手机视频业务领域，竞争愈演愈烈。

手机视频盈利点主要包括流量费用、以月租费或按次收费等形式收取的内容收费、广告费等，其中广告收入仍然是手机视频的主要获利渠道。手机视频盈利模式能否形成关键在于打造移动视频良好的产业生态系统，让参与各方共同获益，共同成长。

10．移动支付

支付手段的电子化和移动化是大势所趋，移动支付发展预示着移动行业与金融行业深入的融合。随着第三方支付牌照的发放，不久的将来，消费者可用具有支付、认证功能的手机来购物、购买车票和电影票、打开大门、借书、充当会员卡，可以实现移动通信与金融服务的结合以及有线通信和无线通信的结合，让消费者能够享受到方便安全的金融生活服务。

移动支付盈利模式是以交易佣金为主，实行多种方式相组合的盈利模式。具体盈利点有：面向用户收取功能费、通信费和交易佣金，还可以为厂商提供有针对性的促销渠道，赚取厂商的返点收益。

11．移动商务

在市场需求快速增长、移动互联网迅速发展的合力推动下，移动电子商务尽管刚刚起步，却呈现了爆发式增长态势，成为蕴涵极大发展潜力的战略性产业。

对于提供移动电子商务平台型企业来说，主要是提供面向中小企业和用户提供发布供求信息和进行交易的平台。其盈利模式与传统互联网电子商务相类似，主要是向卖家收取交易佣金；通过在线增值服务收取用户会员费；向卖家收取广告费；通过免费营销活动吸引企业登录平台注册用户，从而会聚商流，活跃市场，创造商机。

12．移动分享团购

当前，团购十分火暴，当你在旅途上，通过移动分享购物平台，只要注册一次就可以直达所有的签约团购网站，选择你喜欢的商品和商家，可以搜索比价，找到性价比最高的，还可以在地图上寻找最理想的，并将购物信息与自己的好友分享，让他也跟你一块省钱，增进感情。

目前盈利模式主要是团购网站进行分成，今后可以通过广告分成、商家地图标示和定向推荐收费等实现盈利。

9.5 移动互联网盈利模式任重而道远

盈利模式是移动互联网发展的核心问题，移动互联网企业只有实现持续的盈利才能持续发展，移动互联网产业才能真正成为推动经济发展的新兴产业。当前我们正进入移动互联网时代，虽然我国进入移动互联网时间不长，但发展迅速，如今移动互联网已成为推动信息产业发展乃至整个国民经济发展的新的增长点，在促进行业发展、推动信息化建设、丰富人民群众文化娱乐生活等方面发挥了重要作用。从本章 9.3 节介绍的移动互联网盈利模式分类来看，移动互联网盈利模式方向基本是清晰的，如内容付费、广告模式、基于平台收费模式、前向+后向模式等，虽然移动互联网发展较快，市场潜力巨大，但同时也要看到，由于移动互联网在我国发展还处于起步阶段，移动互联网盈利模式尚不成熟，众多企业仍处于"烧钱"阶段，仍没有实现盈利，在一定时期内移动互联网还处于赔钱赚吆喝的阶段。因此，积极探索移动互联网可持续的盈利模式乃当务之急。

当前，移动互联网盈利模式基本仿效 PC 互联网的两大主要方式：广告和用户付费，这两块要走上正规仍需较长时间。目前移动互联网主打免费应用，诸如手机浏览器、移动 IM 等工具厂商寄希望于广告营收，而用户付费的未来主要集中在手机游戏和移动电子商务以及其他增值业务领域。市场分析机构 eMarketer 预计中国移动广告市场规模 2011 年将达到 28.88 亿元，这个数字相比中国数亿手机网民数量和 PC

互联网 400 多亿元广告收入仍相差很远。这进一步说明移动互联网广告爆发还需一段时间，因此，移动互联网盈利模式成熟需要一个过程，目前仍处于起步或者是一个爆发初期的阶段。

移动互联网盈利模式尚不成熟，从原因来看，移动互联网发展环境尚不成熟是影响移动互联网盈利模式的主要因素，具体表现在以下几个方面。

首先表现在目前中国手机用户大部分还是非智能手机用户，智能手机普及率较低。从 3G 渗透率来看，2010 年我国 3G 渗透率只有 5.47%，截止到 2011 年 6 月这一比例上升到 8.75%，智能手机和 3G 普及率仍比较低，这不利于形成良好的移动互联网盈利模式。

其次就是广大用户对移动互联网业务接受还需要一个过程，规模效应尚未显现，用户对一些新业务处于尝试阶段。如手机用户、商家对 LBS、手机购物、手机支付、手机视讯等移动互联网应用还处于尝鲜阶段，远没有达到真正应用阶段；目前移动互联网应用品质不高，缺乏像《愤怒的小鸟》或《植物大战僵尸》那样的重量级应用，影响了广告商投放广告的积极性。

再次就是从用户角度来看，也存在不少问题。主要有：手机屏幕相对较小，操作并不方便，还受制于手机上网速度的限制；手机用户普遍认为互联网内容应该是免费的，移动互联网应用收费困难较大；受移动网络技术的影响，用户上网速度慢，影响客户体验；移动设备正改变人们的生活习惯，但短期内很难改变传统商家的广告投放习惯，传统媒体仍是广告投放重点；目前有些业务的客户体验不好，影响业务的普及；广大用户对流量收费心有余悸，"20 日效应"可见一斑，"20 日效应"是指每个月 20 日之后，很多手机用户因为担心上网数据量超过包月总量而有意或习惯性地减少通过手机上网浏览网站；用户使用移动互联网希望尽快找到需要的内容，在这一点上目前仍有差距。

第四，从一些移动互联网业务来看，尚未形成清晰的盈利模式。LBS 热潮成为移动互联网投资领域最大的热点，新浪、网易和腾讯等巨头随后便介入，分别推出新浪微领地、网易八方和腾讯手机 QQ 地图等 LBS 产品。LBS 商家们在中国移动互联网热潮形成近一年后面临集体困境——尽管表面狂热，但至今没有探索出哪怕一条有效的盈利路径。由于 LBS 尚处于起步阶段，LBS 用户很难给商家带来非常可观的实际收入，为数众多的合作商家尚难接受基于地理位置的广告推送，愿意为此付费的更是寥寥无几。正如盛大切客网 CEO 宋铮所说："目前 LBS 收入几乎为零，所构想的商业模式都还处于尝试阶段，可以说目前还没有找到非常清晰、可盈利的商业模式。"从移动电子商务来看，手机三寸方屏，使商品展示效果不佳、实物交易较难达成，制约了移动电子商务更为广泛的发展；此外，目前我国现行手机支付的政策还不完善，如"小额支付"、"第三方支付"等方面规制管理不到位，手机消费类增值服务费的征收也没有法律保障，市场管理仍较为不规范，使得消费者难以得到对手机消费维护应有的权利。

最后，从一些移动互联网企业的经营来看，形成良好的盈利模式困难较大。如有的企业做移动互联网业务只是一味单纯地做某一业务，而不是做平台，缺乏基础核心应用，从而不利于形成"基础业务免费+增值服务收费"的盈利模式。手机上做广告、做业务，需要跨不同操作系统、不同运营商、不同平台，适配是很麻烦的事情，技术能力变得很重要，若这一问题不解决，将影响业务发展和盈利模式的形成；由于电信运营商、终端厂商、内容服务商都想在移动互联网产业链中拥有话语权，产业链整合困难较大，尚未形成良好的生态系统，这在很大程度上制约了盈利模式的形成；移动互联网盈利模式跟风仿制较多，盈利模式尚不成熟、完善，亟待开辟新的盈利模式。

综上分析可以看到，目前移动互联网盈利模式尚未成熟，良好的盈利模式的形成和发展需要一个过程，需要移动互联网产业链各方携起手来，为移动互联网持续健康发展共同努力。

在技术与市场双重驱动下，移动互联网保持强劲的发展势头。从盈利模式的本质来看，只有移动互联网业务为客户所接受，客户愿意花钱，企业才可以获得源源不断的利润。为更好地推进移动互联网盈利模式创新，促进移动互联网产业的繁荣发展，需要从以下几个方面积极探索。

（1）要提供差异化的服务内容。移动互联网也许可以从接入费和通信费中弥补成本、实现少量盈利，但要真正获利，还需要有市场的、针对性强的"内容产品"。综观互联网的商业模式，无非是广告盈利和服务内容盈利两大类。在发展的初级阶段，移动互联网在资费还不能迅速下降的情况下，实际上对内容提出了更高的要求，因此，企业要以提高客户体验为中心，要加强业务创新，满足客户差异化、多元化、碎片化需求，以高品质的内容产品培养用户内容付费习惯。

（2）正确的客户定位。移动互联网的最大特点是允许大量信息资源的有效访问和随处漫游的个人通信，而且其竞争优势往往集中于后者——随处漫游、终端位置不受限制。这样，移动互联网的客户群必然同传统互联网客户存在一定的差异，更多的是时尚消费人群。

从客户发展趋势来看，移动互联网又可能与传统互联网非常相似。回顾传统互联网的发展，也是通过时尚消费人群才实现爆炸式增长。根据移动互联网用户行为分析，目前移动互联网用户行为中逐步体现出追求免费、强调互动等传统互联网特性。因此，移动互联网的客户发展道路也可能呈现"时尚消费带动—大众消费普及—商务应用价值凸显"的特点。

（3）搞好流量经营，以巨大的流量兑现广告价值。流量包括"接入流量"及直接面向用户的流量（包括用户数、点击量、浏览量等），称为"用户流量"。移动互联网产业链中靠传输数据流量收费只是移动互联网产业链利润池中很小一部分，主体收入是在智能终端销售和应用服务以及第三方收费上，这主要是靠"用户流量"来拉动的，这也是进入移动互联网企业做好流量经营的重点。提高用户流量一般通过免费或低资费吸引用户。只有做大流量才能真正提高流量的广告价值，才能吸引广告商投放广告，才能拓展盈利渠道。

（4）设计合理的资费方案。合理的资费方案必将有力撬动用户消费。给用户设计合理的低资费，其前提是不会造成对资源无法控制的滥用、不会冲击网络的正常运营。

（5）整合价值链，形成良好的产业生态系统。打造一个合作共赢、健康有序的产业价值链是发展移动互联网业务的必要基础。这就涉及价值链整合问题。移动运营商由于掌控大量的用户，并积累了资金、计费体系、认证等方面的优势，从而目前在价值链上享有主导地位。但价值链主导者如果不能适时整合产业链资源，就将逐步丧失主导地位。移动运营商需要以用户需求为基础，加强与价值链各个环节的合作，包括与内容服务商、终端商、软件开发商，创新应用，不断普及移动智能终端；要采用合理的利润分配模式，调动整个价值链企业的积极性，实现"合作共赢、共创繁荣"。

（6）加快 3G 网络优化和 Wi-Fi 覆盖，提高用户上网速度。自 2009 年 1 月我国 3G 牌照发放以来，我国三大电信运营商加快 3G 网络建设，网络不断优化，积极推进 Wi-Fi 热点覆盖，对解决用户宽带接入、传输速度问题发挥了积极作用，今后电信运营商要继续优化 3G 网络和加大 Wi-Fi 热点覆盖，推进 IPv6、LTE 和 4G 等新技术的应用，以解决网络负荷的问题，真正让用户体验高速上网的快感。

总之，移动互联网要持续健康地发展，关键在于是否形成持续健康的盈利模式。当前我国移动互联网呈现快速的发展势头，良好的移动互联网市场环境正在形成，为移动互联网盈利模式形成创造了条件。移动互联网的真谛就是创新，因此，加快移动互联网盈利模式创新，积极探索多元化的和新兴的盈利模式刻不容缓。我们相信，在产业链各方的共同努力下，持续健康的移动互联网盈利模式指日可待。

资本经营是快速进入市场、提升企业竞争力的一种有效手段，但也存在风险，一方面需要加快资本经营步伐，另一方面也需要加强资本经营风险控制。

——本书第一作者胡世良

第10章
成功要素之八：资本经营的力量

当前，移动互联网产业正在发生翻天覆地的变化，移动互联网正呈现"井喷"式增长，从移动办公、移动搜索、移动游戏到移动医疗、移动阅读、移动商务、移动支付等，移动互联网已渗透到了人们日常生产、生活的每一个领域。移动互联网迅猛发展也越来越受到资本市场的追捧，互联网企业纷纷踏上上市之路，大量投资者和创业者不断涌现，风投看好移动互联网市场，加大移动互联网的投资，移动互联网企业为加快发展，提升竞争力，纷纷采取并购、联盟、成立合资公司等形式，进一步拓展市场，移动互联网资本经营的热潮正扑面而来。如今，移动互联网资本市场日趋活跃，成为推动移动互联网持续健康发展的重要力量。

10.1 资本经营——移动互联网行业发展之路

当前，移动互联网是信息产业发展最快的行业，正吸引来自产业链各方的积极进入，移动互联网行业市场竞争日益加剧。移动互联网行业属于虚拟经济范畴，具有明显轻资产的特点，主要体现在重品牌经营、重智力投资、重平台经营、重商业模式创新、重客户体验、重开放合作等。由于移动互联网具有长尾需求特征，只要专注于任何一个细分市场，以创造客户价值为中心，精耕细作，企业必能获得很好的发展。平台经营是移动互联网的重要趋势，这需要企业加强合作，提升平台经营能力；移动互联网市场极大，同时移动互联网也是"烧钱"的行业，需要大量投资。而这一切的形成与发展，都离不开资本经营。

资本经营是移动互联网行业中最重要的经营方式之一，既是移动互联网企业在困境中进行企业再造的有力手段，也是移动互联网行业成长壮大的必由之路。资本经营是通过产权的变更与交易实现规模经济与范围经济，以及公司治理结构的变革，最终提高产业的竞争力，以增加所有者权益。资本经营的突出特点是资产的扩张，通过资产扩张，可以实现效率和竞争力的提高。

1. 移动互联网行业资本经营的形式和目的

移动互联网行业资本经营是狭义的资本经营，主要是指独立于商品经营而存在的，利用资本市场，以价值化、证券化的资本或可以按价值化、证券化操作的物化资本为基础，通过收购、兼并、战略联盟、股份回购、资产剥离、租赁经营、参股、控股、交易、转让等各种途径优化配置，提高资本运营效率和效益，以实现最大限度的资本增值目标的一种经营活动。

移动互联网行业的资本经营主要有 3 种方式。第一种方式是公司上市，进行融资。公司上市最大的特点在于可利用证券市场进行筹资，广泛地吸收社会上的闲散资金，从而迅速扩大企业规模，增强产品的竞争力和市场占有率。移动互联网是一个投资未来的行业，而且绝大部分企业投入大，还没有实现盈利，需要进行融资。因此，将公司包装在交易所公开上市作为企业发展的重要战略步骤。通过公司上市，进行融资，使企业投资主体多元化，不仅实现了资本的增加，降低了成本，为未来企业经营的发展奠定基础，而且可以重塑企业的法人治理结构。

第二种方式是兼并和收购。并购是产权变动最主要的方式之一。企业并购的实质是一种产权转让或交易行为，由此引起企业对可控制与支配资产权力的转移。移动互联网行业的特点是"两家法则"，也就是只有在行业中排在前列的企业才能获得更好的发展，否则，在市场中就难以立足。因此，移动互联网企业为提高竞争力、弥补企业短板、扩展业务领域，并购无疑是实现这一目标的重要手段。生产经营、投资经营是企业实现内部成长逐步扩大规模的途径与手段，而并购是企业实现外部成长的主要途径。随着互联网公司之间竞争的激烈，并购将成为互联网公司获得竞争优势的最优选择。

第三种方式是战略联盟。战略联盟是指企业在追求长远竞争优势的过程中，为达到阶段性的发展目标，与另一个或两个及两个以上的经济实体（一般指企业）采取任何股权或非股权的形式达成合作协议从而进行联合或结成战略性伙伴关系，实现风险共担、优势互补、利益共享，以利于各企业的成长和发展，达到双赢和多赢的目的。迈克·波特也对战略联盟进行了定义，即企业之间超过正常的交易，但还没有达到合并程度的长期协议。平台经营是移动互联网发展的重要趋势，战略联盟是搞好平台经营的重要手段，因此，战略联盟是当前移动互联网行业普遍采取的形式之一，也是企业重要的战略选择。战略联盟包括成立合资公司、战略合作、相互持股、投资入股等形式。成立合资公司是战略联盟中常用的形式。合资公司是由两家或两家以上的企业共同出资、共担风险、共享收益而形成的企业。一般来说，合作各方以各自的优势资源投入到合资企业中，从而发挥优势互补的整合优势。成立合资公司涉及出资方式、股权比例、经营范围、法人治理结构等，这些问题处理好，有利于合作各方共同发展。

公司上市、兼并与收购、战略联盟是当前移动互联网行业依托资本市场利用多种金融工具与手段，进行扩张经营领域、扩大融资渠道、增强企业竞争力、适应市场环境变化的手段。实现业务持续增长、增强竞争力、提高企业驾驭市场机会的能力是移动互联网行业资本经营的最终目的。从移动互联网行业来看，只有打造聚合能力强、拥有核心能力的开放平台，企业才能具备市场竞争力。如今，苹果公司成为全球市值最高的高科技公司，其正是通过并购、战略联盟等资本经营手段不断提升行业竞争力，如今苹果公司在智能手机、应用商店方面成为众多企业跟踪模仿的对象。因此，资本经营是移动互联网行业做好平台经营、实现资产扩张、增强竞争力的必由之路。

2. 移动互联网行业资本经营的必然性

资本市场投资某一领域首先看这一行业的成长性，如今互联网占据当前资本投资领域的头把交椅，且每年都有新概念被推出热炒。从云计算到物联网再到移动互联网，每个概念背后都存在较大的商机。移动互联网受到资本市场的追捧，如李开复创新工场创办 18 个月以来投资了 28 个项目，其中大概 22 个项目是关于移动互联网的，创新工场非常看好移动互联网。移动互联网受到资本市场的追捧的主要原因就是移动互联网发展迅猛，市场潜力巨大。截止到 2010 年年底，移动互联网用户达到 3.03 亿，移动互联网规模达到 202.5 亿元，同比增长31.1%。而且移动商务、移动微博、移动社区、手机游戏、手机视频、移动支付等业务发展前景广阔，越来越受到资本市场的青睐。

我国互联网发展在面临巨大机遇的同时，也面临着风险，互联网行业也是资本市场关注的重点，进入移动互联网的企业要长远发展，需要不断融资，以为企业持续发展提供充足的"弹药"。当前，互联网公司"烧钱"十分普遍，需要大量的资金，因此，通过上市进行融资是众多互联网公司的一个目标。同时，为提高企业的品牌影响力、加强企业科学管理和提高创新能力，上市也是必由之路。

移动互联网的巨大市场吸引了来自产业链各方众多企业的进入，移动互联网市场竞争日趋激烈，移动互联网公司为在竞争中胜出，实现企业持续增长，就必须不断扩展业务领域，不断弥补自身的短板，增强竞争力。达到这一目的的最快办法就是通过并购获得。从国内外互联网行业发展来看，并购越来越受到互联网公司的青睐，并购有利于扩大企业规模，有利于提高企业快速满足客户需求的能力，有利于进入新的业务领域实现业务扩展，有利于增强企业竞争力，有利于获得人才、技术等资源。

战略联盟是当前众多企业采取的重要战略，而且平台经营是移动互联网的发展趋势，越来越多的移动互联网公司通过平台经营实现业务发展。搞好平台经营的关键是要营造良好的产业生态系统，打造良好的产业生态系统关键在于加强企业与产业链各方的合作，切实推进战略联盟。因此，战略联盟是移动互联网企业发展的重要战略选择，因为，在移动互联网时代，单打独斗的时代已经过去。战略联盟通过优势互补、互惠互利，实现共同发展。如阿里巴巴之所以能取得今天的成就，关键在于其加强了与物流、银行、卖家、买家等的合作，建立了良好的产业生态系统。

总之，资本经营使移动互联网企业可以更好地满足客户的需求，既有利于企业竞争力的提高、规模的扩大和业务领域的拓展，又有利于加强企业科学管理，规范企业经营行为，同时有利于企业获得资金，为企业持续发展提供保障。在移动互联网开放的市场环境下，移动互联网公司在持续发展、满足需求、增强能力和竞争机制的驱使下，有强烈的实现持续盈利的愿望，这需要通过品牌经营、规模经营、多元化经营、开放式经营等方式来实现，而其中最核心的手段就是资本经营。

3．资本经营的意义

资本经营是企业与行业在发展过程中，增强自身竞争力的重要手段。对移动互联网行业而言，通过资本经营可以增强移动互联网行业承担风险的能力，实现移动互联网行业持续健康地发展，更好地发挥移动互联网行业在国民经济发展中的拉动作用。资本经营是移动互联网行业健康发展的客观要求，是移动互联网公司增强竞争力的必由之路。资本经营对移动互联网发展意义重大，主要表现在以下几个方面。

（1）是企业实现经营战略的重要手段。经营战略是企业在根据自身条件和外部环境分析的基础上，为实现企业的经营目标而做出的长远规划，资本经营关系到企业的长远发展，因此，必须以企业的战略为指导。在企业选择扩张型发展战略时，可采用兼并、收购、上市、战略合作、控股等形式，形成资产规模的扩张与实现资本收益的增加。当企业选择集中化发展战略时，可以采取拍卖、股权转让、资产剥离等产权转让的形式，专注于某一业务领域，做精、做专、做强，从而占据行业领先优势。

（2）有利于解决企业发展过程中资金不足的问题。从目前众多的互联网公司来看，尤其是创业型的企业，由于缺乏清晰的盈利模式，很多企业仍处于不盈利状况，企业要持续扩大规模、拓展业务范围，实现持续发展，必须有大量的资金支持企业下一阶段的发展。通过公司上市等资本经营手段，企业可以进行融资，获得持续发展的资金；同时，通过并购获得资源，提升企业竞争优势，以解决靠自身发展带来的机会成本更大的问题。

（3）有利于扩大企业规模，增强企业竞争力。移动互联网市场竞争的日益加剧给企业持续发展和资本市场良好的表现带来了巨大压力。企业要扩大业务领域，弥补在技术、业务、资源等方面的劣势，捷径就是通过兼并和收购达到资本扩张、规模经营和增强竞争力的目的。并购使劣势公司被优势公司所接管，优势公司得以扩张。并购还可以使企业迅速扩大经营规模，提高市场占有率，节约企业大量资本，提高资本效益，越来越受到互联网公司的重视。如谷歌 2007 年 9 月收购美国主要提供移动社交服务的 Zingku 公司，使谷歌迅速进入移动社交服务市场；2009 年 11 月谷歌以 7.5 亿美元收购美国一家手机网络广告公司 AdMob，使谷歌在移动广告市场竞争优势更加明显。因此，资本经营有利于扩大企业经营规模，增强企业竞争力。

（4）有利于快速满足客户需求，实现企业持续发展。客户需求是企业发展的源泉。移动博客、移动社区、移动电子商务、移动支付、手机游戏、手机视频、位置服务、移动微博、手机阅读、移动搜索等正呈现爆炸式增长，吸引众多企业纷纷进入。为快速进入这些市场，满足客户需求，企业一切从头来做，可能丧失发展的机遇，同时成本也较高，因此，往往是通过并购、战略联盟等手段来快速切入新业务市场，快速满足客户需求，实现企业持续发展。

（5）有利于推进开放平台建设，形成良好的产业生态系统。当前，打造开放的平台是众多互联网公司最重要的发展战略。推进平台经营的一个重要原则就是开放合作，这就离不开战略联盟在企业发展中的广泛应用。战略联盟可以使企业实现优势互补，资源共享，互惠互利。战略联盟运营得好开放平台建设成效就会明显，良好的生态系统就会形成，企业才能进入良性发展的轨道。战略联盟是企业资本经营的重要手段，因此，资本经营对推进开放平台建设、打造良好的产业生态系统意义重大。

10.2　互联网企业掀起上市热潮

由于国内在政策上规定上市公司必须连续 3 年实现盈利，总股本不得少于 3 000 万元，受到政策的限制，国内互联网公司无法在国内资本市场上市。在美国等境外资本市场，对上市公司条件比较宽松，而且互联网是美国等境外资本市场最热的概念，中国经济被世界看好，中国互联网企业更被美国等境外资本看好，所以中国互联网企业频频到境外上市，而且也受到境外资本市场的欢迎。自 1999 年 7 月中华网成功在美国纳斯达克交易所挂牌上市，融资金额达到 8 600 万美元，这也被认为是中国互联网公司海外上市的第一波浪潮。中华网集团执行主席钱果丰曾表示："中华网的上市为其他的中国企业家进入美国资本市场推开了一扇大门。"1999～2003 年是我国互联网企业第一波上市潮，上市的企业主要有中华网、新浪、网易、搜狐、携程等；2004～2007 年上市的金融界、空中网、盛大、腾讯、百度、阿里巴巴等，2010 年上市的企业主要有麦考林、当当网、优酷、乐视网和搜房等。

2011 年以来，中国互联网行业在全球资本市场再次上演集体狂欢，呈现出一片繁荣景象。自 2011 年 3 月份开始，中国互联网行业再次掀起新一轮上市热潮，一大批网站和互联网企业争相奔赴海外资本市场进行 IPO：3 月 30 日，奇虎 360 登录纽交所，融资 1.75 亿美元；4 月 18 日，盛大网络宣布拟分拆盛大文学上市；4 月 21 日，世纪互联登陆纳斯达克，同样在当天，世纪佳缘提交招股说明书，拟在纳斯达克 IPO；4 月 22 日，凤凰新媒体向美国 SEC 提交上市申请；5 月 4 日，人人网在纽交所上市，募集资金 7.4 亿美元；5 月 5 日，网秦在美国纽交所上市；5 月 12 日，世纪佳缘上市；6 月 9 日淘米网在美国纽交所上市。此外，还有社交网站领域的开心网，网络视频领域的土豆网、PPLive、PPStream，软件服务领域的迅雷、UCWeb，电子商务领域的去哪儿、红孩子和信息服务领域的凤凰网、3G 门户、易查等 10 多家互联网企业排着队准备去美国上市。为什么互联网企业热衷上市呢？对企业发展有何促进作用呢？

资金是目前互联网企业的一大短板，资本是否雄厚决定了互联网企业在市场上的存活率，抢在竞争对手之前上市，将会令上市的企业获得资本融资，拥有充沛的现金流，从而进行更大的产业投资运营，这也是多家互联网企业纷纷上市的原因。通过发行股票进行直接融资能打破企业融资的瓶颈束缚，改善企业的资本结构，从而获得长期稳定的资本性资金的注入，最大限度地激活企业"血脉"的流通与供给，并通过上市公司机制来推动内部管理变革与完善，更快地实现做强、做大。为进一步增强企业在海内外市场上的竞争力，增加企业抗风险能力，上市融资正成为许多互联网企业的首选策略。

企业上市融资的目的不仅是为圈钱，而是充分利用上市机制，促进企业加强管理和完善公司的治理结构，提高企业的核心竞争力和市场盈利能力，实现企业自身价值和社会价值共同成长，推动企业持续高速增长。资本市场支持的永远是那些盈利能力强、高增长的中国互联网企业。

但同时也要看到，互联网企业上市"看上去很美"，但一些上市的互联网企业却面临发展窘境。2010 年 12 月借壳上市的酷 6 网以及正准备上市的土豆网，都未能摆脱盈利的困境，如 2010 年酷 6 亏损高达

5 150 万美元，超过营收的 2.5 倍，导致大股东盛大失去继续输血的最后一点耐心，开始换血。优酷 2010 年净亏损比 2009 年扩大 12%，2011 年第一季度净亏损为人民币 4 690 万元。顶着"国内 B2C 第一股"光环上市的麦考林，上市不到一个月就令多数人大跌眼镜。而且麦考林上市后面临的 3 起集体诉讼案，其盈利能力明显下降，股价一路狂泻，也进一步说明其盈利模式不够清晰。诸如网秦、世纪佳缘等上市公司频频破发，与其业务增长乏力不无关系。

可以看出，上市不是不能的，然而也不是万能的，上市不是终点，也并不代表是真正赢者。真正检验企业成功与否的因素还在于是否有好的商业模式、盈利模式与管理机制，是否能不断提高企业创新能力，保持持续的业务增长和盈利最为关键。

10.3　通过收购兼并实现战略扩张

近几年来，由于国内外资本市场十分活跃，企业之间的收购、控股、参股等资本运作不断涌现，其目的是扩大企业经营服务领域，弥补企业短板，实现优势互补，增强企业市场竞争力，实现股东价值最大化。从移动互联网行业发展来看，收购、兼并、战略合作不断，资本经营十分活跃。

企业购并是指两家或者更多的独立企业，合并组成一家企业，通常由一家占优势的公司吸收一家或者多家公司。收购一般是指一家企业用现金或者有价证券购买另一家企业的股票或者资产，以获得对该企业的全部资产或者某项资产的所有权，或对该企业的控制权，从而控制、影响被购并企业，以增强企业竞争优势、实现企业经营目标的行为。企业购并是现代经济生活中企业自我发展的一个重要内容，是市场经济条件下企业资本经营的重要内容。

在激烈的竞争环境中，企业只有不断地发展才能生存下去。企业作为一个资本组织，必然谋求资本的最大增值。企业购并是一项重要的投资活动，其产生的动力主要来源于追求资本最大增值的动机，满足资本市场的要求，以及缘于竞争压力等因素。

从谷歌、苹果等公司的发展来看，它们不断通过收购和兼并提升企业竞争力，而且收购对象以互联网公司为主，显示出全球互联网行业并购市场的活跃。苹果一直致力于制造最佳产品，并围绕制造最佳产品进行收购，近几年来，苹果公司加快了收购的步伐，主要寻找那些新技术小企业进行兼并收购，从中获得专门技术、专利或是开发团队。收购方面，谷歌一直都是很积极的企业，谷歌是伴随并购成长的公司，不断拓展业务领域，为建立良好的生态系统提供支持。下面我们看一下谷歌近几年的收购情况。

谷歌的许多产品和伟大的技术都是通过并购来实现的。谷歌地图技术来自澳大利亚创业公司 Where2，Google Voice 来自 GrandCentral，Google Docs 来自 Writely，AdSense 技术来自 Applied Semantics，谷歌当时仅投入约 1 亿美元，如今已变成数十亿美元的业务。

谷歌获得今天在智能手机市场的成功，关键在于 2005 年 8 月成功收购 Android 公司，如果没有 Android，谷歌难有今天的威力；2006年 10 月，谷歌以 16.5 亿美元的价格收购YouTube公司，旨在为用户提供丰富的媒体娱乐服务，如今，YouTube 已经成为网络视频市场的最佳资产，这对谷歌的未来发展至关重要。如果谷歌将 YouTube 分拆，其价值将是当时收购价格的许多倍。谷歌为进军展示广告市场，2007年 4 月谷歌以 31 亿美元的现金收购在线广告网络公司 DoubleClick，这次并购加速了谷歌在展示广告领域里的技术革新。如今看来，并购 DoubleClick 是物超所值。2009 年 11 月以 7.5 亿美元收购美国 AdMob 手机广告公司，促使谷歌进入移动广告市场，使谷歌在移动广告产业的实力得以大幅提高，从而成为美国第一大移动广告公司。施密特对这次收购表示："AdMob 在智能手机应用程序上投放广告的盈利能力最强，因此收购 AdMob，其实是谷歌搜索业务盈利战略的重要组成部分。" 2010 年 8 月谷歌以 1.79 亿美元收购社交网络应用程序开发商 Slide，收购它旨在让谷歌的服务更具社交性，同时，收购也给谷歌带来了一批具有广泛社交网络开发经验的程序开发员。2011 年 7 月，谷歌收购数字积分卡公司 Punchd，以加速移动支付进程。

2011 年 8 月 15 日，谷歌与摩托罗拉移动控股公司签署最终协议，按每股 40 美元的价格以全现金形式收购摩托罗拉移动，交易总价约合 125 亿美元，收购摩托罗拉移动一方面利用摩托罗拉庞大的移动专利技术，提高有效应对微软、苹果及其他公司威胁的竞争力；另一方面，谷歌收购摩托罗拉移动可实现软硬件一体化，帮助谷歌为其 Android 生态系统提供支持，并加强移动计算领域的竞争，从而为消费者、合作伙伴和开发者带来利益。

近年来，电信运营商也充分利用并购手段，快速拓展市场，提升企业应对竞争能力。2009 年 12 月西班牙电信 Telefonica 收购美国硅谷和以色列的 IP 通信服务提供商 Jajah。Jajah 的业务主要是社交网站和即时通信服务，用户规模较大；韩国 SK 电讯为打造音乐门户 "MelOn" 服务平台，分别收购演艺经纪及影像制品制作企业 IHQ 和韩国最大唱片公司 YBM；2010 年 3 月，黑莓（BlackBerry）手机制造商 RIM 出资收购主营手机应用平台开发的 Viigo 公司，收购 Viigo 后，将有利于 RIM 降低应用程序平台的运营成本，同时外部开发者可更容易地为黑莓手机开发出大量应用程序和加快相应技术的开发速度。日本软银为快速进入移动通信市场，于 2006 年 3 月以 1.75 万亿日元收购沃达丰在日本的移动通信公司。

2010 年中国互联网行业掀起一股海外并购潮，阿里巴巴、盛大等互联网巨头成为其中的主要力量，前者收购两家美国电子商务企业 Auctiva 和 Vendio，瞄准美国 B2C 电子商务市场；盛大则收购了韩国游戏公司 Eyedentity Games 及美国游戏公司 Mochi Media，合计交易金额达 1.75 亿美元。腾讯成立 10 多年来，一直进行中小型收购活动，收购对象主要是软件、内容服务公司，腾讯收购的公司有 Foxmail、卓意麦斯、康盛创想等，进一步拓展其互联网版图。

我们看到，互联网行业并购是提高产品创新能力、迅速弥补短板、完善生态系统、增强企业市场竞争力的重要手段，受到互联网企业的普遍重视。对于进入移动互联网的企业来说，要善于通过并购手段，快速提升企业竞争能力。

10.4　实施战略联盟推进平台经营

战略联盟的概念最早是由美国 DEC 公司总裁 J·Hopland 和管理学家 R·Nigel 首先提出的，尤其是近几年来战略联盟成为企业界和管理学界关注的焦点。

战略联盟是目前企业合作普遍采用的形式之一，也是企业重要经营发展战略之一。战略联盟不同于并购，它是将具有互为优势的企业结合在一起，相互贡献各自的优势资源，并没有发生资产所有权的转移。战略联盟成功的比例较高，这是由战略联盟本身特点所决定的。

战略联盟在互联网公司得到广泛应用，在推进互联网公司平台经营、加快企业发展中发挥了重要作用。从我国互联网企业发展来看，战略联盟受到广泛追捧。2009 年 11 月 12 日，上海盛大网络发展有限公司与国内领先的传媒娱乐品牌和造星平台湖南广电宣布双方达成战略合作，共同出资 6 亿元人民币成立盛视影业有限公司，在影视制作发行和相关衍生业务领域展开合作。2009 年 11 月 25 日，盛大宣布收购酷 6 网，将自己的版图扩张到互联网视频领域。2009 年 12 月 29 日，湖南卫视在长沙正式宣布与淘宝达成战略合作，成立湖南快乐淘宝文化传播有限公司。作为传统电视与电子商务跨媒体的合作，"快乐淘宝"将整合湖南卫视和淘宝网双方的优势资源，创建电子商务结合电视传媒的全新商业模式。

2009 年 12 月 10 日，腾讯宣布与巨人合作，联合运营《绿色征途》；2011 年 2 月，腾讯与 Groupon 双方各出资 5 000 万美元，成立合资公司；2010 年 1 月，百度通过控股成立网络视频公司；2010 年 6 月，淘宝与华数传媒成立华数淘宝数字科技有限公司，全面推进电视购物；

2010 年 12 月，网易宣布与视频网站激动网达成合作，双方将共同推出网易激动高清影视剧频道；2011 年 6 月，360 与人人网、网易等达成战略合作，实现强强联合。

2010 年 3 月 10 日，中国移动正式宣布以 398.01 亿元收购上海浦东发展银行增发的逾 22 亿股新股，交易完成后，中国移动将通过子公司广东移动持有浦发银行 20% 的股权，成为其第二大股东。中国移动投资入股浦发银行，旨在通过合作为大力发展手机支付、移动电子商务、移动银行等创造条件；此前，中国移动曾在 2006 年 6 月以 13 亿港元入股凤凰卫视 19.9% 的股权，以发展手机增值业务。种种迹象显示，中国移动正加快资本运作步伐。

加大对外投资力度越来越受到互联网公司的青睐。以腾讯为例，从 2011 年 1 月腾讯宣布成立 50 亿元产业共赢基金以来，腾讯投资活动频繁。短短 10 多个月，先后投资了同程网、高朋网、易讯商城、华谊兄弟、艺龙、好乐买、金山软件、妈妈网、创新工场、F 团、柯兰钻石、开心网等，主要是以非控股方式入股，如投资金山网络 15.68% 的股权。通过加大投资力度，旨在扩大业务领域，获得更大的投资回报。

上述分析表明，当前在互联网、移动通信、内容产业等领域，战略联盟合作十分活跃，其已成为众多 IT 企业、互联网公司一项重要的战略选择，这也是这些企业进一步拓展市场的重要举措，是移动互联网平台开放的必然结果。

10.5　资本经营的主要风险及防范

在移动互联网企业资本经营的过程中，风险是客观存在的，而且资本经营风险多种多样，分析和把握资本经营的风险及风险产生的原因十分重要，这对企业采取有效防范措施、控制资本经营风险、实现资本增值具有重要意义。

1. 资本经营主要风险

移动互联网行业资本经营风险是指企业在资本经营过程中，由于受外部环境变化的影响、资本经营主体缺位及企业在资本经营过程中受体制、文化等原因而导致企业达不到预期目标的可能性以及由此带来的企业未来收益的不确定性。资本经营风险存在于资本经营的全过程，具有客观性、动态性、随机性、破坏性和连续性。资本经营风险一旦发生，将对企业造成巨大的负面影响。概括起来，资本经营风险主要有以下几种。

（1）战略风险。资本经营战略风险是指资本经营与企业发展战略不相适应，从而导致资本经营偏离企业发展方向而产生的风险。战略风险主要表现在：一是资本经营缺乏战略规划，跟踪模仿，看人家怎么做也怎么做，缺乏对企业战略的深刻理解和把握；二是资本经营与企业战略没有很好地结合起来，资本经营与企业发展战略相脱节，过分扩展，导致多元化经营风险；三是企业战略缺乏对市场环境变化的适应性，从而使资本经营不适应新形势发展的需要。

（2）资本市场泡沫风险。目前，我国互联网公司竞相在境外上市，受资本市场的追捧，很多海外上市的互联网企业仍处于亏损状态，估值过高，未来盈利模式不明，上市后风险很大；而且受资本逐利本性的影响，当前的互联网热潮或已蕴涵着泡沫成分，而且泡沫呈现扩大的趋势。

（3）整合风险。互联网企业在并购、战略联盟合作中不可避免地存在着资源整合的风险。并购涉及两家或两家以上的企业，因此优势企业在与被并购方整合过程中可能由于体制、文化及并购方员工的抵触心理而带来并购整合的困难，从而导致并购的失败。战略合作、打造良好的生态系统需要企业有效整合外部资源，但也可能由于疏于合作管理、游戏规则制定不合理、资本经营人才缺乏导致战略联盟的偏重形式，使实际效果大打折扣。

（4）盲目扩张风险。移动互联网面临巨大的商机，一些企业为加

204

快发展，不是专注于某一业务领域，而是不顾自身能力，在核心业务没有做强、做大的情况下，通过并购等资本经营，不断拓展新的业务领域，而忽视资本经营的质量，导致企业由于资本扩张过快而出现企业资源分散、在诸多业务领域都做不好、仍无法摆脱不盈利的局面，这种忽视资本效益原则、片面追求规模扩张、盲目并购的行为，不但不能使资本运营实现预期目标，相反却使企业陷入困境，最终使企业被市场所唾弃。

（5）过分强化资本经营的风险。割裂资本运营与生产经营的内在联系，把资本运营作为游离于生产经营的更为高级的经营形式。在当前的资本运营过程中，有一种观点和倾向，认为资本运营是独立于生产经营而存在，目的在于提高资本营运效率和效益的经济行为和经济活动，是比生产经营更为高级的经营方式。我们认为，这种观点不仅在观念上是错误的，而且在实践中是有害的，它极有可能误导企业，把当前的资本运营引入歧途。一般来讲，在市场经济条件下，资本运营在时空上可以暂时脱离生产经营而单独运作并获取一定的资本收益，但这仅是从表层而言的，实质上，资本运营最终必须服从或服务于生产经营。生产经营是资本运营的前提和基础，离开了生产经营，资本运营势必成为无源之水、无本之木。

（6）政策风险。资本经营政策风险是指由于国家宏观经济政策、法律法规、资本市场监管政策等的调整和变化给企业资本经营带来的负面影响。互联网企业资本经营不仅涉及国内政策法规的影响和制约，而且受到境外政策法规的影响。因此，移动互联网企业要搞好资本经营必须深入研究国内政策法规现状、特点及变化趋势，否则，企业可能蒙受巨大的经济损失。

2. 防范资本经营风险的主要策略

诚然，资本经营存在各种风险，在实际中，需要采取有效措施控制风险，以实现企业持续健康发展。为控制企业资本经营风险，做好资本经营，应重点做好以下几方面工作。

（1）以培育和提升企业核心竞争力为目的。企业核心竞争力就是企业所拥有的核心优势，是企业获得差异化竞争优势的基础。企业核心竞争力是一个动态变化的过程，在企业发展过程中，由于市场环境变化和企业发展战略的调整，企业保持原有的核心竞争力可能会逐渐丧失竞争优势，而需要不断发展和培育新的核心竞争力。因此，企业资本经营要紧紧围绕锻造核心竞争力这一中心开展，只有这样，企业才能更好、更快地发展。对于积极拓展移动互联网的我国电信企业来说，传统的优势可能在新的环境下就不是优势，需要我国电信企业重塑新的优势，唯有如此，我们电信企业才能在移动互联网市场上获得更好更快的发展。

（2）要专注于核心业务领域，在核心业务做大、做强的基础上实现业务领域的拓展。移动互联网机遇很多，任何企业不可能在所有业务领域都处于领先地位。在企业资源有限的情况下，企业应重点聚焦核心业务领域，以创造客户价值为中心，正确处理核心业务发展与新业务领域拓展之间的关系，围绕核心业务开展资本经营，进一步提升企业核心业务在市场竞争中优势，实现做精、做大、做强。只有在核心业务做精、做大、做强的基础上，实现业务领域拓展才有根基。

（3）实现盈利模式的创新，提高企业净资产收益率。能否实现盈利是检验资本经营成败的关键。因此，移动互联网盈利模式可以结合第 8 章介绍的几种盈利模式进行综合设计。从形成良好的盈利模式来看，关键在于产品和应用的创新、做大移动互联网用户规模、提升应用平台价值。短期来看，盈利模式以广告模式为主，今后积极探索前向收费（如内容收费）、免费+收费等多元化盈利模式。

（4）实现业务模式创新，保持业务持续健康地发展。业务经营是资本经营的起点和归宿，也是资本经营发挥最大效能的基础。所以，资本经营必须与业务经营相结合。只有业务经营与资本经营相结合，既注重业务经营，实现业务模式创新，又注重资本经营的灵活运用，才能够给企业带来巨大的效益。因此，移动互联网企业要强化业务经营，要通过商业模式创新实现业务持续发展，这是搞好资本经营的前

提和保证。

（5）正确选择购并和合作的对象。选择正确的购并和合作对象，是资本经营成功的前提条件，购并和合作对象的选择应该以增强企业核心竞争力、打造良好的产业生态系统为目标，重点选择在某一技术或业务领域有核心优势的互联网企业为收购兼并对象，在产业链合作上应积极与产业链上下游有实力的企业开展合作，同时，制定开放合作的游戏规则，广泛开展合作，聚集合作伙伴，提高企业平台价值。

（6）健全公司资本经营的决策机制。资本经营是企业重大投资行为，属于重大决策。为规避资本经营风险，企业应建立资本经营的风险决策机制。首先要做好资本经营的风险分析和论证，做好资本经营的方案和可行性研究。其次就是建立集体决策机制。资本经营决策应由董事会集体研究后确定，以保证决策的民主性、科学性和集中性。最后要建立决策失误的追究制度，对盲目作出决策造成重大损失的应采取必要的惩治措施。

（7）打造一支专业从事资本经营的队伍。资本经营十分重要，搞好资本经营关键在人才。因此，要建立一支懂资本经营、熟悉资本市场规则、懂法律、善于谈判的专业人才队伍，其职责就是做好资本经营的调研和分析，把握行业资本经营的现状和动向，制定资本经营的规划和方案，开展资本经营谈判和实际运作，进行资本经营的风险评估等工作，从而为企业开展资本经营提供有效的支持。

可持续竞争的唯一优势来自于超过竞争对手的创新能力。

——管理顾问詹姆斯·莫尔斯

第11章
成功要素之九：不断提高企业运营创新能力

在移动互联网时代，只有创新才能生存，才能更好地发展。谁抓住了机遇，谁的创新步伐快，谁就能获得最终的胜利。苹果、Facebook、Twitter、腾讯、百度、谷歌等通过创新成为行业中的领先者。在移动互联网时代，创新方式较以往发生了很大变化，如客户需求和消费行为信息可以通过博客、论坛、微博、社区等很容易获得，而且更加真实；移动互联网时代客户更加具有自主性，UGC、SNS等迅猛发展，企业可以发动全球网民智慧解决创新难题，可以动员第三方开发者为客户提供诸多应用，而无须企业自己创造；等等。这充分说明了在移动互联网时代，创新模式发生很大变化，互联网企业创新步伐不断加快，只有适应它，超越它，创新才能促进企业快速发展。

中国的互联网发展已走过近20年旅程，移动互联网发展刚刚起步，我们见证了很多成功的互联网企业的诞生，也目睹了很多互联网企业因为各种各样的问题消失淹没在历史潮流中。成功企业为什么会成功？成功的秘诀又是什么？成功的互联网企业模式能复制到移动互联网行业吗？失败的企业为何失败？等等，总结企业的成功经验和失败教训，对进入移动互联网的企业更好更快地发展具有重要意义。毫无疑问，企业的创新运营是影响互联网企业十分重要的因素。企业运营更多的是谈如何做，如何经营企业，更多的是谈企业内部问题，它涉及领导力、企业文化、组织体系、考核激励、员工队伍等诸多方面，它们都是影响企业成功与否不可忽视的要素。成功的企业无不是在这些方面有着独特的做法，值得我们学习和借鉴；失败的企业一定是在某一方面或某些方面差强人意，离市场越来越远。

创新是经济社会发展重要的推动力，也是促进移动互联网行业发展的不竭源泉。如今，人们正阔步进入移动互联网时代，移动互联网迎来了创新发展的新时代。如何培育和提升企业运营创新能力，实现跨越发展和创新发展，更好地服务经济社会，对进入移动互联网的企业来说，是新的挑战。

11.1　移动互联网崇尚创新精神

纵观当今企业，唯有不断创新，才能在竞争中处于主动，立于不败之地。许多企业之所以失败，就是因为他们未能真正做到这一点。创新是带有氧气的新鲜血液，是企业的生命。创新是企业生存的根本，是发展的动力，是成功的保障。福特公司前总裁亨利·福特深有体会地说："不创新，就灭亡。"

创新是企业生存和发展的最重要的战略要素，是企业软实力的重要内容。忽视创新的企业是难以长久的。移动互联网是一个完全开放的市场，成为经济发展的新平台，在这个无边界的平台上，可以打破国界，与全球的网民进行交流和共享。互联网的草根性文化使广大网民在互联网创新中发挥着重要作用。对于企业来说，移动互联网表现出巨大吸引力，吸引了众多企业的进入，使得移动互联网市场竞争更加激烈。

与其他领域相比，互联网创新具有 6 大特点：一是互联网与用户之间为"零"距离，这使企业能及时有效地把握网民真实的消费需求、消费行为；二是互联网是一种服务，用户体验至上，因此要注重细节，更要注重运营；三是互联网的草根性文化更为突出，为互联网企业的创新提供了源源不断的动力；四是投入成本很低，也就是说互联网进入门槛低，两三个人几台电脑就可以了，因此，互联网市场百花齐放、百舸争流；五是互联网创新有一个最大的特点，它从来不是颠覆性的，而是一种渐进的创新，不是把原来的东西推倒重来，而是在原有基础上创造新东西，丰富和多样化互联网服务；六是互联网创新是一种开放式的创新。

互联网自诞生以来，呈现出快速发展态势，成为推动国民经营健康发展、应对金融危机的重要力量。2010 年我国互联网产业规模超过 6 000 亿元，互联网用户达到 4.57 亿户，互联网普及率达到 34.3%，移动互联网用户达到 3.03 亿，成为全球拥有互联网和移动互联网最多的国家。根据赛迪顾问公司发布的《中国移动互联网白皮书》中的数据显示，中国移动互联产业进入高速增长期。2010 年，中国移动互联网市场规模超过 1 000 亿元，未来 3 年其市场收入的平均复合增长率将达到 39.8%。互联网的快速发展为企业带来了无限商机，只有具有创新的企业才能更好地发展，才能成为市场的主宰者。

随着互联网，尤其是移动互联网应用的发展，创新无疑已经成为制胜的关键。创新是互联网的精髓、灵魂与精神，也是推动互联网高速增长的核心动力。互联网创新来源于对需求的精准把握，来源于企业具有创新精神，来源于互联网的草根文化，来源于对互联网规律的深刻认识。互联网创新不是把原来的东西推倒重来，而是在原有的基础上创造新东西，丰富和多样化互联网服务，关键是创造价值。价值创新是互联网创新的灵魂，是互联网创新的本质。只有不断为客户、产业链合作伙伴、社会创造价值，互联网企业才有立足之本。因为有了创新，才能不断吸引越来越多的网民，业务发展才会得到广大网民的支持，平台建设才有了坚实的基础。

创新是互联网产业发展的一个必然的、永恒的主旋律。奇虎 360 董事长周鸿祎对互联网创新的定义是："与众不同、特立独行、做别人做不到的事情，想别人想不到的方法，不仅仅是技术上的，还有商业模式、产品模式以及用户模式都可以创新"。的确，互联网创新不仅仅是产品创新、技术创新，更多的还包括商业模式创新、平台模式创新、服务模式创新、用户模式创新、盈利模式创新、营销创新、机制创新、文化创新和运营模式创新。从苹果、谷歌、腾讯、Facebook、奇虎 360 等成功的互联网企业来看，它们有着共同的特征，就是持续不断的创新。苹果的成功是因为其客户体验创新、"终端+应用"商业模式创新及打造"海盗文化"的创新氛围；谷歌的成功在于具有独具特色的创新文化、以关键性技术突破驱动的技术创新、以"免费"为特征的商业模式创新、以打造核心应用为基础的应用创新；腾讯的成功在于推进价值创新，从而实现从模仿到创新最终实现超越；Facebook 的成功在于用户模式创新和打造开放平台模式的创新；奇虎 360 的成功在于专注的创业精神和免费的商业模式；百度的成功在于营造积极的创新文化、以搜索为核心的技术创新和实行免费为特征的盈利模式创新。创新是 Groupon 的惊人崛起的秘诀，也是该网站未来竞争制胜的关键。正如 Groupon 创始人安德鲁·梅森所说："创新的一大挑战在于找到一种方法，将头脑中的僵化思维清理出去，任何情况下都不要盲从于固有经验。"

其实，只要有创新的精神，创新并不会如想象般那么艰难。当前一个国外网站"聊天轮盘"（Chatroulette）悄然兴起。该网站的最大特色是，用户只需点击 3 下鼠标，就能与随机选取的陌生人视频交谈。这种另类的网络社交迅速成为美俄高中生的新宠。令人惊讶的是，该网站的创始人竟是一位 17 岁的俄罗斯少年。网站走红之后获得美国硅谷 200 多家投资公司的青睐，其估值很快达到 4 000 万美元。其实这样的创新就是 idea 的创新，技术上并没有太大的壁垒。再比如，安德鲁·梅森 2006 年考入芝加哥大学公共政策学院攻读研究生，同时开始尝试创立互联网公司，当时只有 24 岁，入学 3 个月后，有着丰富创业经验的埃里克·莱夫科夫斯基(Eric Lefkofsky)为他提供了 100 万美元资金，利用梅森的创意开发了一个名为 the Point 的网站，the Point 的目的是帮助人们一同参与游行、抗议和罢工等社交活动。没过多久，梅森和莱夫科夫斯基就发现，购物比社交活动更有利可图。于是，2008 年年末，Groupon 上线了。它的效果很好，而且得到了快速普及，不到一年，Groupon 就拥有了 100 万名用户。如今 Groupon 已发展成为行业的领导者，拥有 5 000 万名用户，而且仍在以每月 300 万的速度增长。

互联网快速发展创造了巨大商机，中国互联网市场远未达到饱和状态，每个细分的领域仍有很大的空间可待开发，移动互联网更是一片"蓝海"，而且随着互联网技术与应用的快速发展，新领域会层出不穷。机会对于任何企业、个人都是平等的，只要善于把握机会，强化创新，就必然能创出一片新天地。推进创新，实现创新发展，企业要做到以下几点：一是要制定具有挑战性的愿景和目标，并坚持不懈；二是深入洞察客户的需求和消费行为，紧紧围绕客户体验；三是推进创新文化建设，打造优秀的人才队伍；四是不断地学习，创建学习型组织；五是要做正确的事、正确地做事，提高战略执行力；六是坚持平台经营，实现商业模式创新。

当前，互联网飞速发展，尤其是移动互联网发展更是迅猛，创新成功的模式必将有众多的模仿者，企业要持续保持竞争优势，稍有松懈，将有被抛弃的隐忧。所以，在当前的市场环境下，只有创新才能生存，只有创新才有发展。超凡的创新力是移动互联网企业生存与发展的有力保证。从国内互联网环境来看，虽然还存在盗版软件泛滥、忽视对知识产权的保护、过度模仿等企业创新的诸多问题，但只要政府、社会、企业、价值链各方共同努力，遵循移动互联网发展规律，强化创新精神，我国移动互联网一定会呈现更好、更快的发展。"不创新，就死亡"这句流传业界的铁律不仅说明了市场竞争的残酷，也道出了移动互联网企业生存之根本，成功的企业是率先做出大胆尝试、创新求变的企业。

11.2　失败的互联网公司是如何逐步衰落的

互联网尤其是移动互联网是一个巨大的蓝海，吸引了众多企业的加入，有些企业成功了，有些企业失败了，成功毕竟是少数，但更多的公司失败了。它们为什么会失败？显然，总结失败企业的经验和教训，对进入移动互联网的公司未来发展有着重要的借鉴意义。"吃一堑，长一智。"

首先来看看一些国外企业从成功走向衰败的案例。我们知道MySpace 曾经红极一时，是社交网站的霸主，用户最高达到 5 500 万户，近年来，在与 Facebook 的角逐中败下阵来。如今 MySpace 已经凋零。2011 年 6 月，新闻集团拟以 3 500 万美元现金加股票的价格把MySpace 出售给网络广告公司 Specific Media。MySpace 失败的根本原因是缺乏创新，产品没有吸引力，平台过于封闭，以及管理层频繁更换，导致员工士气低落，高素质的员工流失。摩托罗拉曾经一度在全球手机市场占据统治地位，由于盲目自大和对客户意见的忽略，导致摩托罗拉战略缺乏创新，导致方向的缺失。产品缺乏创新，固守刀锋手机（Razr）已有的成功，组织缺乏灵活性和适应性，组织模式缺乏创新，最终导致摩托罗拉走向衰落。如今，摩托罗拉认识到这一点，努力进取，重振旗鼓。但最近被谷歌以 125 亿美元收购。数字设备公司是一个由盛及衰的典型。1977 年，数字设备公司实现了 10 亿美元的销售目标，引领行业走向繁荣。1986 年，《财富》杂志将数字设备公司的创始人奥尔森称为"美国商业史上最成功的企业家"，而到了 1998 年 1月，这个跛足的巨人，被康柏公司以91.5 亿美元的价格收购。这些公司的失败根源在于缺乏创新动力，导致企业对市场需求变化熟视无睹，反应迟缓，决策失误。诺基亚曾经是手机市场的霸主，2006 年就宣布向移动互联网转型，但一直未取得明显成效，自 2009 年以来，诺基亚更是陷入一种腹背受敌的境地，市场份额持续下滑，营收规模被苹果超越。在3G 时代，诺基亚的影响力越来越弱。诺基亚为什么会沦落到今天这样衰落的窘境？其衰落的根本原因在于缺乏创新，对移动互联网本质缺乏准确的把握，始终跳不出 2G 时代"手机制造商"的思维，战略上选错操作系统，对新技术丧失敏感，对用户需求变化反应不快，行动迟缓，对新的市场业态投入精力不足，也拿不出一款令人惊艳的好产品。

在我国，互联网发展了大约 20 年时间，出现的公司不少，留下来的却不多，失败的公司举不胜举，如国内知名社交网站 360 圈和蚂蚁网，网游企业游戏米果、世嘉中国、万马网络、聚友网络等，电子商务网站米粒商城、家居易站、龙讯网、番茄树等以及网络视频网站偶偶网、Mofile、我秀网、第九频道（TVix.cn）等纷纷倒闭。2011 年 10 月 7 日，中国第一家在美国纳斯达克上市的互联网公司中华网也宣布破产。诚然，这些公司衰落的原因很多，有外部原因，更多是内部原因。从内部原因分析来看，根本在于缺乏创新，具体表现在以下几个方面。

（1）一味地模仿，缺乏创新。互联网主流仍然没有摆脱模仿的泥潭。早些年，大家都在拷贝美国模式，有些人在美国看到新东西，立马打个时间差，把它带回中国，抢得先发优势。像腾讯、阿里巴巴、百度、开心网、HTC 等众多成功互联网公司都是从模仿起家，通过创新升级铸造今天的辉煌。然而众多失败的公司则没有那么幸运，市场上什么红火，就跟着做什么，就会引来跟风潮，导致过多的企业、过多的资源涌向这一行业，如网络视频火了，大家都做网络视频；电子商务火了，大家都做电子商务；微博火了，大家都做微博；团购火了，又一拥而上做团购，千团大战就是明证。跟风的多了，若缺乏创新，盲目拷贝，一旦遇到问题，可能就做不下去了。模仿本身没有问题，但不能一味地去模仿，照葫芦画瓢。如今，盲目跟风作为一种核心竞争力的机会已经不存在了，这种做法在互联网发展到一定阶段是一种非常危险的模式。在我国互联网发展 20 多年的今天，简单模仿、缺乏创新，不结合企业自身条件，其结果必将是失败。

（2）不注重客户体验，忽视提升用户价值。互联网产品的客户体验不仅仅是 UI、功能设计，更重要的是要在运营中提升客户体验，客户体验的核心是提升客户价值。如做网络视频的企业内容更新不及时，视频质量不稳定、不清晰，这些导致难以吸引客户；又比如一些电子商务公司送货不及时，而且产品质量难以保证，这直接影响用户体验，还有的公司为图一时利益，而不是把产品做好，设计出各种各样的陷阱，欺诈客户，导致最终被客户所抛弃，其根本就是不注重提升客户价值，置客户价值于不顾。

（3）没有从用户需求出发，缺乏核心应用。互联网是虚拟的东西，没有用户至上的服务精神很难做成功。在互联网行业里，一个完整的商业模式一定要有好的产品，而且产品一定要创新，能为用户创造价值，这样才能实现商业价值。只有创造了价值才有用户，拥有像腾讯QQ、百度搜索等核心应用，才能建立相应的营销模式，才有规模，企业才能成功。但是，衰落的公司往往缺乏核心应用，缺乏有效的市场模式，不知道怎样细分市场，也不知道瞄准什么样的用户人群，不知道怎样进行产品创新，必然导致缺乏规模。因此，不注重客户需求、缺乏好产品的企业衰落也是必然的。

（4）为长尾理论所诱，盲目追求多元化扩张，导致企业失败。长尾理论成立的一个条件就是针对某一类产品而言的，产品要足够丰富，而且用户使用方便，用户获取成本近乎为零，如音乐等。实践中，很多企业以长尾理论为指导，在企业缺乏基础应用时，几乎涉足音乐、电子商务、视频、游戏、社区、阅读等众多领域，其实这是多元化战略，而不是长尾理论的应用，这种盲目多元化扩展，导致企业缺乏核心竞争力，使企业资源分散，最终导致企业力不从心，不可避免地走向失败的境地。

（5）战略定位不明，商业模式缺乏创新。一种好的商业模式不仅要满足用户需求，还要把产业链上下游整合起来，打造良好的产业生态系统。商业模式缺乏创新的重要表现是什么都做，好像无所不能，从用户角度设法满足所有客户的需求，提供无所不包的产品，企业战略定位、用户定位、产品定位不明确，导致业务发展差异化特征不明显，逐步在竞争中失去市场，失去用户。再者，这些公司往往业务一推出就急着向用户收费，由于产品不能很好地满足用户需求导致恶性循环，业务发展不起来，也造成不好的市场口啤，被用户抛弃。最后，这些公司在发展上往往本末倒置。如现在出现不少公司做网络视频，作为视频内容提供商首先要看你有没有用户规模，没有用户规模合作伙伴就不愿合作或合作积极性不高，导致视频内容更新慢，用户享受不到好的内容。如何突破这一困境，关键在于商业模式创新，然而失败的公司不是这样，往往为规模而规模，而不是集中力量解决客户关注的需求、注重生态系统的构建，导致用户享受不到好的产品和服务，这种本末倒置的做法最终伤及的是企业本身。

（6）急功近利，总希望当年投入就有产出，这种模式必将使这些企业发展之初就注定失败。很多失败的公司，一开始就有一种观念，总希望当年投入当年就有产出、有效益，这种观念在互联网行业是十分有害的。互联网公司的成功一般是做大用户规模，平台价值得到提升以后，盈利模式自然形成，企业也很容易挣钱了。失败的公司往往一开始在考核机制上一方面追求用户规模、用户流量和市场份额，另一方面又要追求收入规模和效益指标，导致企业为了完成指标，总是杀鸡取卵，在指标上做文章，而不是真正解决发展中的问题，这种只顾前期利益而忽视长远利益、不遵循互联网发展规律的做法必将受到规律的惩罚。此外，从做大的角度来看，互联网公司刚开始的模式一定看不清，实现盈利也是一个过程，在大家看不清模式的同时，也为企业创造了成长的空间和机会，一旦聚集了巨大的用户群，很容易建立挣钱的模式，这更需要企业要放眼长远，不能急功近利。

互联网公司成功的原因各不相同，失败的原因总是相同的。失败的根本原因就是缺乏持续的创新能力。如今，对于进入互联网尤其是移动互联网的公司来说，要想做强、做大，实现企业持续发展，就必须要学习和借鉴成功和失败企业的经验和教训，抓住移动互联网发展的黄金机遇，遵循互联网发展规律，不能急功近利，更要注重长远利益；要坚持模仿再创新，实现创新升级，不断提升企业创新能力；要专注于某一领域，不要盲目扩张，要逐步从做精、做专、做强基础业务的基础上向综合服务平台方向转变；要以提升客户体验、提升客户价值为核心，深入洞察客户需求，推进产品创新，不断为客户提供好的产品和应用；抓住移动互联网发展的黄金机遇，以做大核心应用为基础，实现商业模式创新，扩大用户规模，推进合作模式创新，打造良好的产业生态系统，实现平台价值的提升。

对于进入移动互联网的公司来说，要成功，最关键的是创新，这不仅仅是产品创新，还包括客户体验创新、技术创新、市场创新、平台模式创新、盈利模式创新、管理创新、文化创新和体制创新，需要企业不断提高创新运营能力。

11.3　拥有杰出的领导者和管理者团队

古往今来，涌现了许多杰出的领袖人物，刘备三分天下有其一，比尔·盖茨创建微软，杰克·韦尔奇改造通用电气，张瑞敏打造海尔，柳传志放飞联想，乔布斯创造了苹果奇迹，等等，这些历史性人物，在其所处的位置上，都是不可替代的。一个企业能不能在市场上做大做强、稳步胜出，是否拥有杰出的企业领导者和管理者团队至关重要。

企业的领导者素质和风格对于企业发展来说确实有很大的影响，企业的领导者素质和风格是企业一种特殊而又重要的无形资产。互联网是一个开放、创新、自由的舞台，企业要成功，对企业领导者和管理团队提出了较高的要求，用传统的思维模式经营移动互联网必将失败。没有优秀的领导者或领导者团队，企业是难以走得更远的。无数事实证明，成功的互联网企业，必然拥有优秀的领导人或领导团队，他们能够充分团结全体成员，为了企业长期的使命和目标而奋斗。

放眼当今成功的互联网企业，它们的一个共同特征就是都涌现出具有创新和影响力的领导者。这方面的例子可以列一长串：如阿里巴巴集团的马云、腾讯的马化腾、盛大网络的陈天桥、奇虎 360 的周鸿祎、百度的李彦宏、新浪的曹国伟、搜狐的张朝阳、巨人的史玉柱、UCWeb 的俞永福、开心网的程炳皓、人人网的陈一舟、优酷的古永锵、京东商城的刘强东以及国外成功的互联网企业如 Facebook 的马克·扎克伯格（Mark Zuckerberg）、苹果公司的乔布斯、谷歌的施密特、亚马逊的贝索斯……这些企业的领导者的魄力、能力、影响力都是显而易见的，而且具有企业家精神，同时，他们自身具备很强的能力，包括战略洞察能力、企业运营及管理能力、员工凝聚及影响力、内外资源整合能力和创新能力等。

不仅如此，他们通过建立并完善一套合理的员工激励机制，网罗起一大批最优秀的互联网人才，带领一个有战斗力的团队，成为企业发展的坚强基石。如乔布斯对人才的要求是"精、简"，不惜任何代价挖顶级人才，苹果公司员工待遇比行业平均水平高出 50%；腾讯、奇虎 360 等公司通过期权的发放来回馈员工，激励员工创新精神。总之，一个有魅力、有能力的领导，带领一个有战斗力的团队，整合各方优势资源，是推动企业走向成功的关键因素。

总结这些互联网企业的优秀领导者的特质，他们具有如下特点。

一是具有统领企业朝着正确的目标前进的领导力；

二是具有战略眼光，决策果断，具有战略洞察力，同时对于环境的变化具备灵活的应变能力；

三是富有创新精神，敢于冒险，勇于承担责任；

四是有同自己竞争对手合作的胸怀，具有较强的合作精神；

五是具有权威性，拥有驾驭企业运营的管控能力和运营能力；

六是具备良好的沟通能力，能倾听不同人的意见和观点，不会很主观臆断地去下结论；

七是认真执著，不断学习，具有坚韧不拔的毅力；

八是年富力强，富有激情，身体力行，如乔布斯、马化腾、周鸿祎等他们是产品经理，亲自做用户体验，提出产品问题；

九是具有凝聚员工的影响力和较强的人格魅力；

十是诚实守信，具有社会责任感。

移动互联网时代，我们将面临一个更加开放、有更多机遇的市场。对于进入移动互联网的企业来说，锻造一个适应移动互联网发展的优秀企业领导团队至关重要。因此，企业应挑选具备驾驭移动互联网企业的能力、拥有企业家素质的优秀管理者担任企业领导者，这样企业才有希望，才会有好的发展。

同时，我们看到，互联网公司不仅要有杰出的最高管理者，同时还要拥有一个稳定、创新、合作、互补和相互信任的核心管理团队，为互联网公司的持续发展奠定坚实的基础。如腾讯公司除首席执行官马化腾外，核心管理层团队还包括总裁刘炽平、首席技术官张志东、首席信息官许晨晔、首席行政官陈一舟、高级执行副总裁熊明华、高级执行副总裁刘胜义、高级执行副总裁任宇昕、高级执行副总裁吴宵光等，他们都是年轻有为、富有创新运营能力、在专业分管领域具有较强的领导力而且运营经验丰富，能相互支持，是首席执行官的得立助手。在马化腾的带领下，腾讯拥有强大的核心管理层团队是其成功的关键。

11.4 成功的互联网公司是如何营造创新的企业文化的

创新是互联网企业成功的灵魂，创新文化是提高创新能力的土壤。在现代企业市场竞争中，创新文化越来越成为市场竞争的利器，越来越受到互联网企业的高度重视。

创新文化是企业文化建设的重要组成部分。企业文化是企业员工在经营活动中共有的理想信念、价值观和行为准则，它所表达的是人们在企业生活中所认同的基本信念和精神，它所会聚的是各种人力资源在同一方向上的努力与争取。在现代企业经营管理中，企业文化越来越成为企业竞争的利器。重视企业文化以及在企业内部形成内部团结、工作努力、关系融洽的文化氛围，才能使企业具有活力和竞争力。

创新文化是企业文化的重要内容，也是企业的核心竞争力之一，它通常是指企业内部形成的以"创新"为大多数（或全体）员工所接受的价值观念和行为准则。它倡导、呼唤和鼓励企业员工为本职工作而尽职尽力，努力创新，同时也调整着公司内部的人际关系和精神状态。创新文化也是企业持续发展、提高业务创新能力的重要源泉。

谷歌的成功在于打造创新的乐园，吸引优秀的人才，让员工快乐、自由地工作。谷歌极力塑造创新环境，激发员工的创新能力。谷歌强调"漠视不可能"，并从不限制员工自主的想象力。自 2003 年以来，谷歌实行了著名的"70-20-10 原则"，即将 70% 的力量投入核心业务，20% 的力量投入相关业务，10% 的力量放在探索业务。在谷歌，为了鼓励创新，员工可以利用 20% 的工作时间做自己工作以外的事情。而上司不会过问他们在做什么。公司的很多产品就是在这 20% 的时间里开发出来的，比如谷歌新闻(谷歌 News)和谷歌电邮(Gmail)。

谷歌对每一个新点子都持赞许态度。可以说，谷歌的成功恰恰归功于弹性工作制度所调动的员工工作激情以及由此激发的自主创新。

创新文化使谷歌在行动上真正做到把员工当作最重要的资产，它为员工提供了很多激发智能的机会，并营造了很好的知识工作环境，以独特的公司文化吸引了最聪明的人才。为了让员工们在工作和创新中享受快乐，谷歌在工作环境和福利管理上，由表及里都体现出快乐的气息。如谷歌的办公室的造型充满了卡通色彩；公司为员工免费提供各种零食和精心烹调的一日三餐，各种娱乐体育健身设备一应俱全。谷歌还设立牙医和家庭医师，允许员工带孩子或宠物来上班，尽可能帮助员工解除生活上的羁绊，使他们能以轻松的状态来开展创新。谷歌要求每位工程师既要有不断创新的勇气和才智，又要有把自己的创意变为现实的技能和经验。在这个创新加实践的乐园里，任何人都可以在任何时候提出一个绝妙无比的创意，任何人也都有机会（或有义务）亲手将自己的创意变为现实。

2011 年 4 月谷歌 CEO 拉里·佩奇走马上任，对公司的组织架构

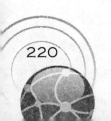

进行重组，为改变不管是鸡毛蒜皮的小事都要经过谷歌运营委员会审批的状况，摒弃集中式功能架构，转向工程师自治架构，使业务部门的直线主管掌握更多决策权，业务部门直线主管主要由工程师担任，从而提高公司决策的灵活性。在谷歌公司里，没有截然分开的研究部门和产品部门，所有工程师的头上都戴着 R（研究）和 D（开发）两顶帽子，这种研发一体的做法彻底消除了创新与实践之间的隔阂，同时也最大限度地节省了管理和沟通成本，提高了工作效率。

苹果在偏执独断、有卓越远见的乔布斯带领下，一群才华横溢的技术精英以残酷的完美主义追求一条违背传统商业常识和理念的产品创新道路，成为引领消费电子行业的一朵奇葩。创新是苹果文化的灵魂。在苹果公司的历史上，似乎从未有过克隆其他公司产品的历史。创新文化，使得苹果几乎每年都有新的产品问世。苹果推出的几乎每一款产品，都带给客户最新的体验，引领着时代的潮流。1978 年 4 月推出的苹果 II 是当时最先进的计算机；1983 年推出的丽萨 (Lisa) 计算机也是当时世界上最先进的；1984 年推出的麦金托什计算机 (Macintosh)，设计精美、技术领先，是当时最容易使用的计算机。乔布斯回归苹果之后，于 2001 年 1 月份发布了用于播放、编码和转换 MP3 文件的工具软件 iTunes，改变了流行音乐世界；2001 年 11 月推出了引领音乐播放器革命的 iPod，以及用于将 MP3 文件从 Mac 上传输到 iPod 上的工具软件 iTunes2；2007 年 6 月推出了改变智能手机市场格局的 iPhone；2010 年 4 月发布的 iPad 则让平板电脑成为一种潮流，极有可能改变 PC 行业的未来发展。

苹果公司的信条是："进行自己的发明创造，不要在乎别人怎么说，一个人可以改变世界。"苹果创办初期，乔布斯曾在楼顶悬挂一面巨大的海盗旗，倡导"海盗文化"，向世人宣称"我就是与众不同"。在苹果，激情、创新、卖命地工作已成为员工的自觉行为。乔布斯讨厌规则，追求绝对的自由与平等，尊重每一个人。在苹果，员工之间的竞争是平等的，不存在等级制度，也没有官僚作风。对公司贡献越大的人，越会受到人们的尊敬。只有在自由的氛围中，才能真正激发员工的创新热情，真正创造出伟大的产品。乔布斯愿意听取每个人的建议，比如 iPod 的滚动设计出自一位营销人员。苹果不仅把产品当做圣诞礼物一样设计和营销，更把产品的销售看作是对感情的销售，在顾客心中激发了一种几近宗教式的狂热信仰。

在腾讯的创新体系中，最为重要的一环就是激励机制和人才机制，这两个机制的实施不仅直接决定了创新效率，而且还营造了创新的企业文化氛围。腾讯倡导员工"做自己感兴趣的事"，并鼓励员工在这些方面自由创新。在腾讯看来，正是需要有这样一种环境，来容纳和催生更多创新型的人才，来共同实现腾讯做"最受尊重的互联网公司"这一理想，和承载其宣称的"通过互联网服务提升人类生活品质"这一宏大使命。

2005 年，腾讯开始了历史上第一次大规模组织架构的调整。当时腾讯已经拥有多达 30 个业务部门，决策复杂，层次很多，关系不清晰，各个部门间的合作性不是很强，每个地方都要长远布局，却找不到合适的人才……于是马化腾决定要大刀阔斧地对公司的系统架构进行调整，以提升团队的执行力。在他的领导下，公司管理层开始商讨把公司过去几百人时的组织结构调整为与近 4 000 人的公司相匹配的组织结构。调整之后的公司总共划分为 8 大系统，所有的一线业务系统被整合为 4 个业务单元，分别为无线业务、互联网业务、互动娱乐业务和网络媒体业务。另外两个系统分别是运营支持系统和平台研发系统。拥有电子商务等长期项目的企业发展系统和职能系统则直属于公司最高层管理机构——总经理办公室。这次组织调整中，腾讯还首次设立了执行副总裁（EVP）的职位，由 7 人担任，每个人都负责一个具体的业务部门。每个业务领域都有一个专门的体系，在公司平台支撑下认真分析用户的需求和特点、市场竞争、行业发展及趋势。通过组织模式变革，马化腾不仅把权力分散出去，做到专人专项，还给自己留出了更多的时间来进行公司长远规划和产品规划方面的工作。从腾讯产品开发来看，腾讯通过海量的客户数据平台、产品论坛的数据挖掘，及时获取用户需求、用户反馈信息，从而不断进行产品敏捷迭代开发。

在移动互联网市场竞争中，企业要成为市场的领先者，而不是市场追随者，就必须营造创新的企业文化。企业一旦形成创新文化，员工的创新热情就会被调动起来，自觉为增加企业价值而奋斗，这样，企业就具有竞争力，企业才能更好更快地发展。员工是企业创新的主体，是生产力中最活跃的因素，只有充分调动广大员工创新的积极性和创造性，在企业中形成以创新实现价值的良好风尚，逐步形成具有核心竞争力的创新文化，才能在不断创新中开发令客户满意的产品，才能获得持续健康地发展。

11.5　建立柔性的组织模式

外部环境的变化是组织模式变革的动力。进入移动互联网时代，变化成为这个时代的主旋律，以标准化产品生产的"规模化运营、大众化营销"时代已经过去，传统的组织模式不能适应当前移动互联网快速发展的要求，其根本原因在于移动互联网时代，市场环境发生了很大变化，主要表现在：客户需求呈现碎片化、长尾化、多元化、个性化和多变性特征，每一个消费者都是一个微型化市场；技术的飞速发展和产品生命周期越来越短，这要求企业能够迅速开发新的产品并进入新的市场；开放、合作、创新成为移动互联网时代的主旋律，对企业之间合作、对企业的创新提出更高的要求；移动互联网市场这片巨大的蓝海，吸引了来自产业链各方的积极进入，移动互联网市场竞争更加激烈。市场环境的变化对组织模式提出更加严峻的挑战，那些无法适应市场环境变化的组织将被市场无情地抛弃。

传统的组织模式主要包括直线型组织结构、职能型组织结构、直线——职能型组织结构、事业部组织结构、分权组织结构和矩阵式组织结构。这些组织模式都是适应于传统工业经济要求的组织形态。如今，人们正进入移动互联网时代，这种传统的组织模式越来越表现出诸多不适应性。

由于社会网络化、信息化进程的加快，信息系统和信息资源深深地冲击传统的组织模式和管理方式，为适应市场环境的变化，现在许多公司尤其是互联网公司的组织模式都发生了深刻的变化，进行组织模式的变革，使企业朝着适应新型、创新和变革的柔性而敏捷的组织形式转变。

柔性化组织模式是指企业能有效参与市场竞争、对市场变化作出快速反应以及具有根据意外变化适时调整能力的组织。柔性化组织是企业面对不确定环境下求得生存和发展的一个不可缺少的因素。柔性化组织的最大特点就在于管理扁平化和网络化，组织结构简洁高效，反应灵敏、迅速，灵活多变，提倡团队合作、平等尊重的精神，能快速有效地配置企业资源，快速满足市场需求，快速开发新的产品。

移动互联网的巨大市场吸引了电信运营商、互联网企业、终端厂商、SP 等产业链众多企业的进入，以互联网行业为例，面对移动互联网的市场机遇，包括阿里巴巴、百度、腾讯、新浪在内的众多巨头都成立了专门的无线事业部，这也充分说明这些企业根据环境的变化积极调整组织模式，以适应移动互联网发展。对一些互联网公司的组织模式进一步分析可以看出，这些企业柔性特征十分明显，扁平化组织设计，机构精简，流程环节少，决策效率高，机制灵活，人员精干，这对企业更好地适应市场环境的变化发挥了积极作用，提高了企业对市场、对客户需求的反应能力和快速决策能力，从而有效促进互联网企业保持持续创新和快速增长。

因此，对于进入移动互联网的企业来说，如何构建柔性的组织模式是企业立足市场、保持活力和加快发展的重要内容，也是企业发展的重要支柱。组织变革和设计要以适应市场环境变化为根本，通过整合公司业务流程、企业文化、激励机制、员工队伍、资源能力来优化组织系统，增强企业的核心竞争力。对于进入移动互联网的企业来说，建立柔性组织模式，应重点从以下几方面进行探索和实践。

（1）消除官僚作风，提高工作效率。官僚作风往往会腐化一个组织，使组织变得迟缓、臃肿。对于互联网企业来说，消除官僚作风应着重从精简机构、提高员工素质、减少管理层次、加强企业文化建设

等方面入手，使企业运营更高效、更畅通、更有序。

（2）构建和谐创新、奋发有为的创新型组织，使企业更有活力。移动互联网提倡的是创新、开放、自由精神，通过文化创新、灵活的激励机制调动员工的工作热情和积极性，营造创新的氛围，鼓励知识在企业有效共享，鼓励开展各种形式的论坛、头脑风暴和自愿组织团队等形式，尤其要注重"团队"建设，要以企业目标和任务为导向，以具体解决某一问题或项目为载体，强调工作能力和工作业绩的临时性的工作团队，团队成员可以是临时性选任的，以强化组织结构的柔性化。同时，强化部门、团队、员工之间的协同，加强员工之间的沟通交流，相互启发灵感，共同为企业发展献计献策。

（3）减少企业纵向管理层次，实现扁平化组织结构，由集权向分权过渡。一般来说，管理层次越多，越会增加企业的内部沟通成本，使企业对外部环境变化反应迟缓。互联网企业的一个共同特点就是企业管理扁平化，各部门和员工拥有相应的决策权，而不是任何鸡毛蒜皮的小事都要汇报审批。为此，减少企业管理层次，推倒组织间的围墙，向部门和员工进行授权，实现管理层级扁平化，既有利于提高企业对环境变化的适应力，也有利于降低企业运营成本。在苹果公司，没有等级制度，员工获得更多的权力，员工之间相互平等、尊重，可以做自己想做的事情，提自己想提的建议，工作自由，这才是苹果公司能够推出时尚、令人疯狂、与众不同产品的更深层次的原因。

（4）适时调整战略，增强企业运营的柔性化。为了适应移动互联网未来发展的不确定性，企业应根据市场环境的变化、经营状况、战略地位适时调整优化企业发展战略，实践中可以通过制定滚动规划、年度计划来实现。具体做法主要有：

① 及时有效地把握内外部环境动态，做好战略分析。企业要通过多渠道收集企业内外部环境变化的信息，运用 SWOT、五力模型、BCG矩阵、战略地图等方法建立战略分析模型，对现有战略和发展状况进行分析评估，以确定战略调整重点和方向。

② 做好 3~5 年的滚动规划。滚动规划是对企业未来发展作出的战略部署，十分重要，企业必须投入相关资源进行编制，但要做到前瞻性、宏观性、科学性和有效性，重点明确战略目标、战略路径等。

③ 制定年度计划。以滚动规划为指导，确定年度目标、经营预算、主要工作、关键举措等。

④ 提高战略执行力，加强对战略执行的控制，确保企业战略得到有效贯彻和执行，避免战略执行不力，导致企业偏离战略方向，贻误发展良机。

（5）建立科学的考核与激励体系。考核与激励是衡量企业运营状况的重要手段。俗话说："考核什么就完成什么，奖励什么总能完成什么。"说明考核与激励对企业发展起到了导向型作用，因此，建立科学合理的考核与奖励制度就显得格外重要。

使考核与激励行之有效的一个重要方法就是：不仅要考核结果，更要考核过程，尤其对移动互联网业务发展的考核更是如此。往往过程比结果更重要，如考核业务点击率，就需要考核业务内容丰富度、合作进展、客户感知度和资费水平等，这些都是影响用户点击率的主要因素，通过考核这些过程性指标（又称因素类指标）有助于找出影响点击率的存在问题，便于采取有效措施，确保考核目标的实现。

对于移动互联网业务发展应如何考核呢？作为企业未来持续增长的业务，在不同阶段考核重点是不一样的，就是在某一阶段考核重点也不一样。当前移动互联网正处于快速发展阶段，盈利模式尚未成熟，很多移动互联网企业还处于"烧钱"和不盈利状态，在这种情况下，考核的重点更多的是偏向于过程类考核，如对手机视讯业务的考核更主要的是考核视频内容是否丰富和吸引用户、内容是否及时更新、客户体验是否好、用户使用是否方便、资费是否合理、市场定位是否科学、开放合作进展如何等，而流量、点击率、用户规模、渗透率、收入等结果性指标则完全取决于上述过程类指标，这些是影响结果的决定性因素，尤其在手机视讯发展初期更应如此。如果现在考核的重点放在考核流量、考核用户数、考核收入上就等于揠苗助长，这样做的后果便是导致"上有政策，下有对策"，可能为这一业务持续健康地发展埋下隐患。因此，建立考核与激励体系时必须选择一些关键性指标(KPI)，这些指标能比较系统、准确地反映业务发展战略、工作重点和工作成果。

移动互联网是一个成长性的新兴行业，对人才需求不断增长，而且对人才要求越来越高，移动互联网行业需要的是有想法、有创新、有活力、有干劲、有知识的知识型员工。随着我国移动互联网的快速发展，移动互联网人才缺口较大。目前国内的 3G 研发人才缺口有 300 万～400 万人，移动互联网软件、应用、技术等方面人才缺口越来越大，互联网公司之间的人才争夺战也愈演愈烈。有些互联网公司为挖人才，不惜重金、高岗招聘高端人才。因此，如何留住员工、激励员工积极创新成为互联网企业考虑的重点，要做好这一点，建立科学有效的激励措施十分重要。

考核与激励是一对孪生兄弟。企业的发展最终靠员工，而员工工作绩效的优劣在很大程度上取决于企业的激励机制是否健全、激励手段是否有效。科学有效的激励措施对于提高企业的运营效率、激发员工的工作热情、鼓舞士气、发掘员工潜能等方面具有突出的作用。

目前，众多互联网公司采取股权激励的措施，激励员工，通过这种方式实现了企业利益与员工个人利益的有效绑定，员工从"薪酬的被动接受者"转变成了"薪酬的主导者"。个人越努力，所持股权所代表的价值越高；而更为重要的是，员工在提升股权价值的同时也拉动了企业经营业绩的提升。百度、阿里巴巴、腾讯、奇虎 360 等互联网企业掀起的股权激励"造富运动"，以及华为员工持股所演绎的"土狼传奇"，对吸引高素质人才、留住员工发挥了积极作用。股权激励贯穿始终的就是让员工持有公司股份，让员工命运与企业命运紧紧相连，让员工的潜力得到最大发挥，从而促进企业业绩增长，股价上涨，让企业员工与市场投资者分享企业的成长。

法国电信对科技创新项目的激励机制采取了短期和长期两种方式

互补，短期的方式包括根据考核结果提供半年奖金，长期包括年终奖金以及员工持股等方式。

当然，激励的方式多种多样，有物质激励、目标激励、尊重激励、荣誉激励、股权激励、关怀激励、情感激励、晋升激励等多种形式。这些激励方式各有侧重。对于进入移动互联网的企业来说，吸引和留住高素质人才关系企业长远发展，因此，企业应建立科学有效的考核激励机制，一方面提高员工的待遇，另一方面要根据价值贡献大小、为企业创造的市场价值，开展公平、公正的考核，使真正对企业发展做出贡献的部门/团队/个人得到奖励。对于为企业发展做出突出贡献的员工，通过给予合适的晋升、赋予更大的责任、提供尽可能多的培训机会、设计合理的职业生涯规划等方式，帮助这些优秀员工实现自身价值的最大化。总之，企业要结合实际，积极构建科学合理的激励机制，遵循民主、公正的激励原则，综合运用多重激励方式，充分调动员工工作积极性、主动性，切实提高员工工作效率，不断促进企业健康快速发展。

当然，对于互联网企业来说，也没有一个普遍适用的组织模式，但必须根据市场环境的变化，进行量体裁衣，以更好地适应企业发展战略的要求。但无论如何，建立扁平化、高效运营、无边界、激情创新、充满活力、反应灵活的创新型学习组织是大势所趋。

11.6 大力提升企业创新能力

纵观当代企业，唯有不断创新，才能在竞争中处于主动，立于不败之地。许多企业之所以失败，就是因为他们未能真正做到这一点。创新是带有氧气的新鲜血液，是企业的生命。创新是企业生存的根本，是发展的动力，是成功的保障。福特公司前总裁亨利·福特深有体会地说："不创新，就灭亡。"

今天，移动互联网企业面临的市场环境发生了很大变化，移动互联网机遇和挑战同在，在这样的环境下，一切都在变化，变是永恒不变的真理，竞争对手在变，客户需求在变，技术在变，竞争方式在变，政策在变。互联网企业崇尚创新精神，创新是企业发展的永恒主题，企业要在不断变化的移动互联网市场环境中保持旺盛的生命力，必须在创新上下工夫。创新不仅仅体现在产品创新，更重要的是体现在管理创新，即企业的战略、制度和机制、业务模式、业务流程、企业文化等方面的创新。

对于互联网企业来说，人才是核心，技术是关键，平台是手段，产品是基础，管理是支撑，文化是保障。因此，提升企业创新能力，应着重从以下几方面着手。

（1）树立创新观念。创新是现代管理的重要功能之一，管理创新与科技创新不同，它不是个人行为，而是一种组织行为，即是一种有组织的创新活动。因此，促进创新的最好方法是大张旗鼓地宣传创新，激发创新，树立创新观念，使企业每一位员工都奋发向上，努力进取，大胆尝试。要营造一种人人谈创新，时时想创新，无处不创新的企业氛围。创新是移动互联网的精髓所在，移动互联网发展环境日趋复杂，企业不断处在变化的市场环境中，要更好地发展，更加需要创新精神。这就需要企业领导者摆脱传统模式的路径依赖思想，创新管理手段，探索新的方式和方法，提高驾驭移动互联网市场的能力。

（2）提高员工创新能力。员工的创新能力是企业创新能力的基础。因此，企业要加强创新型人才的培养，引进具有高素质的创新型人才，通过良好的激励机制、用人机制和营造创新的文化氛围，激励员工创新动力，同时企业要给员工创造宽松的工作环境，并保持适度的工作压力，使员工能愉快地工作。

（3）提高企业技术创新能力。移动互联网企业是技术、智力密集型企业，技术创新也是企业核心竞争力。苹果、百度、三星等众多企业无不重视技术创新。移动互联网特征的关键技术包括 SOA、Web x.0、Widget/Mashup、P2P/P4P、SaaS/云计算等。技术创新对于移动互联网企业十分重要，企业必须通过引进高端技术创新人才，采取产学研联盟，发挥各自优势，实行技术攻关，推进技术创新，占领技术制高点。

（4）以平台经营为中心，实现模式创新。平台经营是移动互联网发展的必然趋势，移动互联网市场竞争不仅是平台经营的竞争，更是商业模式的竞争。做好商业模式创新，在实践中应坚持以打造聚集能力强、客户体验佳、具有良好生态系统的开放平台为目标，以有效把握客户需求、提高客户体验为重点，以提升用户流量、提升用户规模为关键，通过实现能力开放，加强与产业链各方及第三方开发者的合作，建立有效的合作分成模式，促进生态系统繁荣发展，要通过应用创新和融合创新以及营销创新，会聚人气，提高聚集合作伙伴的能力，提升平台价值，不断满足客户长尾需求，积极探索广告+用户付费、基础业务免费+增值业务收费+广告等多元化的盈利模式，推进业务持续健康地发展。

（5）创新产品开发模式，提高产品创新能力。当前我国互联网行业产品创新主要还是模仿，移动互联网企业要成功站稳市场，就必须从模仿中走出来，实现创新升级。尤其要根据我国国情及本土化客户需求特点进行产品创新。产品创新要始终坚持以客户为导向，切实把握客户需求和消费行为，实现技术和市场的有效结合，提高洞察未来的能力；同时要坚持开放式创新，通过众包、外包等形式，充分利用外部力量，激发创新来源，整合外部资源，要制定清晰的产品创新战略，明确产品开发重点，更加重视平台型产品的开发。强化技术创新在产品创新中的引领作用，跟踪最新技术变化趋势，运用最新技术推进产品创新；要坚持以人为本，通过灵活的机制，吸引和拥有一流的产品创新人才队伍。

（6）强化管理创新，实现企业高效运营。要通过信息化手段、社会化网络，打破组织边界，要简化业务流程，减少管理层次，实行扁平化管理，实现组织的柔性化管理，降低企业内部交易成本，更好地适应市场环境的变化；通过 IT 系统建设，推进信息共享，提高信息化水平；通过流程优化、完善制度，促进内部运营管理的制度化、规范化和标准化；通过加强预算管理，实现对成本的有效控制和资金的高效运用；通过文化创新、激励机制调动员工的工作热情和积极性，营造创新的企业文化。通过机制创新、文化创新、考核创新为企业发展保驾护航，以规范化、制度化、标准化促使企业健康运营。创新企业管理手段，建立和完善企业内部科学管理体系。当前企业面临的内外部环境十分复杂，对企业管理提出了更新、更高的要求。企业领导者要以科学的理论和方法为指导，遵循电信发展规律和市场经济的客观规律，创新管理手段，研究和制定适应新形势下的管理手段、方式和方法，加强对企业运营和创新发展过程的监控和引导，促进企业走上科学管理的轨道，提高企业驾驭市场经济的能力；加强企业内部协同，有效整合内部资源，优化资源配置，最大限度地提高资源利用效率，实现集约化运营。

（7）推进文化创新，这是提升创新能力的灵魂。文化建设是一项长期的系统工程，需要不断深入推进。要树立"尊重人才、协同创新、追求卓越、创新发展"的价值观，确立"以技术和市场为驱动，创造出满足客户需求的高价值产品，更好地推动企业健康发展"的经营理念；要着重推进创新文化，倡导"人人创新，处处创新，时时创新，事事创新"的文化氛围，倡导客户导向文化，让客户导向的观念贯穿企业经营管理全过程。推进执行文化建设，强化执行创新，使企业发展战略得到坚决贯彻和落实；通过机制创新、考核创新、培训创新，充分调动员工的创新热情和积极性；通过战略宣贯和动员，增强员工的危机意识、责任意识、大局意识、创新意识、执行意识和协同意识，大力倡导创新精神，激励员工努力工作，改变传统的思维模式，打破陈规，加强学习，实现个人价值与企业价值共同成长；建立企业执行力综合评价指标体系，动态、及时地了解和把握执行力状况，及时纠正偏离战略、执行不力的状况；讲求创造性执行，提高执行效果；加强员工培训，建立一支职业化、专业化、知识化的员工队伍，建立和培养一支有谋略、执行力强的各级经营管理者队伍。

11.7　打造激情创新、训练有素的员工队伍

经济竞争、科技竞争和企业之间的竞争的核心是人才竞争，人才是

企业成败的关键。有"世界第一 CEO"之称的 GE 前总裁杰克·韦尔奇曾说过："要想企业能赢，没有比找到合适的人更要紧的事了。除非你有优秀的人来实践它，否则世界上所有高明的战略和先进的技术都将毫无意义。"

在 21 世纪，无论怎样渲染甚至夸大人才的重要性都不为过。21世纪是人才的世纪，21 世纪的主流经济模式是人才密集型和智力密集型的经济。拥有杰出的人才可以改变一家企业、一种产品、一个市场甚至一个产业的面貌。例如在谷歌，公司最顶尖的编程高手 Jeff Dean 曾发明过一种先进的方法，该方法可以让一个程序员在几分钟内完成以前需要一个团队做几个月的项目。他还发明了一种神奇的计算机语言，可以让程序员同时在上万台机器上用最短的时间完成极为复杂的计算任务。毫无疑问，这样的人才对公司来说是有非常特殊的意义的。

腾讯公司 CEO 马化腾说："对于腾讯来说，业务和资金都不是最重要的。业务可以拓展，可以更换，资金可以吸收，可以调整，而人才却是最不可轻易替代的，是我们最宝贵的财富"。因此，腾讯一直把人才培养当作公司创新的最关键因素。百度 CEO 李彦宏的人才观是其核心内容，他一直在花时间寻找最优秀的人才，花时间去劝说他们，去告诉他们，百度是他们施展才能的最好的舞台。他认为：互联网公司最有价值的就是人。我们的办公室、服务器会折旧，但一个公司，始终在增值的就是公司的每一位员工。

对于互联网公司来说，人才甚至比企业战略本身更为重要。因为有了优秀的人才，企业才能在市场上有所作为，才有竞争力，才能不断发展壮大。反之，如果没有人才的支持，无论怎样宏伟的蓝图，无论怎样引人注目的企业战略，都无法得以真正实施，只能是一纸空文，无法取得最终的成功。移动互联网企业要发展，要在行业确立持续的竞争优势，打造一流的人才队伍至关重要。如何打造一流的人才队伍？应着重做好以下几方面工作。

（1）把好人才引进关。移动互联网企业需要的是具有创新精神、有想法、有知识、有干劲、有理想、学习能力强、符合企业文化的人才。企业领导应把引进优秀人才工作当作企业的大事、要事来抓。为此，企业要极力寻找最优秀的人才，设立人才引进标准，严格把关，引进过程中要注意把握好下列原则：品德和才干兼备，品德为重、学历和能力并重，能力优先。这样，才能保证根据企业的工作和岗位的实际需要引进"能打好仗"的实用型人才，从而为企业注入新鲜血液和发展活力。要为引进的人才创造良好的工作舞台，使其融入企业。

（2）做好人才的培训工作，不断提升员工素质。著名企业管理学教授沃伦·贝尼斯说过："员工培训是企业风险最小，收益最大的战略性投资。"在知识经济高度发展、知识更新不断加快的今天，仅仅依靠以前的知识储备是远远不够的，企业必须牢牢把握好培训这个环节，为企业中的各类人才提供合适的培训机会，使他们能够及时学习和掌握与工作相关的新理论、新方法、新技术、新技能等，否则人才乃至企业的创新能力和竞争能力就会受到严重制约，甚至会被市场"淘汰出局"。因此，要正确认识和高度重视人才培训工作，这不仅仅是企业支付的人力资源成本，而是"人力资本"、是企业提高各类人才素质的重要途径、是促进企业管理和技术进步的重要保证，更是支撑企业发展的"助推器"和"加速器"。在实际操作中，企业应根据人才各自不同的职务、岗位和专业特点安排不同层次、不同内容和不同形式的培训。比如对于中层管理人员，其培训重点在于企业管理理论、领导力，使他们能够掌握新的管理理念和先进的管理方法，从而确保部门工作的顺利完成；对于各类专业技术人员，其培训重点在于各自专业领域的新技术、新方法、案例的学习、研讨等，使他们不断提高专业知识和专业技能水平；对于市场开发和销售人员，其培训重点在于营销理论、商业模式的学习、营销案例的分析和营销技能的训练等，使他们不断提高理论水平、综合素质和实战技能。此外，企业还应为后备人才梯队提供有效的培训，以全方位提升其岗位所需的能力、知识和技

能，这样既能满足员工自身职业生涯发展的需要，又能很好地激励员工更快地成长，同时提高其对工作的胜任力、满意度和对企业的忠诚度。比如在微软中国研究院，每一位新员工加入后都会经历 3 个月的培训。而在谷歌中国工程研究院，培训的时间更长。

（3）以用为本，任人唯贤。在选拔人才的工作上，必须坚持"公平、公开、公正"的原则，坚持从政治上、知识上、能力上、业绩上、创新上进行科学合理的 360 度考核及评价，同时结合岗位的政治素质要求、知识要求、能力要求、业绩要求以及个人的感知、思维、想象、观念、情感、意识和兴趣等多种心理素质、思维类型和个性特征，择优选拔、聘用上岗。一般而言，应把思想素质好、勇于开拓、善于决策、精于管理的优秀人才配置到各级领导岗位；把那些掌握丰富的专业技术知识、善于钻研和技术创新的优秀人才配置到各级技术领导岗位；把那些沟通和公关能力强、服务意识好同时善于开拓市场的优秀人才配置到市场开发第一线，等等，这样才能真正做到合理使用人才、发挥人才效益。此外，不仅要使高素质的人才在合适的岗位上充分发挥作用，而且更要力争使人才之间的配置及其相互合作关系处于最佳状态，这样才能真正达到"人尽其才、才尽其用"的理想境界。

（4）坚持以人为本，用"感情、事业、待遇、环境"留住人才。企业管理者应当把"以人为本"视作自己最重要的使命之一，不遗余力地发现人才、用好人才、留住人才，将适合企业特点的优秀人才吸引到自己身边。其中，做好人才管理工作不但要求管理者及时了解各类人才的思想动态和需求，而且要求及时掌握和帮助他们解决工作、生活和学习上存在的问题，这样才能真正把"感情留人、环境留人、事业留人和待遇留人"落到实处，而不仅仅是停留在口号上，更不能戴"有色"眼镜看人，要让每一位有真才实学的员工都有施展才华的舞台，不要让有能力的老实人吃亏。其次，在实际工作中，企业应做好人才的激励工作，为优秀人才提供合适的成长机会和有挑战的工作机会，以更好地激发这些人才的潜能。最后，

设立人才保有率指标，旨在加强企业人才管理，留住人才。企业可定期开展流失人才情况调查，分析人才流失的原因和企业管理中的问题，这对改进企业经营管理工作、优化人力资源配置具有重要意义。同时，企业要营造关心人、理解人、尊重人、爱护人、帮助人的"用才、识才、容才、护才、育才"的人才环境，从而激发员工努力工作，激情创新。

参 考 文 献

1．[美] 克里斯·安德森．免费——商业的未来．蒋旭峰等译．北京：中信出版社，2009

2．林伟贤．正道．北京：人民邮电出版社，2009

3．史兴全．经营韬略——企业发展的超常智慧．北京：中国商业出版社，2008

4．迈克尔·波特．竞争优势．陈小悦译．北京：华夏出版社，2002

5．[美] 林志共，王静．苹果风暴．北京：中华工商联合出版社，2011

6．[美] 威利·皮特森．四步甩开竞争对手．黄一义译．北京：人民邮电出版社，2008

7．朱甫·马云：如是说．北京：中国经济出版社，2008

8．[日] 迈克尔·Y·吉野，[印]U·斯里尼瓦萨·郎甘．战略联盟——企业通向全球化的捷径．雷涯邻等译．北京：商务印刷馆，2007

9．雷源．移动互联网改变商业未来．北京：人民邮电出版社，2010

10．李开复．微博：改变一切．上海：上海财经大学出版社，2011

11．孟宪忠．绝处逢生——危机下的战略选择．上海：格致出版社/上海人民出版社，2009

12．克里斯·安德森．长尾理论．乔江涛译．北京：中信出版社，2006

13．胡世良．赢在创新：产品创新新思路．北京：人民邮电出版社，2009

14．李安民，陈晓勤，陆音．移动互联网商业模式概论．上海：上海三林出版社，2010

15．丁欣，李尧，李烨．决胜 SNS．北京：人民邮电出版社，2009

16．西门柳上，马国良，刘清华．正在爆发的互联网革命．北京：机械工业出版社，2009

17．唐·泰普斯科特．安东尼·D·威廉姆斯著．维基经济学．何帆，林季红译．中国青年出版社，2007

18．Erik Qualman．颠覆——社会化媒体改变世界．刘吉熙译．北京：人民邮电出版社，2010

19．[美] 杰弗伯·斯蒂伯．我们改变了互联网，还是互联网改变了我们？．李昕译．北京：中信出版社，2010

20．郑石明．商业模式的变革．广州：广东经济出版社，2006

21．何学林．战略决定成败（第 2 版）．北京：企业管理出版社，2005

22．陈惠湘．企业成长的基因．北京：经济日报出版社，2008

23．标杆企业移动互联网转型战略研究．中国市场报告网，2009

24．陈武朝．苹果公司走到今天：用户体验至上．清华管理评论，2011 年 6 月

25．互联网企业海外扎堆上市"双刃剑"效应要防范．通信信息报．2011 年 4 月 29 日

26．胡世良．3G 时代，速度制胜．中国电信业，2010 年第 3 期

27．吴卫群．"微创新"的力量．解放日报，2011 年 4 月 21 日

28．谭绍鹏．微创新当道！经理人，2011 年第 6 期

29．姜奇平，孙晓红．API 淘金潮：平台开放的技术与应用驱动力，互联网周刊，2011 年第 1 期

30．梁利峥，张姸．最具潜力的 20 大酷模式．经理人，2011 年

第 6 期

31．樊兰．开放的中国试验场．IT 经理世界，2011 年第 13 期

32．胡世良．战略经营：推动电信企业转型．中国电信业，2011 年第 6 期

33．丁鹏．360 另辟开放蹊径．互联网周刊，2011 年第 11 期

34．刘青焱．大门开启，不容关上．中欧商业评论，2011 年第 5 期

35．吴颖．移动互联网的十字路口．IT 经理世界，2010 年第 20 期

36．李诞新．手机客户端产品设计：关注用户感知．人民邮电报，2011 年 6 月 3 日

37．胡世良．良好产业生态系统促进中国电信 CDMA 发展．移动通信，2011 年第 11 期

38．杜舟．移动互联网开花不结果：商业模式陈旧制约行业发展．IT 时代周刊，2011 第 12 期

39．王文彬．淘宝"开放经"．中欧商业评论，2011 年第 5 期

40．杨国强．平台与生态圈．IT 经理世界，2011 年第 10 期

41．李黎．亚马逊的三个顾客．IT 经理世界，2011 年第 8 期

42．胡世良．移动互联网：盈利模式任重而道远．人民邮电报，2011 年 7 月 29 日

43．谷海颖．移动支付切勿孤军作战．通信企业管理，2010 年第 12 期

44．屈雪莲．移动互联网用户需求趋势剖析．移动通信，2010 年第 21 期